《梧桐深处》书系

踏歌寻美

瞿拥君 —— 著

中国书籍出版社
China Book Press

图书在版编目（CIP）数据

踏歌寻美/瞿拥君著. --北京：中国书籍出版社，2021.5

ISBN 978-7-5068-8481-5

Ⅰ.①踏… Ⅱ.①瞿… Ⅲ.①中国文学—当代文学—作品综合集 Ⅳ.①I217.2

中国版本图书馆 CIP 数据核字（2021）第 096554 号

踏歌寻美

瞿拥君 著

责任编辑	宋　然
责任印制	孙马飞　马　芝
封面设计	中联华文
出版发行	中国书籍出版社
地　　址	北京市丰台区三路居路 97 号（邮编：100073）
电　　话	（010）52257143（总编室）　（010）52257140（发行部）
电子邮箱	eo@chinabp.com.cn
经　　销	全国新华书店
印　　刷	三河市华东印刷有限公司
开　　本	710 毫米×1000 毫米　1/16
字　　数	286 千字
印　　张	17.5
版　　次	2021 年 5 月第 1 版
印　　次	2021 年 5 月第 1 次印刷
书　　号	ISBN 978-7-5068-8481-5
定　　价	95.00 元

版权所有　翻印必究

《梧桐深处》系列丛书
编委会

编委会主任：董　秀（女）

编委会副主任：蒋祖逸

编　　　委：（按姓氏笔画为序）

　　　　　　王玉祥　宁家瑞　许　评

　　　　　　张　帆　钟　芳（女）

　　　　　　徐云芳（女）　蒋祖逸

主　　　编：蒋祖逸

执 行 主 编：王玉祥

编　　　辑：张　帆

总序
为民族文化复兴鼓与呼

伫立于百年未有之大变局中,举国上下正凝心聚力为民族复兴而奋斗,中华民族迎来了前所未有的重大历史机遇和伟大复兴的光明前景。实现中华民族伟大复兴需要中华文化繁荣兴盛。数千年的人类文明史无不证明,但凡优质的文化皆具有超越时空的属性和魅力,它们既是民族的,也是世界的。与此同时,那些广受认同的文化成果又是不同时代无可替代的精神标尺,它不仅能标示出文化创作个体的精神维度及价值向度,还能够丈量出具体时代的人文高度。从文化的传承发展来看,优秀的文化种子可以播散在任何地域,至于如何才能更好地生根、发芽,乃至茁壮成长,则取决于生命个体能否汲取时代精华,在漫长历史发展中流芳。

在古今中外优秀文明成果的濡染和中华优秀传统文化的引领下,近年盐田文学艺术界日趋成熟,呈现蓬勃向上之态势。盐田地处深圳东部,依山面海,历史源远流长,地理位置优越,自然环境优美,民俗文化丰富,历来都是艺术创作的风水宝地。2020年恰逢深圳特区建立40周年,我们欣喜地看到,在山海盐田丰富的人文气息浸润下,在盐田区文联的精心培育与指导下,在盐田广大艺术家的共同努力下,八册之丰的《梧桐深处》文丛终于和大家见面了,这既是盐田为深圳特区建立40周年献上的一份礼物,亦是艺术家们内心美好祝福的自然绽放,可谓水到渠成、锦上添花,也见证着深圳盐田文学艺术界"主力军团"来到了一个新的起点。

遍阅《梧桐深处》系列文丛可知,就艺术表现形式而言,它是一部体裁多样的文学作品集以及用文学作底蕴的摄影艺术集,反映了盐田区在经济、政治、文化、社会和生态文明建设各方面取得的成就,记述了百姓的幸福生活，描绘了繁荣发展的美好景象。如此鲜明而有趣的组合，既凸现了盐田文艺界在文学创作方面的优势，也映衬出盐田摄影艺术在促进历史、人文和性灵相互融合方面的独特魅力。同时，这也昭示着盐田有更多闪光点值得继续深入发掘与展示，譬如书画、音乐、戏剧、影视等其他艺术门类也表现不俗，渐呈崛起之势。

聚焦丛书作者们的社会身份，既有盐田区文联主席蒋祖逸先生、盐田区文联秘书长王玉祥先生及盐田区作协主席钟芳女士等各自领域的带头人，也有数位来自基层一线的优秀业余作者。他们都有着令人钦敬的共性，那就是深爱盐田这片热土，同时对文学艺术表现出异乎寻常的热爱和坚持，或许这才是他们能创作出有思想、有温度、有感染力的优秀作品的初心。

党的十八大以来，特别是习近平总书记主持召开文艺工作座谈会后，在习近平总书记系列重要讲话精神的指引下，我国文艺界引发了一股股勇于登攀文艺高峰的热流，呈现出百花齐放、蓬勃发展的生动景象。正是在新时代文化盛世下，盐田文艺乘势而上，努力创作出无愧于时代、无愧于人民的艺术佳作。《梧桐深处》付梓成册，是盐田文艺事业浓墨重彩的一笔，是深圳文艺发展成就的有机组成部分，也是中国当代文艺发展的一次有益探索。

是为序。

深圳市盐田区委常委、宣传部长　董秀

前 言

　　人生，有千万种追求与选择的方式。对我而言，艺术并非我的全部，但因为艺术，却让我无时无刻不感到温暖与美好！艺术，把生命点燃与升华，使人生有更多的细腻、深沉与厚度！作为职业者，我是一名美的传道者；作为专业者，我算是美的创造者；作为人的个体，我是美的忠实信者；作为社会的人，我愿意让自己成为美的使者，传播与分享眼之所及、心之所悟一切所有的美好！

　　世界，纷纷扰扰，虽然现实总难免有许多的丑侵入你的视野，人生也难免有许多失落、无奈、悲观与痛苦，但美却总还是无处不在。"生活中不是缺少美，而是缺少美的发现。"心向美好，便有美好，美其实就在你我身边，有的人一辈子对美视而不见，让美总是与自己不断擦肩而过！

　　只有爱美的人，才能享受到美给自己带来的快乐。现代人生活的空闲时间，很多都用在娱乐上，娱乐中有美吗？娱乐中当然也会有美，毕竟许多美的东西本身就能给人以娱乐的。但问题是现实中我们的许多娱乐却常常只流于一般感官的消遣与刺激，给我们所带来的快乐也便是粗浅而短暂的，甚至在享受这种"美"后人更加的颓废、失落与空虚。而真正美的享受，往往热烈而持久，深沉而隽永，它深入你的灵魂，与你同欢喜，共悲戚，抚慰你的内心，分享你的忧乐……

　　要真正地享受美，就要感知美，深入美，懂得美，创造美，让美与己相融，美便会化作天使，处处为你的幸福人生点灯。也许，每个人性情各异，但即便有些人天生便艺术才情，美的情趣却不会凭空而降，还需各自努力去寻找。美其实也是公平的，只要你用心发现，美便处处与你相逢。

美是需要有情趣的，有趣才会有味。有情趣的人，内心便会充实与强大，他的人生将会更加立体、丰满与精彩！有情趣而内心丰富的人是多么的弥足珍贵与可爱呀！

也许，人的情趣难免有些许天性，但我们千万不要因此来掩饰、推脱自己的责任。今天的时代，人们的物质生活条件越来越优越与丰富，物质幸福的时代正渐渐被淡化。因为，人在满足一定生活需求与物质条件后，再去过分追求与攀比动物属性的物质需求，便已经失去它原有比重的价值和意义。尽管人类仍然会不断追求物质的幸福与进步，但人类也一定是以不断向更高层次的精神需求发展迈进为终极的目标。感官的初级娱乐太肤浅，宗教信仰也许能解决人的空虚，但却无形中限制了信仰者精神自由的广度，而唯有艺术能给人类带来无穷的精神享受与不竭的动力源泉。艺术是人生最美好、浪漫的信仰，艺术从来不给人羁绊与约束，而让人精神走向更自由、深远、广阔的天空，正如俄国作家契诃夫所说："艺术给我们插上翅膀，把我们带到很远很远的地方。"

法国著名作家罗曼·罗兰说："艺术是一种享受，是一切享受中最迷人的享受。艺术的伟大意义，基于它能显示人的真正感情、内心生活的奥秘和热情的世界。"真正优秀的作品不但见证时代，还影响未来，并提供了一种持续的审美趣味。自然、生活、艺术中一切美的东西，都会给人带来持久、深刻而耐人寻味的快乐。对于懂得欣赏美的人来说，哪怕一块石头、一片落叶、一道自然的痕迹，都能给自己带来无比的享受与快乐！

"感时花溅泪，恨别鸟惊心"，美是需要用心的。爱美、享受美、关心美，寻找美、发现美、拥抱美，生活中有美，美在生活中！从点滴发现开始，追寻自然、生活所有一切中的美好！

这本书，不是自言自语、孤芳自赏，也不是要传道授业、立言不朽，仅仅是我到目前为止人生阶段对美与人生艺术等的一些感受与分享。因为知识与眼界之所限，很多分享是局促而不足的。但无奈，人生就是如此，所知所见永远也不会丰满与完美，所以我的分享哪怕能给大家带来一点生命的光彩，不致于被贻笑大方也便万分知足了！

"丰年人乐业，垄上踏歌行"，中国古代画家马远的一幅山水作品《踏歌图》对人生、社会做了精彩的诠释。人生、社会，哪有什么真正永久的"盛世太平、岁月静好"。每一个人不过是历史时间轴里的一个点，"福"是所有中国人的美好愿望，心向美好，年年是丰年，日日见光明！

踏歌寻美去！

目 录
CONTENTS

一路芬芳 ·· 1

美的力量 ·· 12

随美风行 ·· 25

以美育人 ·· 37

格物知美 ·· 65

诗意远方 ·· 78

天地人和 ·· 88

自然之恋 ·· 102

山海相依 ·· 108

湖光掠影 ·· 117

云游四方 ·· 127

心中桃源	147
艺术之光	159
高山流水	184
笔歌墨舞	208
人生感怀	230
心路历程	242
踏美前行	252
后　记	261

一路芬芳

　　人，在宇宙天地间，不过沧海一粟且尤过之也。当把时间轴无限拉伸，人的一生，不过就是一个缩小的不能再缩小到一点一瞬。当把空间无限扩大，你我身边目之所及的一切，不过为可视而不见的一粒微尘。荣幸，我作为天地间一个独立生命体的存在，与这个茫茫的世界交集出一切的精彩与故事。人生的走过的每一程恰似一道风景，留下的是一串串芬芳的故事与记忆。

　　人之所有的一切，随着岁月的递进终将渐渐消逝，唯有生命芬芳的精神与色彩，将超越生命流淌与弥漫。化作永恒——在历史的星空穿越与闪耀！

踏歌寻美 / TA GE XUN MEI

《翠岭流云》（局部）　2017 年　瞿拥君

我 说 我

关于我——该说些什么呢？

我在浑然不觉里降生，又将在迷迷茫茫中消逝……

我从哪里来，我是谁，将走向何方？

很多事情，思前想后，瞻前顾后，却反而迷失了方向。难得糊涂，糊涂也许是更高层次的一种智慧！

痴迷艺术，记忆中从我刚挎上书包就已经开始，既无家传，亦未受熏陶，看爷爷拿着毛笔在自家新置的箩筐上题写大名，于是便依样画葫芦迷恋上书法。后来，家乡的皮影戏、小人书又让我在描摹涂画中喜欢上了绘画。童年的生活多姿多彩，感觉一切都是那么难忘而美好！中学在悸动、憧憬而又迷茫、失落中度过。高中，在高年级同学的影响和带动下开始找专业老师指导，系统地学习绘画，在迷迷糊糊中也算顺利地跨进了艺术院校的殿堂。上大学后，我才渐渐感觉到自己对于艺术、人生的浅薄无知，但热情、期待与向往引导我慢慢成长。回忆大学生活，感觉最窘迫的是钱，记得我和宿舍的兄弟们常常为下顿饭食而劳神。恋爱当然是奢侈，也是向往，也有昙花一现，短暂却终破碎，但纯真而美好，也让我内心渐渐成熟与坚强。大学的时光，我最喜欢的是泡在图书馆和书店，似乎对什么都有兴趣，时事、文哲、金石、书画、养生、诗词、音乐……三教九流的书我都读的不亦乐乎。大学的时光，美好却带着许多遗憾，条件不足、眼界狭隘、见识偏颇、信心不足……，错过了许多发展的机会。但无论如何，还是要感谢大学的时光，知遇恩师益友，为我今后的人生与艺术奠定了基石。

大学毕业后参加工作，从内地到沿海，辗转多地，虽然艺术的梦想、生活的热情从未消逝与沉沦，但却因为生活的困顿与奔波，消磨了许多锐气与时光。内心的失落常常伴随着我，让我感到呼吸的沉重，但我仍然坚信，"千磨万击还坚劲"，走过山重水复，必将柳暗花明！

行者无疆

生命，是一次次的巧合与选择，很小的时候，在那个艺术离我们生活还很遥远的年代，我却因巧缘不知不觉地喜欢上了艺术。

蓦然回首，思绪如烟，点点滴滴，许多往事已成记忆。众里寻她千百度，艺术已成为我人生最忠实的"伴侣"，此中苦乐与滋味真是一言难尽！

感谢生命，感谢艺术，使我收获许多难以言状的快乐！艺术，她是如此的温情，在我最需要的时候，伴随我，温暖我，滋养我，让我充实并有所收获，让我有了更多的快乐与希望！

年轻的时候，曾梦想艺术能惊天地、泣鬼神，渐渐才明白，艺术其实却如此平和而亲切，它时常触动你心灵最深处的情感，抚平你心灵最深处的创伤。

"人生如逆旅，我亦是行人"，我等凡人，无法超脱现实的纷扰与框架。人生路漫漫，万水千山，千磨万砺，在人生旅途中诗意地行走，不要辜负美好的青春与生命。

知止不殆，行者无疆！

人生四十祭

四十，孔夫子曰"不惑"也。四十，绝不是人生发展的终点，而是人生至关重要的中点，是人生又一个新的起点与开端。

四十，许多问题，都曾经面对与思考过，知道了什么是该弄清楚的，也明白了什么是可以糊涂一点的；懂得了人生的意义与生活的重要，也许无法预测未来的许多可能，但知道该走的路与前行的方向。

人生，每一阶段走过的许多历程，都会给你烙下深深的印记。人生，有许多种选择，绝非单一的模式。我一直认为，平淡天真是一种高品质的人生选择与追求。平淡并非平庸，只有执着于理想后的平淡才会天真烂漫且富于意义，慵懒与消极那是对生命的虚度与放纵。人生，需要不断地反思与感悟、执着与超越。也许，对于某些人来说，一生都是在消耗，没有真正意义上的升华与超越。没有反思，就不可能有改变与超越；没有进取，就不可能有自身能量最大程度的激发与释放。

每一个人，人生的每一个阶段，都会或多或少有自己人生的独立思考，或许深刻，或许浅薄。青年时期，带着梦想，意气风发，而随着时间的磨砺、环境的变迁，人的心态、人生的轨迹也渐渐在改变。人对事物的看法，常常会一叶障目，停留在局部，或冲动，或偏执。只有有过许多的见识与思考后，才可能会少有偏差。如果青年时期没有一点张狂，那不能算是青年，但张狂后能获得稳重与忧患，那才拥有希望。如果年长而不能持重，那是心智不熟，但持重中能一直保持年轻时的风发意气，那才是不凡的人格与品质！

人生几十年，其实感觉就是一瞬间不经意的消逝。四十，看着年轻人，还相信自己有一样的精力，总以为差距不远，其实却已经有了不小的代沟。当你睡眠再也没有过去那么安稳，当你发现某一天头顶又冒出几根白发，那种悲凉与失落感是无法抗拒的。难道，就这样认命与消沉？难道，下一个四十，又要如此轻易地消逝？人生，真的不能细细地想象，越想就越会失落与悲观！

都四十了，怎么还不知趣？人生，难道就此定下？

也许，四十，已孕育一种新的生命与力量，推动自己往新的方向前行。是否已经准备，难道还要消磨与犹豫？

好好地活，活出该活的自我，过去遥远的，也许却已经近了。物质的东西，虽然没有止境，但毕竟早已走出了困顿，其实相差的只是一种心态。

人生，四十，只要心还没有静止，梦想虽远，但总有一些会悄悄来到你身旁。放下包袱，行走远方！

静夜凝思

（一）

难得一个闲适的夜晚，一个人，一本书，一杯茶，独坐窗前灯下。

夜色温柔，静谧的夜晚，却更能激荡起人的思绪。白天的热闹与喧嚣，似乎仅是一种过程与形式，只有晚上才是那么真实。人也许最最了解和最不了解的都是自己。人活着，为了太多虚荣，去追逐与计较，为一点儿得失而忘形与痛苦，都是不应该的。人的一生太微小，短暂，不过沧海一粟、须臾一瞬，太过纠结于无意义的事情无异于消耗生命。而把生命中最真实、最需要努力的东西忘却，将追悔而莫及。

生命中有太多的精彩，春华秋实、朝晖夕阴，一本书、一处景、一点心动、一些向往，一声问候、一个微笑……一切都是那么美好！

夜已深，更觉幽静；风微微，丝丝凉意。

思绪渺渺，神游远方……

（二）

月光迷离，夜空深邃，树影朦胧，静谧得有点森然。一切都是那么安静，唯有思绪却难平，阵阵狂澜。

我过去常常因一些问题总在失落、愧疚与自责，可是今天，连去想想这些问题的想法和时间都少了，何必总在自寻烦恼？岁月的流逝，年华的增长，渐渐让自己平和了许多。许多世故与平庸，也渐渐习惯与接受，许多曾经认为的高尚与伟大，也不再一味地仰视与追逐，而是从容而平和地面对。

一颗流星，从夜空划过，刺破夜的沉静。流星在夜空中画出的轨迹格外夺目，那一条轨迹，就如同人生命的轨迹，再光彩夺目也无法回避它的短暂。但愿每一个生命，都有它自己的光彩，在夜空中留下最美丽的光辉与记忆！

（三）

半夜里，一觉醒来，迷迷糊糊，万般思绪，却又记不住自己想了些什么。辗转反侧，似梦非梦，纠结着许多的问题。

人活着到底是为了什么，这是一个难解的命题。不同的人生，人生的不同阶段境遇不同，便会有不同的看法，有些看法甚至互相颠覆，自相矛盾。这其实才是真实，人生只有走过许多历程，思考过许多之后，才会渐归于平静。生活总是这样：虚虚实实、真真假假、得得失失、聚聚散散，每一分、一秒，都值得珍惜与珍重！

人活着，不可太克制与压抑，也不可太得意与放纵，积忧可以成疾，乐极可以生悲。人需要不断的反省和调整自己的心境，心理的平衡是一种需求，也是一门智慧和艺术。

生活给我们提供了许多精彩与营养：美的、丑的、好的、坏的，苦、涩、酸、甜……我们是地球的生灵，生生不息，像风一样飘过，得与失、苦与乐，都是风景，都需面对与承受。

人生如诗、如歌、如画，可唱、可和，可咏、可叹，可赏、可绘，可悲、可泣……

人生漫漫，意韵悠长！

此文初稿与上世纪90年代中期，大约是高中或大学时期，重新翻看当时的墨迹，备觉亲切。只是那个时候的文字实在有许多稚嫩，只好做了比较大范围的修整，才成如此面貌，亦实属难得矣！

2017年初春于深圳记

追寻那片云

2005年，偶然机会下，我举办了一次个人小型画展。虽然准备仓促，但也算是一个阶段的回顾与展示，同时也给我信心与激励。一晃又近十年，懵懵懂懂，东奔西跑，纷繁芜杂，心烦意乱，就这样把这么多年美好的时光在不知不觉中消耗掉了。

人生成长，前面总难免会遇到沟壑、坎坷。经历许多后，便常常会为自己曾经的幼稚、轻薄而痛惜。尽管如此，自己还总是不断地重复或犯着新的错误。太多的时间与精力不属于自己主导，过去别人羡慕我的年轻，现在我却要羡慕别人的年轻。时光一去不复返，年轻多好，但年轻无法重来。幸好，这么多年自己对艺术的那份热情与执着还没完全消耗掉，自己仍然没有停止不断的反思与追寻，我庆幸自己尚存的激情与真诚！

年少轻狂是人生必经的过程，没有曾经年少的那份激情，哪会有后来的持重与智慧。追悔逝去的青春，已毫无意义，从现在开始，也许晚了，但走好每一步也终会有所收获。不信命，但偏有命运，人生的起点和际遇千差万别，上天所给你的天分及各种条件，你也无法选择与改变，但我们可以学会用从容和积极的心态来面对。直面人生，便会有新的开始。

我是我，每个人都无法逃避与跳出自我，我只能用我的感觉、我的真诚来生活与艺术。我曾经梦想，用艺术来成就自己的理想与未来；而我现在明白并希望，用艺术来丰富自己的人生、点燃与激发自己生命的热情与能量。其实，艺术的本质就是如此，它温和，精致，富于生机、妙趣、美好、神奇……它常常给我们带来惊喜与感动！

那山、那水、树、那云……那一切，都令人欢欣与感动。爱自然，爱生活，爱艺术……爱一切美好的东西吧！

人生走过许多，才知道生命是多么的珍贵，艺术是多么的美好而令人难舍难分！路，只要在正确的方向，勇敢的坚持，总会有希望的！

人生，如游弋蓝天的云。

追寻那片云——云在天涯。

2013 年 8 月于故乡湖南

《溯源——生命之流》　2016 年　瞿拥君

美的力量

美学家张世英说:"人生有四种境界:欲求境界、求知境界、道德境界、审美境界。"审美在人一生的发展中,具有非常重要的作用,甚至可以说它是人生的至高境界。如果人一辈子都匆匆忙忙掠过,从来都不懂得体会与享受过程的美。也许他自己也未曾察觉与反省,可是这该是怎样的一种低趣的生活品质与人生?

美是永恒而真切存在的,不过有的人却常常视而不见,有的人却把它视若生命。生命之高下,常在取舍间;取舍之高下,常在美丑见识之高下。低层次的人,目光狭隘,是看不见美的,所见唯是功利。高层次的人,便能跨越初级的物欲与短视的功利,超越平凡,鉴知真美。

著名美学家蒋勋先生所说:"一个人审美水平的高低,决定了他的竞争力水平。在未来,审美能力将是一个人的核心竞争力。懂得审美,人生才有机趣与滋味,生活也才更加有诗意和品味!

大美无言,大音希声;无用之用,方得大方。美,是有力量的;美,悦己悦人。美,丰富内心、提升自我;美,生发智慧、创造生命;美,改变生活、提高品质;美,引导人生走向更诗意的远方!

大美无言,大音希声!

《荷 扇面》 2020 年 瞿拥君

因何而美

美这个字很有意思，上面一羊，下面一大，羊之大者、肥者谓之美也，这是古人的一种朴素、美好的愿望。循着古人对美朴素的本源与理解，我们来认知、鉴赏美，便能更准确的明辨、理解与把握好美了。

美广泛存在于我们的世界，在自然、生活、艺术中，我们目之所及、甚至想象、虚拟的世界中都存在着美。美是客观的，但又是主观的。客观存在的美，如果没有主观的认知与辨识，客观的美再强大，对于人的感受来说也是肤浅而虚空的。

每一个正常人都是有感觉的，感觉是普遍存在的，但品位却是稀缺的，或者说是存在着高低差距的。审美能力的高低便决定了审美品位的高低，比如说穿一件时尚的衣服，带一个漂亮的首饰，听一首流行的歌曲，看一部热血的电影大片，这些是普通人都会有的审美感知。但当把穿着、生活、娱乐、休闲等成为一种品位，便需要审美。这让我想起了物理力学，作用力越大，反作用力也就越大。一个人对美理解与喜欢的程度越深，美对你所带来的快乐与精神的享受程度也就越高。

美在自然、生活中是普遍的，一座山、一条河、一棵树、一只小鸟、一块石头、一片叶子……，都存在着美感。生活中的美，要较为复杂一些，它还涉及到人的心理、社会阅历、文化等多重因素。清晨，迎着微风与朝阳，一个漂亮的小姑娘，微笑着向你走来，相信这种美谁都能够无法阻挡地感受到。当白发苍苍的老母亲与久别的儿女相拥而泣时刻，这样的场景是温馨而感人的，这种美就需要有岁月的历经与感悟，心灵更深入的感知与动容。自然、生活的美是普遍的，而艺术的美，却需要提炼与升华。生活中的所见之美如果被艺术家们所体验与感受，并挖掘与创作成一幅画、一首诗、一部文学、影视作品等，其美的感染与影响程度便将会数倍的放大。

尽管艺术作品的美更集中与典型，但自然、生活的美却更广泛与普遍。艺术来源于生活却又高于生活，艺术家只有不断地观察、体悟自然与生活，才能激发自己的创作灵感与冲动，拓展自己的创作思路与视野。因此，艺术家应该比常人花更多的时间深入自然与生活，只有这样才能创作出更生动、感人的艺术作品。

艺术的美相对自然与生活的美其韵律与美感更集中。因此，普通人要训练与提高自己的审美能力，最直接、有效的办法就是更多欣赏优秀的艺术作品，从优秀的艺术作品中发觉与感悟美的存在与规律，从而提升自己的审美能力与品位。

"生活中不是缺少美，而是缺少美的发现。"（罗丹语）美是到处都有的，关键是你是否拥有一双发现美的眼睛和一个丰富情趣的内心。

因何而美？世界因你而美！当你懂得欣赏美的时候，世界也便充满了美！

美丑之辨

审美的过程，其实就是辨识美丑的过程，美与丑，如同真与假、善与恶，是两个相对立的方面。在现实生活中，真与假、善与恶常常难以辨分，而美与丑则便更容易含混不清了。

美与丑包含在自然、生活、艺术等一切现象中，有时甚至真与假、善与恶，也被放在美丑之中来看待。因此，泛化的美与丑便是一个非常广泛的问题了。当然，在此我不便把美与丑的概念与认知无限扩大与泛化，以免浮于空洞与表面。

美与丑，我们从初级的字面上来理解，美便是能那些给人愉悦、美好的事物，美往往给人以养眼、动听、怡情、雅兴等感觉。丑则相反，它往往给人以低俗、刺眼、痛苦、难堪、不堪入目、难以忍受等心理感觉与联想。事实上，美与丑的问题却很复杂，它们常常混杂在一起，不易分辨。如果我们只停留在初级的感觉上，没有对美与丑的问题进行深入的剖析与理解，我们的审美感觉与判断往往便容易偏差与失误。

对于艺术作品，凡属常人一眼都能看出的美，一般情况下当然应该是具有美感的。因为，这是人正常知觉的一种恒常反映，就如同看一个人外表的美，一般情况下我们的感觉大致是相同的。但如果上升到人内涵、气质美的认知，就会存在较大差异。人外表的美相对是容易察觉的，而内涵、气质的美却要深沉、复杂许多。进而也可以这么理解，一般知觉的美，往往偏于普遍的、粗浅与通俗。而高层次的美，往往要深刻、含蓄、高妙，不那么显露、直白、一眼望穿。优秀的艺术作品也是如此，除了自身张扬的美感力量外，往往还有许多余音绕梁、耐人寻味的地方，而这恰恰就是其持久、高妙、隽永的艺术魅力之所在。

于是，在辨识美与丑的问题上便存在一定难度了。先不说美和丑，就单纯只谈美，到底谁是通俗、普遍、低层次的美，谁是高境界、深层次的美就不容易说清楚。一般人对于不同人之间智力上的差距，是容易认知与接受的，但在审美上，却容易自我、狭隘、偏执与局限。在审美上，人一不小心便坐井观天，局限在自我有限的认知与圈子里，用狭隘与错误的尺度来定义与衡量美。许多人是无法直面、接受自己之所喜好、审美水平是低层次的事实。虽然审美是具有多元性与差异化的，萝卜、白菜各有所爱，但我们不能以审美的宽度掩盖与回避审美高度差异的事实。对于审美，我们既要提倡百花齐放，各美其美、美美与共；在审美的境界上，我们又要提倡每个人一生不断的学习与修炼。其实，当审美到达一定的层次与境界，不同风格的审美倾向之间并没有太多隔阂，恰恰会殊途同归，"一览众山小"，"天堑变通途"。

对于丑的认识与把握是不容易的，丑比美的尺度把握就更难了。丑可以从情感与美学两个角度来看待。单纯从情感或情感与美学结合的角度来审丑都是比较复杂的问题。如果单纯的从美学角度来看丑，其实丑很多时候并非丑，丑少之又少，或丑亦为美。在常人看来，丑就是丑，但其实丑却有大学问，甚至在丑中也蕴含着大美。例如，在艺术表演中的一些丑角，表面滑稽、丑怪，而实际却能给人幽默等深刻的美感。同样，在美术创作中，艺术家一些有意识的变形，表面看来，也许比例、造型不那么准确，甚至有些丑与怪，却反而比那些真实造型的作品更具意味与表现力。

这种表面丑而实质美的丑，是一种特别的丑，也可以说是一种特别的美，即以丑为美，我把它称为"丑美"、"怪美"。生活中便太多这种现象了，例如一些怪石、枯藤老树、山间破屋等等，表面不那么光鲜流利，但却是另外一种特别的甚至更高级的美。在艺术作品创作中，如在中国书法，许多印刷体式标准化、甜美的字体，从审美的角度来看却是通俗、低端的。而那些高境界的书法艺术作品，却往往天真烂漫、质朴天然、非同寻常、不拘一格。艺术作品最怕的是庸俗、低趣，丑可接受，但俗却不可药。在艺术创作中，那些高水平的艺术家，往往具有独到的眼光，善于化腐朽为神奇，常常能铤而走险、险中求胜，出奇制胜、化丑为美，在深刻理解美后创造出那种不同凡俗、格调高雅的美。当然，这种创造难免曲高和寡，不那么容易被普通人所理解与接受，甚至还常被误解与贬损。历史上总难免有一些高水平的艺术家和他的艺术作品，例如西方的梵高、中国的徐渭等，不被他的时代所接纳与认可，这往往便成了时代的局限与历史的遗憾！

一般情况下，自然、生活的美多偏于感觉，也更易于直觉判断。而艺术的美，则需要有一定的专业知识和艺术修养，才能做出较为准确的审美判断。但无论是自然、生活还是艺术的美，审美者的感觉越敏锐，审美的修养越全面，对美的理解与判断，也便自然更准确与深入。因此，要提高自己的审美判断能力，便要不断的学习、体验与感悟，不断提升自己的审美鉴赏水平。

对于审美，是没有绝对的标准答案的。人们欣赏美，厌恶丑，但有不少艺术作品，从丑入手，结局却是通过丑体现美的内涵。有时，美太集中、太广泛，反而冲淡了美，不那么美了。有时，俗到极致，大俗却蕴含大美。如某些民间艺术、儿童画作品，用色单纯简练，表现直白朴实，反而更有一种特殊的美感。正如，白石老人晚年用曙红直接画牡丹，颜色艳丽，但艳而不俗，更是一派生机。

从审美的深层次角度来看，绝对的美和丑是不存在的，美和丑在一定条件下是可以相互转化的。美的东西（严格的说是漂亮）如果过于流俗，可能就变为了丑。而丑的东西，有时丑到极致，丑得巧妙，也就变成了美。美与丑的认识往往是主观的，不同的角度、不同的方面，不同的人，会有不同的感受与判断。因此，美与丑是没有绝对标准与定论的，那些普通得再无美感的景物，通过艺术家的发现与创造，也能转化为具有欣赏价值的美。

美很多时候取决于我们的审美察觉与判断。法国著名雕塑家罗丹曾说过"生活中不是没有美，而是缺少发现美的眼睛。"美在生活中是必然、普遍存在的，当你的审美感觉越敏锐，审美修养越全面，你便越能发现更多的美。当你的审美鉴赏水平提高后，审美活动所给你所带来的体验与快乐，也就更深入与持久。一个善于观察、感觉敏锐的人，他便能看到许多常人所看不到的美。也就是说，美的多少与程度，审美的客体虽然重要，但其实更主要还是取决于审美的主体。人便是审美的主体，我们能善于发现更多的美，便能把这种发现转化为更多美的鉴赏与行动，从而拥有与创造更多的美。

尽管，我试图只单纯从审美的角度来谈美。但事实上，离开真与假、善与恶，纯粹的谈美是很困难的。真善美，往往结伴而行，美的鉴赏，是离不开社会、个人、心理、价值观等多重因素的。例如：对一个简单的黑与白的理解，不同的民族和地域，不同的情境与场合等，便会产生不同的心理与审美联想。当然，美也有趋同性，越是普遍的初级的美，人在审美感觉上便越会趋同。例如，面对一片美丽的风景，相信无论是哪个民族、哪个人种，都是能感受到的，在这一点上对美的认知相信是完全趋同的，只是在美的感受程度上可能存在一定的差异。

一座山间老屋，在常人眼里的感觉可能是破旧不堪，这哪有美感？但在摄影家、画家眼里，它是如此具有独特的美感。在文学家、诗人眼里，可能又是一个故事、一首诗。艺术家往往能在别人司空见惯中寻找到特别的韵律与美感。当被他们发现、挖掘并创造出一种全新的美的时候，这时大家才恍然大悟。哦，然来如此呀，真是眼前一亮！有的人，他的眼睛一辈子都庸庸懒懒，世界在他眼里都不过如此。而有的人，可能几分钟便能发现并捕捉到其中独特的美感，并从这种美感中得到人生的快乐与升华，这便是审美独特魅力与价值！

真与假的判断趋于客观与理性，善与恶的判断又往往偏于道德与规范，而美与丑的判断，却更具包容性、灵活性，它既主观也客观，既真实又浪漫，也更易于被人所亲近与接纳。正如对人的判断，说一个人很真、很善，把他置于道义的至高点，他也未必敢乐于接受。反之，如果说他假与恶，不管这个人品行到底如何，但他是一定不愿意接受别人的这种认定与称谓。而美，大家都乐于接受，美是社会最大的公约数，也是大家都爱美、欣赏美。

美在现实中常常被泛化，美的欣赏是普遍的、多维度来。如选美大赛，除了欣赏她的身材姣好、楚楚动人，还需欣赏、衡量她的智慧、品行、涵养与气质。对于艺术作品的判断，我们也不只是单纯的看作品的形色、构图与表现技巧等，还往往会联系到艺术家的时代、生平、环境以及作品本身所呈现的内涵与精神等多重因素进行鉴赏与评判。

美和漂亮，在美学上来说是有较大差异的。漂亮，更多的是指形色等表象；而美，却更广泛与深刻，美呈现多种可能。美，也许是漂亮加内涵；也许不一定漂亮，但同样美。漂亮能给人愉悦，但这种愉悦未必能持久，但美却能深入人的情感，触动人的灵魂，让人悲喜与动容。因此，艺术作品光有漂亮是不够的，还需要赋予作品深刻的内涵。

丑是让人厌恶的，但运用丑的元素，通过丑的过程与表现，最后达到美的结果，我们也是应该包容与接受的。美和丑并非一对仇人，真正懂得欣赏美的人、真正的艺术家应该具有宽广的胸怀，能够容纳丑、吸收并利用丑，化冲突为和谐，转通俗为不凡，变低下为高级。这便是人所需要的对自然、生活品味的一种境界，也是真正的艺术家与鉴赏家对美、对艺术鉴赏所应该的认知、态度与胸怀！

因美，更美好

年轻的时候，我便喜欢艺术，但那时候真不太清楚，学习艺术到底有什么作用？也不太清楚，前途在哪里？只知道自己喜欢，每天都让艺术占据我学习、生活中尤为重要的一部分。

后来，通过艺术专业的学习，我考上了大学，对艺术的理解也便慢慢多了一些。但那个时候，找到一个理想的工作与发展的出路，仍然是第一要紧的事。理想与梦想还么遥远，艺术仍然承载的是太多的现实与负重。

大学毕业后，为生存、为工作与发展，是第一要紧与面对的事项。生活的困顿、前途的迷惘，让我不知何处何从。

那段时期，唯一给我安慰的就是艺术。我每天工作之余躲在画室或家里的一张小桌子上，不停地练习与创作。记得有一次，创作一幅诸葛亮《出师表》草书作品，为了作品的通气与顺畅，我激情飞扬、反复一遍又一遍地写，等到终于满意创作完成的时候，已经是凌晨四点多钟。那个时候，为了创作熬夜至凌晨是常常的事。现在想来，真的佩服那个时候我有如此的毅力与精力。那段时间，迷惘的我，不知前途在哪里，只想通过自己不断的努力，改变自己，希望能给自己一些出路。

终于，努力也不是白费，我的作品慢慢有了展示的机会，并渐渐被一些人所了解。一次偶然的机会，我在深圳举办了一个个人小型的画展，也算是对我来深圳后，艺术追求与付出的一个交代与小结。后来，我通过全国招聘考试，调入了深圳一所公办学校，生活终于有了着落与好转，心情也慢慢平静与开朗起来。

但这个时候，我的艺术创作之路却经历了一段时期的缓冲与徘徊。那段时间，东奔西跑，各种杂乱的事情，一件接一件，我没有办法把心情安顿下来好好创作。直到大约2010年左右，我突然觉得自己不能再这样下去，否则我的艺术人生理想也许将就此灰飞烟灭。于是，我重新又鼓足了劲，每天逼着自己练习与创作。在后面的几年里，我渐渐发现自己的创作有了一些起色与面貌。2014年底，在区委宣传部的资助下，我在盐田区文化艺术中心举办了"苍山入梦"个人书画作品展，展出作品100余幅，并出版个人书画作品集。后来，我又先后在深圳三次举办个人书画作品展，期间还受邀于北京、苏州等地举办美术作品联展等活动。

艺术创作给我带来了许多乐趣，也相应给我带来了一些社会知誉与影响，但却让我因此一刻不停地运转与忙碌。这么多年来，我几乎从不看电视，也少应酬，每天遥远的上下班路程，各种工作事务，回家孩子等一堆事情。这种长期的高负荷，感觉给自己身体也带来了一些影响。我有时悲观的向爱人抱怨，我说真想放弃一切，平平常常，每天上下班，回家陪陪孩子、家人就好。尽管，一次又一次在忙碌和疲惫的时候悲观与纠结。但艺术，却让我无法释然，让我一次又一次的收拾心情，重新出发！

四十不惑，人生到了四十岁后，很多事情便慢慢超脱与开悟了。艺术界眼花缭乱，你方唱罢我登场，当各种各样的事情与活动，赶集似的出现。但一个人的时间与精力实在太有限，有些事情真没必要赶来赶去、争来争去。要常常自问，这些耗费能量的奔波与赶场，最后到底是为了什么？如果没有太大意义的话，还不如静下心来，看看书、多想一想、画一画、写一写。也许这样，才是真正善待自己，并给自己和艺术最好的交代与安排。

曾经，我对艺术的认知与理解是浅显与茫然的，慢慢才变得客观与全面些。大约十多年前，有一次单位组织外出学习活动，其中有一个短暂的时间，组织到苏州园林参观、学习。记得导游带领大家到了某园林后，约定大家一小时后原地回来。我平时最怕的就是这种定时性的团体旅游，少了许多有机的安排和慢慢品味的乐趣。无奈，我只好一个人加紧脚步，走遍园林的每一个角落，匆忙间品味园林的匠心与美感。当我踩着点奔跑到导游约定的聚集地后，心里总算踏实了。我本以为大家都差不多，没想到一些同伴们正悠闲地站在门口，感觉就好像在等我一个人。我很难为情的给大家打招呼，连忙说："不好意思，来晚了"，并开玩笑说："你们也太准时了点"。其中，一位同事很得意地说"那当然，我15分钟就出来了"。这一刻，我突然明白，他是一位缺少美感的人。他是学理工的，还是领导，文化上当然没问题，但在美的感知能力上确实不足。我又联想到现实中许多人，出来看风景的意义，无非是拍个照、留个念，以此为证、到此一游而已。风景有与无、好与坏，对他们来说，其实意义并不大，因为在他们眼中，世界所有的美景也都不过如此。

年轻的时候，没太体会到美的力量与价值。经历许多事情后渐渐体会与明白，美是实实在在能给我们带来现实的价值与影响的。在生活中，经常发现这样的例子，一个工程建筑、园林绿化、装修等项目，投入同样多的财力，却出现了明显差异的效果，有的最后效果甚至不堪入目，这便是审美的差异而导致选择之高下的结果。曾经，身边发生过不少这样的事，某某女孩抱怨某某男虽然收入高，就是不会生活、缺少情趣，那时觉得这些女孩是否无理取闹、太挑剔了。现在明白，人审美的品味其实就决定其生活的品味，美感程度的高低就决定其情趣水平的高低。审美能力与水平最终会转化成为一种人格、气质与修养，并影响其一言一行与处世发展。

美的力量，是真实、永恒而持久的。历史千回百转，但真正留传下来的东西，往往都是因为其持久与永恒的美的价值。每一次，当我去博物馆参观的时候，我内心总是充满虔诚与感激，感恩历史的馈赠与伟大。这一件件珍贵的文物，经过历史的沉淀与珍藏，让我们追忆那些曾经的辉煌历史与岁月烟云。无用之用、方得大方，许多器物之所以能被历史流传下来，往往均与其本身的审美价值紧密相连，唯有美的价值让一件件器物珍贵与永恒！

著名画家吴冠中先生曾痛心疾呼："美盲比文盲多"。朱光潜先生曾在《无言之美》中提到"人能动情感，就爱美，就欢喜创造艺术，欣赏人生自然中的美妙境界。求知、想好、爱美，三者都是人类天性；人生来就有真善美需要，真善美具备，人生才完美。"许多的人，甚至有较高学历的人，却在美感程度上显得非常低能。对个人而言，审美是一种品质和修养。倘若一个人对审美无感，他就是那个到了历史名胜地只会拍照的人。对任何事物，如果没有欣赏和领略，没有感知和动容，那么其过程也便失去了许多意义。生活对缺少美之感知的人来说，也便只是一种程式，不会有太多新奇与美感。美学家蒋勋有一段话说得好："一个人审美水平的高低，决定了他的竞争力水平，因为审美不仅代表着整体思维，也代表着细节思维。给孩子最好的礼物，就是培养他的审美力。"

作家周国平在《灵魂只能独行》中写道："审美的人生态度，是和功利的人生态度相对立的，功利注重对物质的占有和感官的享乐，审美注重对生命的体验和灵魂的愉悦。"现代人在审美和功利两者之间进行选择，其实也就是有趣和有用之间进行选择。培养审美的生活态度，才能为没有信仰的现代人提供一种真正的精神补偿。

一个只注意事件和事实的人，不可能比一个注意外界形色变化的人更能体会到生活的乐趣，因而也不可能产生更丰富的情感和对生活的热情。艺术作品与人的生存表面上似乎并无直接的关系，但却与人的生存质量息息相关。因此，在当代社会，艺术家的作用则愈发重要。感情是人类活动的动力系统，人的感情是丰富的。艺术除了能培养人的世俗情感外，更重要的是它尤其擅长培养人微妙而崇高的生活情感。艺术与有机生命息息相通，艺术能让人体验到许多生命的微妙处。当然，我们的社会不可能人人都成为艺术家，但我们应努力追求人人成为具有审美能力和审美品味的"生活的艺术家"。

美，没有尽头。审美是持续一生、不断精进的修为。在人生的道路上，我们可以不断培养、提高自己的审美能力。当我们的审美能力增强了，往往也会有更多的充实与自信，也更有了生活的热情与前行的动力！

因美，世界更美好；让美，点燃生命的火炬，开启你我温暖而有滋味的人生！

《静夜》 2016 年 瞿拥君

随美风行

一个人，要经历多少次与美的相遇，才能发现美的存在与价值。答案，它在风中飘扬。

美，无时无刻不在你的眼前，像风一样飘荡。可是，有些人却总是漠然与回避，这多么的无趣而可怕！

与美相约，随美风行，携美翩翩起舞，领略那醉人的风姿与烂漫的色彩！

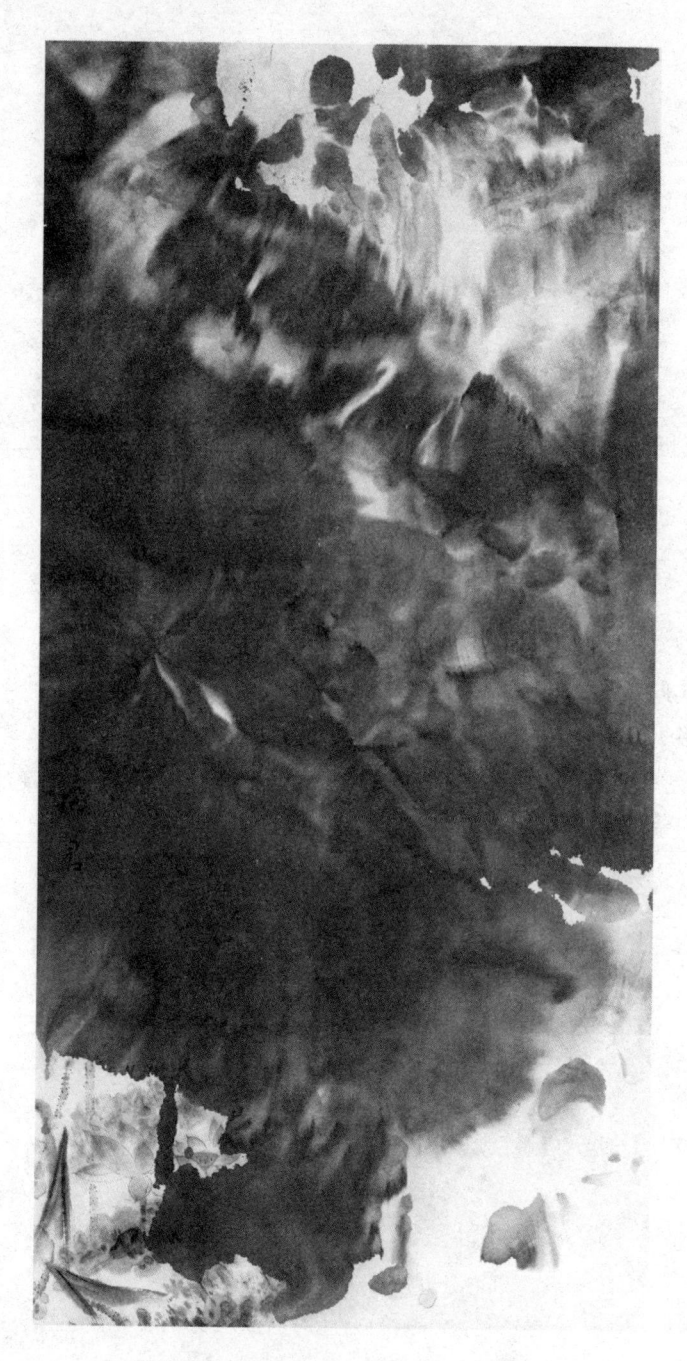

《荷系列——尘缘》 2015 年 瞿拥君

望尽天涯路

人生，无论是积极还是消极，对每一个只要是活着的人来说，都有着无法回避的各种面对与选择。人生如登高峰，须脚踏实地，目标专注，方可一步一步往上登攀。踏上艺术的人生之途，便是鲜花与荆棘、烂漫与孤独、欢喜与失意、汗水与收获的各种交集，没有终点，唯有毅然而坚定的跋涉，勇往前行！

结缘艺术，选择与艺术相伴的人生，不知缘何。而不知不觉中，艺术已融入我的生命，成为我生命中最难以割舍的主体。艺术于我，虽历经风雨，而情却愈浓，我愿与她携手终老！

峰高无坦途，人生如此，艺术亦如此。在通往艺术高峰的路途上，哪怕要登一座小山坡，也可能会遭遇遍地荆棘、迂回曲折。倘若坐井观天，孤芳自赏，必然会故步自封，不进则退。要相信自己的艺术追求，却不能墨守成规、自鸣得意，永远保持对艺术的敬重与谦卑，开阔视野，放开胸襟，穷古今之变，揽百家之长，方可不断进取，开创一番艺术天地。

我深知自己只能算是一个艺术的虔诚之徒，天资匮乏，虽深爱她却因为这样那样的因素投入与用功远远不足，所以至今仍在艺术殿堂之门外徘徊。这或许也不算太坏的事情，更可怕的是那种未入艺术之门却自我标榜、自封为王而不思进取的做法。

作品的风格与面貌是非常重要的，风格是艺术家在艺术人生的道路上不断追求、积累、成长、突破的漫长过程中形成的。所谓风格，如不成气候却早已定型，艺术的格局反而受限，失去了提升的空间。对于艺术，唯有真诚与努力，若刻意与矫枉过正都将把自己埋葬，风格是艺术臻于至善而自然形成的。

对于艺术，我一直在努力探寻与追逐。如果把我的艺术人生分为几个阶段的话，在上大学之前，我对艺术主要是一种爱好与内心愿望的驱动，对于艺术的理解尚处于幼稚与朦胧阶段。上大学及毕业后的前几年，我对艺术还尚处于一知半解的求索中，艺术尚在浅层次的"技"上停留，如蜗牛慢慢往前行。直至客居鹏城两三年后，由于眼界之渐开阔，加之用功愈勤，虽期间由于各种缘由有所耽搁，但艺术终渐有局面。但我深知自己当前艺术所在的状态与不足，还需倍加努力，天道酬勤，方可更上一层楼！

在艺术创作的道路上，往往层峦叠嶂，峰回路转，柳暗花明，荆棘密布，会遇到各种各样的问题，需要我们不断面对与跨越。在我心中，艺术创作有一条永恒的主线，让我守持而不迷乱，那便是用真性情、真感情与超然的情怀与气度来创作。我的每一幅作品，皆因内心情感的驱动而创作，感动自己方可感动别人。我敬重传统，尤其是传统艺术的那份宁静、从容与精致让我倾慕与向往。但我认为，艺术必须不断追求新的形式与面貌，因循守旧的艺术是难以有生命力的。我喜欢诗意的画面，因为诗意的画面最能摄入人的灵魂。优雅、婉约的诗意虽然我也喜欢与欣赏，但我骨子里更喜欢在画面中表现那份醇厚、苍茫、迷离、浩瀚、深远的意境。

过去、现在、将来——也许，昨天，我努力了一些，可也错过与荒废了不少；今天，我还在上下求索，苦苦追寻；明天，是什么，将向何方？但求不再有太多的错过与遗憾，嗟叹与蹉跎，认准方向，努力前行。

艺无涯，人生路漫漫，独上高楼，望尽天涯路。

2014年8月初稿于湖南老家，归鹏城后修订定稿

气韵　格局

　　一幅画，其艺术的高下优劣如何甄别与判定？这是一个难解的命题，不说普通人，就是专业人士也未必能解答好。中国画，作为典型的东方文化艺术形态，在艺术的鉴赏与品评上，显然有它更大的难度与高度。

　　中国画，是中国人审美情趣最高形式的呈现之一。中国画在每一个时代，都有着相应的面貌与特征，审美的取向与标准也在不断演变。在中国画几千年发展的历史进程中，虽非一直递进式的往前发展，但整体上，还是呈一个上升的趋势。任何一种事物，包括艺术，如果它的发展趋势是不断下降的，那它必然会为历史所抛弃，并不断走向式微与消逝。中国画艺术，今天仍然兴盛，说明它是有强大生命力的，是在不断上升与发展的。

　　中国画为什么千百年来一直呈现如此旺盛的生命力？我想，决定中国画命运与生命力的正是它典型的东方文化气质。中国画独特的气韵与格局追求，独特的审美与表现，决定了中国画有独特的艺术价值与强大的生命力。

　　气韵是中国画的灵魂，气韵所呈现出的格局便决定了中国画艺术的高度。南齐谢赫在其著作《画品》中首提"六法"之说，成为品评中国画的经典理论与标准，其中"气韵生动"又居六法之首。气在中国人的生命和文化体系里，是有生命的，有时是可见的、有形的，但更多时候却又是无形的、难以捉摸的。气在人的生命体系里，滞则身心不畅，百病丛生，顺则神采奕奕，精神抖擞。

艺术作品的气与人生命的气其实是一致的，当一幅中国画作品气息不畅的时候，艺术的生命与价值也便无从谈起。韵是气的递进与外延，是在艺术作品中所呈现出的一种特别的、耐人寻味的东西。气韵如同人的精神与气质，又好比欣赏美女，形象的美可以养眼，舒心，但若还有独特的气质和味道，便更能让人心生欢喜与倾慕！

格局决定人和事物的高度，格局在当今社会里，是谈的最多的一个话题，大到一个国家，小到个人或某一项具体的事，格局的高低决定人和事业的成败。艺术的高低是由艺术的格局所决定的，小情趣有小格局，当然也难能可贵，但只有大情怀、大智慧才会形成大格局。在中国画历史上，大格局的名家力作并不少，如范宽的《溪山行旅》，王希孟的《千里江山图》，都堪称大家力作。当然，作品不是一定要表现大山大水、大题材，才可以成就大格局。题材只是创作的元素，反映作品的一个方面，决定作品格局与力量的是作品本身的语言与表现及其所呈现出的感动人心的、不同凡响的艺术魅力。八大山人作品逸笔草草，看似简单却非同寻常，白石老人画虾、虫、鱼等小动物，题材很小，画面的格局却非常大。一幅中国画作品的好坏与格局大小，画内能呈现一部分，还有许多看不见的，需要感悟与品味，是靠画外功夫来修炼与呈现的东西。中国画的格局，妙在灵机与参悟，读万卷书，行万里路，静心修为，思通古今，方可通达艺术的峰巅。

气韵与格局，二者是一种融合的关系，画得气韵格局方成，画求格局气韵乃现。艺术的本质，即为情感的表达，艺术的生命，全在于创新。情感与创新，须靠作品的气韵与格局来呈现。情感、创新、气韵、格局，这便是通往中国画艺术之途不变的准则与方向。

潇湘山川来巨笔
念吾师——怀念恩师曾晓浒先生

千年学府岳麓书院门前有一名联："惟楚有材，于斯为盛"，让多少湖湘子弟为之胸怀激荡与自豪。应该说，湖南人不至于如此狂妄与自大，这更多应该是湖南人的一份担当、自信与豪情。中华大地、东西南北中，可谓豪杰、名士风流荟萃，岂独"惟楚有材"焉？

不可否认的是，三湘大地，确实有多少风流人物在这片土地上孕育与成长。湖湘的风光，不能说天下最美，但武陵的俊山秀水，湘西的风情民俗，洞庭的湖光掠影……，确实令人神往！如此美景，自然便"迁客骚人，多会于此"，更引丹青能手竞折腰。湖湘的丹青能手们，总有一股倔强劲，所以泼墨挥毫下笔便赫赫生风，身手不凡。自古以来，三湘大地出来的丹青巨手们常常不鸣则已，一鸣则惊天地、泣鬼神！古有怀素、欧阳询，近有何绍基、齐白石等，都可谓高山仰止、名垂千古。相较之下，湖南当今的山水画坛似乎没那么风光，但其实也并没那么落寞，只可惜有些画家的成就并未被画坛与世人所熟知和认可罢了。

提到山水画家，自然首推引领湖南山水画风的曾晓浒先生。先生川蜀人也，书香门第，家学渊博，其艺术功力、修养在当代山水画坛非等闲所能望其项背。先生早年毕业于广州美术学院，为关山月、黎雄才等诸位先生的得意门生。先生学养精深，修养全面，眼界开阔，先生的山水画风不拘泥于岭南门户，画风直追宋元，对近代张大千、黄宾虹、傅抱石、李可染、何海霞等大家均涉猎并推崇。我等同学尤其庆幸大学期间能遇到这么好的一位导师，真乃机缘也！先生授课一重传统根基，二重课堂示范。先生授课期间常拿学院所藏名家作品及玄二社复制精品讲解，使我们眼界大开。先生授课从不空谈理论，总边示范边讲解。记得先生当时已年近花甲，每堂课半天下来，常常一直站立示范，一画就是三五幅。先生人很亲切，一般话不多，偶也聊些诸如大学期间关山月、黎雄才等先生的故事，常常使我们看得过瘾、听得入神。先生作画，真可谓大手笔，潇洒磊落，笔下生风，曾欣赏先生作丈二山水、花鸟巨作，创作过程真是荡气回肠、惊心动魄，心中直呼过瘾！在大块落墨处，只见先生手持大笔（甚至大排刷）在纸上呼啸生风，有时又见先生伫立凝视，久久不言，尔后又见提笔疾风骤雨。看先生作画，犹如武林高手施展拳脚，艺术名家登台表演，一招一式、一举一动间都呈现无穷功力与韵味！

先生艺术应属于那种早慧功成型，三十多岁便在湖南艺坛独领风骚，并为人民大会堂创作多幅巨幅山水。尽管有如此成就，但先生却淡泊名利，潜心为艺，更不结朋炒作。因此，先生的声名与影响远远不及先生艺术本身的成就与高度。尽管如此，湖南及华南地区还是有不少山水画家深得先生真传与影响，先生的弟子及弟子的弟子更是遍布湖湘及全国各地，其中湖南尤以王金石、旷小津等为代表。王金石先生的艺术根基，多方面均得益于先生，王金石先生以自己的勤勉及对艺术的灵性与智慧，并以自己多年对湘西村落的深入体悟为艺术源泉，形成自己的山水画风，而为艺坛所瞩目。我有幸授业于二位恩师，只可惜大学期间对艺术的理解太肤浅与稚嫩，有幸于门下却未能得其堂奥之一二。大学毕业工作后，又纷扰芜杂，对艺术的追求与创作总断断续续。不觉十多年间一晃而过，于今，多想能有机会再次聆听二位先生教诲。唉，只怕难得有此机会了！

湖湘山色正微茫，恰是挥毫泼墨时。潇湘大地，那一山一水，都那样富于灵秀与生机！感恩故乡的风物，感念恩师的教诲。已作天涯游子、远在他乡的我，无论身在天涯何方，仍深深热恋这一片土地，并愿终生为她讴歌与写照！

后记

2013年8月初稿于湖南老家，2014年初春，痛闻曾晓浒先生仙逝，深切怀念与感恩先生的教诲，此文以为悼念与追思矣！

快意地行走天涯——楚群和他的艺术

与楚群兄相识是在当年毛主席曾指点江山、激扬文字的地方，在万山红遍、层林尽染的岳麓山脚下，我们一起开始了同学少年、风华正茂的烂漫岁月。

"惟楚有材，于斯为盛"，这句话我一般走出故乡湖南就不愿意说出。中国这么大，人才济济，岂敢妄自独尊。但楚群兄这个名字却似乎总能让我联想起这副千古名联，上大学的时候我多少有些羡慕他这样的好名字。

那个时期，能上大学，尤其是当时湖南省一流的艺术院校，实属不易与难得。刚上大学，我就发现楚群兄的字写得非常好，我从小就喜欢书法，这一下子就拉近了我们之间的距离。我们俩都分在工艺设计班，我看他书法写得好，时常鼓动他转国画班学习，其实我自己也总在犹豫和观望。没想到他学期末就真的转到国画班了，我却羡慕又犹豫，在他的反复鼓动下，熬了一年多终于下定决心转到国画班来学习了。

那个时期，大部分同学家庭条件都不算好，我与楚群兄都如此。上学期间，能挣得些小收入是非常开心的事情。楚群兄总是能找到一些生财之道，如给画廊画些仿古画，或者做家教等。有一次听一位同窗兄弟描述，楚群兄只要上完家教，一定会途经长沙最繁华的五一路买一只五元的大鸡腿享受一番。当时，我哪能有如此得意与享受，望着繁华的五一路大街，隔着玻璃望着麦当劳、肯德基里的高贵人士，总觉得自己离得那么遥远，口袋里做家教好不容易刚挣的几十元钱摸了又摸，生怕一不小心便遗落街头。

楚群兄是个非常随和的人，可以说是个完全没有脾气的人。我当时想，这种没脾气的和事佬在艺术上应该不会有什么出奇与个性。让我惊讶的是，多年的交往与认知后，越来越发现他其实是个办事雷厉风行、有张有弛、值得信赖的人。艺术的追求上，他恰恰是一个勇夫，一员猛将，敢作敢为，敢破敢立，不畏浮言而勇往直前！

传承与创新是艺术创作的一个永恒命题，尤其是对于中国画这种具有强大传统影响力的艺术更是如此。李可染先生强调，"对于传统，用最大的功力打进去，用最大的勇气打出来"。学习传统，首先要清楚该怎样走出传统，很多人往往只看到或强调第一句话，就这样一辈子迷失在传统的阴影里。李可染先生还有一句话："我重视传统，但不迷信传统。"这是真正核心与重要的方面，任何一个艺术家如果只是固守旧的形式、面貌与观念，在艺术史上是永远也不会有太高地位的。

艺术与世界的发展、天地万物的存在是一样的，守恒与不变只是相对的，运动和发展才是其永远不变的规律与真理。"整个艺术史不是熟练程度的发展史，而是观念和要求的变化史"。（贡布里奇）其实我不完全认同这个观点，艺术的技巧和精巧本身就有其相当独立的审美价值。但我们必须清楚地认识到，世界上最伟大的艺术往往都源于创造，没有创造，艺术是没有生命力的。"艺术与一般技艺的差别就在于前者必须是创造，后者则可以因袭。"（亚里士多德）一件好的艺术作品之所以有如此价值，技巧是一个重要的载体，但更重要的是作品所承载的艺术家的情感、思想与创造。

楚群兄近一二十年的艺术人生，是一直在不断地行走和变化着的。一般而言，一个人在二十至三四十这个年龄阶段变换几次工作单位是非常正常的，楚群兄的幅度更大，他不仅是变换工作，而且是变换城市。他大学毕业分配到广州工作，一年后就回到长沙一所高校任教。几年后，又到了南京。没多久，在南京成了家，有了孩子，我想估计应该算是定居了。后来，他居然读起了研究生（大学本科时，他最反对艺术研究生、博士），毕业后正式北上，成了京城里的人。也许是特殊的情谊与缘分，除了在广州他待得实在太短暂，他的每一个窝我都亲自踏足过。他定居北京后，我给他通电话，我说咱们都要奔四十的人了，就不要再漂泊了，下决心安顿下来吧。这一次，看来他真是安定了，这么多年再也没听说他另移居的打算。但这并不表示楚群是一个甘于沉沦与安分的人，在北京他一直在闯，艺术的风格也一直勇敢地探索与变化。其实，楚群兄是一个非常感性、艺术气质的人，他不想让自己轻易被束缚与捆绑住。这么多年来，他一直在寻找与追求自己的艺术天地与心灵归属。在北京，他应该算是终于找到了自己艺术人生的归属地吧！

在此，我想到了一个话题，艺术的地域与风格、面貌。艺术是有方位、地域的，艺术的东方与西方，就是一个很大的话题，在此我就不多谈了。但就中国绘画艺术而言，艺术的南方、北方，也是个很大的话题与命题。董其昌的南北宗说就是一个关于中国绘画艺术很重要的学术话题。当然，中国画艺术不光只有南派、北派，实际还有中部、中原、东部、西部等不同流派的区分。南方人和北方人在艺术感受与气质上是存在很大差异的。南方人细腻，温润，北方人粗犷，豪迈，当然也不能一概而论。本来，艺术有地域差异其实是好事，这样才会百花齐放，面貌丰富。但活在当下，人的视野其实已经无所不及，狭隘的地域观尤其是互相排挤是不应该的，作为当今的艺术家应该具有宏大的视野、格局与包容心。楚群兄行走东西南北中，在艺术上看不出有任何狭隘的观念，他既不拒绝传统，也敢于吸收各种新颖的流派风格；既有南方的温润、丰富，也有北方的旷达、宏大。他的艺术，你很难看出一定是哪个流派，哪种风格。

对于搞艺术的人来说，楚群兄其实还很年轻，四十不惑就已经有了自己不俗的一番成就与面貌。人生路漫漫，万水千山，相信他未来的路一定是不寻常而美好的。走四方，路迢迢，愿他：做一名永远的勇敢者，快意地行走天涯！

《逝梦》 2003 年 瞿拥君

以美育人

"天地君亲师","师者,所以传道受业解惑也",教师是一份神圣的职业。小的时候,自己梦想过许多许多,说句实在话,好像却没有梦想过自己将来要当一名教师。大学的时候,虽然就读的是师范类院校,但也没有完全真正地好好构想与准备好当一名教师。参加工作后,自己终于成了一名真正的教师。逐渐,我越来越发现作为一名教师的乐趣、责任、光荣与使命。教学相长,与学生一起成长,在教与学中不断完善与成就自我,这是作为教师职业最大的幸福与成就感!

作为一名美术教师,传播美、发现美、创造美的教育,更是充满着无限的浪漫与惊喜。当因为我的启发与影响,看到那一双双闪耀着智慧光芒的眼神,看到那一件件充满灵性与创意生机的作品,你可以想象,那是怎样的一种成功感与喜悦的心情?

以美育人,让美与爱的种子播撒在人间!

《清晓》 2016年 瞿拥君

激情、创新、梦想——把爱留在这片美丽的天空

作为教师，当我们第一次踏上讲台的时候，是什么样的心情与感受？是紧张、困惑、希望、期待，还是……当一幕幕已成往事，我们是否曾问过自己，为什么我们选择了教师这个职业？是因为崇敬，是希望，是人生理想的追求，还是因为……不管是什么，既然我们已经成为一名教师，那我们没有理由不去热爱这份职业，因为我们面对的是那一张张稚嫩的、鲜活的面孔，有一种使命总在促使我们去追求，有一份信念总在促使我们去努力，我们在用灵魂与智慧抒写美好的未来！

"问渠哪得清如许，为有源头活水来。"为那一汪甘泉，我们需寻找那口可以源源不断流出甘泉的深井。是呀，学问千千万，做了老师，才知道"其学无涯"，才不断感知自己的浅薄与不足。学习，是职业发展的需求，更是一份使命，它是生命呼吸、血脉流畅所必需的养分，我们不但要自己学，而且要培养学生学，培养他们终生爱学、勤学。

"随风潜入夜，润物细无声"，教师的行为，教师的影响，总在春风细雨、不知不觉、潜移默化中施加与发生。在育人的过程中——没有什么比尊重学生、关爱学生更为重要。作为教师，需要一颗真挚的爱心，爱职业，爱学生，爱生活，爱世界一切的真善美，要具有良知、真知、责任感、使命感。爱学生，就要欣赏与包容学生，当你用一颗真心与学生平等的交流时，你会不断惊喜地发现学生的智慧与闪光点。

捧着一颗心来，不带半根草去。真教育是心心相印的活动，唯独从心里发

出来，才能打到心灵的深处。教师需要一颗平常心、宁静的心，用心发现，用心交流，用心浇灌，用心呵护！

"忽如一夜春风来，千树万树梨花开"，教师要如春风扑面而来，使万树催绿，万物生机！激情，用职业的激情成就一名优秀的教师。好的教师，对于教育事业应该热情奔放、激情四溢，用热情、智慧、阳光的心态来感染每一名学生。试想，如果一名教师上课没有激情，对工作缺乏热情，不能激励自己，又怎么能去激发学生呢？只有当课堂教学注入了教师生命的激情，教师才能用自己的生命去撞击学生的生命，激活学生的生命。

"创新是教育的灵魂"，教育不是一潭死水，她是鲜活的、有生命的、用心创造的艺术。学校不是一座工厂，课堂不是一个车间，学校、课堂应是产生思想的地方，是一条流动的思想之河。教师的责任是让这条思想之河生生不息，涌动起来。教育的创新应该是创自己之新，创课堂之新，创学生之新，创未来之新，创一切可能之新！我们要不断革新自己的知识、观念，革新一贯的、守旧的课堂，面向不同的、崭新的、具有生命力的学生，面向不可预知的、奇妙的未来！

"泰山不让土壤，故能成其大；河海不择细流，故能就其深。"每天多做一点点，就是成功的开始；每天创新多一点点，就是领先的开始；每天进步多一点点，就是卓越的开始；每天谦虚多一点点，就是被接纳的开始。

"千淘万漉虽辛苦，吹尽狂沙始到金"，人生路漫，教学辛劳，但我们在上下求索、不断追求中也充满诗意，收获成功与快乐！

《美术及其教育》——一本陪伴我成长的好书

尹少淳先生，是我国当今著名的美术教育家，也是我的大学老师，《美术及其教育》这部著作是尹老师早年的一部美术教育理论著作，也曾是我大学期间的美术课程教材。这本书伴随我已经二十多年了，它在我走向美术教育的人生路上一直陪伴着我，指引着我，每当我在美术教育的职业生涯中遇到困惑，我就把这本书拿出来读一读，总能得到启发。最近，我又认真研读了老师的这部著作，真是日读日新、常读常悟。

这本书，首先对美术教育的含义做了分析，提出了美术取向的美术教育和教育取向的美术教育两种类别，这是对美术教育分类的一种高层架构与判断，理清了美术教育的基本目标与方向。时至今天，我们社会的教育界、艺术界等，常常对这个问题存在认识偏差，不知道针对什么年龄阶段和情况的学生，应该实施什么样价值取向的美术教育。其实，这个问题一直都很有探讨价值，因为作为一名教师，清楚该教什么，该让学生达到什么样的目标和方向是首先要解决的教育命题。两种价值取向的美术教育各有其历史发展、渊源和价值，尹老师将两种取向的美术教育加以综合，提出美术教育的完整表述是：以教育为手段，向学生传授一定的美术知识和技能，发展和传播美术文化；以美术为媒介，重视美术教育过程和意义，通过美术教学，培养学生的道德情操、审美能力，发展智力和创造性，获取一般教育学意义之功效。

在本书的第二章中，对美术教育的发展以及对影响美术教育发展的因素做了综合的分析与总结。同时，又对中国美术教育及外国美术教育发展的历程进行了概述和总结。其中，提到我国古代大教育家孔子六艺的教学思想，还有近现代王国维先生、蔡元培先生的美育教育思想，这些思想至今仍有深远的现实借鉴价值和意义。本书还谈到西方教育理念中的"人的全面发展"的概念，提出综合就是创造的理念。在分析美术教育发展的历程时，列举了不同价值取向的美术教育体系，对美国、日本等国的美术教育发展进行了个体分析。这些都让我对美术教育的发展历史、体系、观念等，有了更全面的理解与认识。

在本书中，对普通美术教育的特点以及美术教育的价值体系做了全面的阐述与分析。比如对艺术（视觉艺术即美术）的分析，引用赫伯·里德所说，"艺术是人类思想史上最难以捉摸的观念之一"。引用美国心理学家爱伦·温诺对艺术的定义，把艺术分为两种主要形式，即形式主义和情感主义。谈到形式主义的艺术，分析了蒙克的《呐喊》等艺术作品。谈到情感的艺术，引用了托尔斯泰的话来说明艺术的情感体验与价值："在自己心里唤起曾经一度体验过的感情，并且在唤起这种感情之后，用线条、色彩以及音词所表达的形象来传达出这种感情，使别人也能体验到这同样的感情——这就是艺术活动。"

对于一件物品，什么是艺术，什么是非艺术等普遍问题，本书中进行了有趣的举例与分析，并对艺术的定义得出结论：艺术在原则上是非定义性的，艺术永远是扩展的、探索的、非静态的，因而其概念是开放的，可延伸性的，并指出，开放的艺术观造成开放的艺术教育观，只有开放的艺术教育观才能不断使艺术教育达到新的开阔的境界。

在对艺术的特征进行总结的时候，本书提出不同的价值观是导致艺术现象多样化和丰富性的主要原因。真理是科学探索的目标，而艺术则重于价值的表现。用法国大文豪雨果的话说，"科学是我们，艺术是我"。科学趋同，艺术存异，"科学不分中西，艺术应有中西之别"。

对于艺术作品的形式与内容，艺术创作与现实的关系，本书也做了深入的阐述和分析。"形式是一切艺术作品的共同特点，最好的艺术作品，就是有最好形式的作品。"（赫伯·里德）内容决定形式，形式反作用于内容。艺术在所有人类活动中是最重形式的，一位有志于艺术事业的人，必须在自己的学习生涯中，花费大量的时间和精力去熟悉和掌握特定的媒介材料、工具以及操作方法，要不断培养其对形式的敏感性和认识力。本书尤其提到，在现代艺术中，形式受到了前所未有的重视。艺术作品是一种既与客观现实相联系，又独立于客观现实的人类创造的结晶。

本书在对普通美术教育进行归纳与总结时提到，普通美术教育不是以培养画家、雕塑家和工艺美术家为教育目的。美术教育要受到学生的青睐，必须着眼于激发学生的内在兴趣。美术教育必须突出其特征，并与一般的科学教育拉开距离，普通美术教育的学习要相对倾向于暖性，美术教育要在众多面孔严肃的学校教学科目中，扮演一种活泼轻松的角色。但本书同时也强调，美术教育绝非一种自发或放任自由式的游戏，作为一种教育科目，它必须包含某种程序和结构，并包含一定技能性。在普通美术教育中，完全抛弃美术技能的观点，既不现实，实际上也不可能。但在美术教学中，对学生技能的要求应该适当，否则就可能使学生在学习的过程中产生挫折感，导致美术教育的失败。这些，为我们从事美术教育、实施美术教学，既指明了方向，也提供了很好的教学实践经验。

关于美术教育的价值体系，本书从情感、智力、技术、创造四个价值系统做了分析与总结。审美教育能使人感情发达，并达完美之域。"美感教育就在于训练我们去观赏最大限度的美。"（乔治·桑塔耶纳）"一个只注意事件和事实的人，不可能比一个注意外界形色变化的人更能体会到生活的乐趣，因而也不可能产生更丰富的情感和对生活的热情。"美术作品与人的生存表面上似乎并无直接的关系，但却与人的生存质量息息相关。因此，在当代社会，美术家的作用越发重要。感情是人类活动的动力系统，人的感情是丰富的。艺术除了能培养人的世俗感情外，更重要的是它尤其擅长培养人微妙而崇高的生活情感。艺术与有机生命息息相通，艺术能让人体验到许多生命的微妙处。"高峰体验"是物我相忘，人忘却自身是身心最美妙、最幸福的时刻。一个没有强烈情感和幻想精神的人，是很难享受到"高峰体验"的。"高峰体验"享受最多者是创造家们——艺术家和科学家。当人全身心地痴迷于某种艺术的幻觉世界，并在一瞬间获得表现、宣泄或创造的成功喜悦时，就会获得"高峰体验"带来的难以名状的情感体验。本书谈到现代社会人的情感问题，提出艺术在处理人的情绪方面，有其独擅之处，艺术可以弥补一些理性的职业造成的感情匮乏和隔膜。

黑格尔将美术尊为各民族最早的老师，因为它与整个时代、整个民族的一般世界观和宗教信养紧密联系在一起。达·芬奇认为视觉是人的心灵与外界沟通的要道，是最准确的器官。因此以视觉为基础的绘画，就成为人类认识自然和传播真善美的最有效手段。艺术也是增加感知力的最强有力的手段，没有这种感知力，任何一个研究领域的创造性思维都不可能。

创造和超越，是美术的灵魂，美术作品的价值在很大程度上是由独创性体现出来的。相对于其他科目，美术教育能有效地发展学生的创造力，基本上已成为教育界的一种共识。"在艺术教育里，艺术只是一种达到目的的方法，而不是一种目标；艺术教育的目标是使人在创造的过程中，变得更富于创造力，而不管这种创造力将施用于何处。假如孩子长大了，而由他的美感经验获得较高的创造力，并将之应用于生活与职业，那么艺术教育的一项重要目标就已达成。"（罗恩菲德）直觉和理性，是人类思维的两大形式，直觉最典型的形式是"艺术"，而理性最典型的形式是"科学"。里德认为，人可以分为"分裂型"和"统整型"两种，有创造性的科学家和艺术家都是"统整型"的人。而恰恰，美术教育是训练直觉最好的方法，一个学生如果缺乏美术教育，不仅有碍于他们获得人类文化，也将限制他们创造力的发展。

本书对具象美术、意象美术、抽象美术及其教育实施等进行了分析和比较。尤其是对儿童美术教育，对其创造力培养、创意与技巧等进行了比较深入的分析。这些，无论是对于美术创作还是美术教学，都给我们提供了很好的理论依据与思考空间。

《美术及其教育》，这本书尽管出版已经有20余年，这应该是尹少淳先生早年初出茅庐时的理论研究著作，但此书的理论观点和思辨，一点也不陈旧落后，许多的观点和思考，都是新颖的、前瞻性的、深入的。每当我在美术创作和教学中遇到困惑的时候，把这本书拿出来读一读，便有所启发，常常会有豁然开朗之感。感谢先生，对美术及其教育做了如此深入而有价值的研究。这本书，已伴随我20多年，相信它仍将一直陪伴着我的艺术与教育人生。

尹少淳，首都师范大学美术学院教授、博士生导师。1990年供职于湖南师范大学美术系，曾任该系副主任兼美术教育研究室主任。1996年岁末作为人才引入北京首都师范大学美术学院工作。现为教育部基础教育课程改革美术课程标准研制课题组组长、教育部中小学美术教材审查委员、中国美术家协会少儿艺术委员会主任、美术教育国际协会会员、中国美术教育专业委员会理事等。

美在创意中绽放与升华

摘要：审美与艺术教育，是美好和浪漫的代名词。当前，一提好的教育，一定绕不开审美和艺术教育，但学校艺术教育的现实与空间却又是那么紧迫与局促。真正美好的教育，是应该着眼于学生终身发展和未来成长的，是不应该停留在空喊口号上的。真正好的审美与艺术教育，应该是温暖而有价值的，是创意而生动的，是深入人心的。

关键词：审美　想象　创意　创造

引言

作为一名中小学美术教师，在日复一日繁重的教学及各项活动任务中，常常有一种应接不暇、不知所措的感觉，因而忽略了对许多问题的思考。然而，当静下心来思考一些问题的时候，才发现这种思考是多么的迫切与需要。当前，美术教育所处的时代与环境已悄然变化，这是一个迫切需要审美、创意与创造的时代，这是一个审美与创意价值无限珍贵的时代。美术教育的重要性日益凸显，作为美术教师，我们更应该去面对与思考美术教育所面临的种种问题与困惑。

一、走向何方？——教育的今天与未来

曾经，教育进展国际评估组织对全球 21 个国家进行的调查显示，中国孩子的计算能力排名世界第一，想象力却排名倒数第一，创造力排名倒数第五。在中小学生中，认为自己有好奇心和想象力的只占 4.7%，而希望培养想象力和创造力的只占 14.9%。而由美国几个专业学会共同评出的影响人类 20 世纪生活的 20 项重大发明中，没有一项由中国人发明；中国学子每

年在美国拿博士学位的有2000人之多，为非美裔学生之冠，比排名第二的印度多出一倍。美国专家评论，虽然中国学子成绩突出，想象力却大大缺乏。

创新与创造能力，已成为中国教育的重要命题与共识，但多年来，进展却远远跟不上教育改革发展的时代潮流。近年来，国际美术教育的目标已发生了转变，"创造力"成为核心概念。在我国新的中小学美术课程标准中，想象与创造已成为美术教学的核心素养之一。在此背景下，我们的美术教育不得不、不能不思考，我们该在课程教学中如何实施、开展为学生开启想象与创造力的教育。

二、如何理解美术及美术教育？

"美术"在《辞海》中是这样描述的：亦称"造型艺术"，通常指绘画、雕刻、工艺美术、建筑艺术等。西方欧美国家没有美术一词，称美术为"art"（艺术）。艺术发展到今天，其形式愈来愈丰富，与生活的关系亦越来越紧密，甚至多媒体等艺术形式都被纳入其中，统称为视觉艺术。美术教育，过去称为"造型艺术教育"，现在又有人称其为"视觉艺术教育"。可见，随着时代的发展，美术教育的含义是在不断拓展的。但不管如何，艺术教育的内涵与本质是没有变化的，美术（艺术）教育实质就是对学生进行审美情感、审美鉴赏、审美表现与创造的教育。

艺术教育的重要性是毋庸置疑的，英国生物学家赫胥黎告诫我们："必须使学生不仅受到最好的科学教育，而且也受到最好的艺术教育。"郭沫若曾经说过，人的根本改造应当从儿童的情感教育、审美教育入手。著名科学家钱学森曾说："一个有科学创新能力的人，不但要有科学知识，还要有文化艺术修养。"

美术教育对学生的全面发展具有重要的融汇与促进作用，并有助于开发学生的右脑，促进左右大脑的协调。科学实验也已证明，学习美术能使右半脑得到锻炼，这对于促进人的智力全面发展具有非常重要的作用。美术教育对于人的素质的发展，尤其是在审美感受、观察想象、形象思维、创造表现、启迪智慧、陶冶性情等诸多方面有着非常独特、不可替代的作用与功能。

三、美术及美术课堂中的想象与创意

想象是一种思维方式，想象是人在感知客观事物和在已有知识经验基础上在头脑中形成和创造新形象的心理过程，即所谓"视通万里，思接千载"是也。想象力是开拓未来的"神奇的魔杖"，拿破仑曾说过："想象支配着整个世界。"法国诗人波德莱尔称想象是"人类一切功能中的女皇陛下"。美术活动始终离不开想象，想象是美术的重要能力，没有想象，无法进行艺术构思，没有想象，就无法进行艺术创造。

创造力是指在创造动机和创造意识的支配下，运用已知的信息，通过创造思维和创造方法产生出某种新颖、独特、有社会价值的产物的能力。创造的本质就是要改变、改造过去所拥有的、习惯的、固有的东西，而创造出一种全新的、前所未有的东西。一个人是否具有创造力，被认为是一流人才和三流人才之间的分水岭。

美术教育对开发人的想象力、创造力具有很好的诱导、激励和启发作用，美术教育为培养学生想象力、创造力架构通途与桥梁。从世界科技史来看，那些惠及全球的科学成果，正是创造者艺术素质与科学素质相统一、审美追求与科学追求相结合的"产儿"。这种范例不胜枚举，如文艺复兴时期多才多艺的文艺、科学巨匠达·芬奇，诗国的王子、科学的天才歌德，自幼便接受音乐艺术熏陶的科学奇人爱因斯坦，他们无不得益于科学与艺术电光火石般的相互影响、相得益彰而产生杰出的影响与成就。

四、中、小学美术教育的现状与未来

教育，对于人生成长、发展的意义当然毋庸置疑。中小学阶段的美术教学，犹如一座桥梁，把幼儿时期对美术的涂鸦和热爱与未来人生的成长与发展沟通。

对于初中阶段（其实也包括小学高年级段，以下同）的美术教学，却又往往是一个相对尴尬与困惑的时期。现在的美术教学，往往在幼儿、小学阶段由于儿童天性的使然及较少升学的压力，于是在美术课的开展上自由奔放而又多姿多彩。高中阶段，虽然美术课的开展存在许多的问题，但由于美术专业考试，

于是在部分学校部分学生中得以相对重视。而恰好初中阶段,就成了美术教学的真空地带,美术课极不受重视,甚至开设可有可无,殊不知这种短视行为极大地贻误与损害了学生未来的成长与发展,甚至可谓耽误了未来民族的素质与发展,可谓痛心矣!

美术教育其实不光是一个美术的问题,它关系一个人的审美与情趣,创造与素养等多方面的问题。美术是一门具有广泛渗透性与影响力的造型艺术,涉及绘画、雕刻、工艺、设计、建筑等方方面面,同时又与文学、音乐、舞蹈、戏曲等多个方面相互影响。美术教育,在某种程度上说,并非是窄门、小学科,而是大学问、大学科,它关系到每一名学生的未来成长与终身发展,关系到民族的审美情趣、综合素养与发展潜力。

五、创意课堂——如何在美术教学中有效培养学生的想象与创造力?

美国著名教育家罗恩菲德说过:"在艺术教育里,艺术只是一种达到目的的方法,而不是一种目标;艺术教育的目标是使人在创造的过程中,变得更富于创造力,而不管这种创造力将施用于何处。假如孩子长大了,而由他的美感经验获得较高的创造力,并将之应用于生活与职业,那么艺术教育的一项重要目标就已达到。"培养学生的创造精神,提高学生的创造能力,是发展学生智力的最终目的,而美育通常是人们新颖活泼的独创精神的有效"契机"。因此,以创造为目的的美术教育便构成了基础教育阶段美术教育的关键与核心,也即为其实施教育的内在目标与要求。

在美术教学中,要培养学生的创造力,关键是要培养学生的想象思维能力。想象是创造的前提,它对创造性活动中具有加速器和催化剂的作用,黑格尔在他的《美学》中指出:"最杰出的艺术本身就是想象。"爱因斯坦说:"想象力比知识更重要,因为知识是有限的,而想象力概括着世界上的一切,推动着进步,并且是知识进化的源泉。"

创造力可以分为两个部分——创造的灵感和创造的实施。培养学生美术的各种技能、技巧,是美术教学的一个重要方面。多项研究证明,美术能力与创造力的发展齐驱并驾,而美术能力的发展不是发育过程中的自然结果,需要通过美术学习来获得。因此,美术技能技巧的训练在中学美术课中仍然占有重要地位。但同时,在美术教学中,更需要运用各种可能的教学手段,激发学生的想象、创作灵感,使学生最大限度地释放他们的灵性和创造力。在美术课堂环境中,教师应该注重激发学生的创意,加强表达创意方法的指导,培养学生富有创意的心灵,打造学生深邃的创造智慧,从而真正达到发展学生创造能力的目标。

在美术教学中,应多一些"因势利导"与"诗情画意",如果美术课教学缺少了相应的"机趣"与"生动",就缺少了艺术教学的灵魂与创造智慧产生的动力。在教学中,可以允许学生的思维与表现"天马行空""将错就错",允许并鼓励学生用全面的、立体的、发散的、逆向的眼光与思维来观察与表现,充分调动他们的创作热情,让他们在愉快、自由的氛围中学习、创作,释放激情,施展才华,放飞梦想。

六、策略分享——在实践中探索与前行

在美术教学中,实施想象力与创造力培养的手段与方法多种多样,许多人在这方面都有过许多有益的实践经验与探索。对此,本人的经验是非常有限而片面的,在此,只能是在借鉴他人的有益经验与探索的基础上抛砖引玉。

(一)感知生活、感受艺术

美术课常常说培养学生的感知能力,感知其实是两个境界:感是心灵的冷暖,知是客观的认识。美术课应引导学生对自然生命的感悟,启发对美好人生的追求,培养富有情趣的生活态度。

教师在任何时候都不要远离社会,远离艺术,应该对当前的社会问题与艺术热点有所了解。在美育过程中,无论是让学生领略自然美,还是欣赏艺术美,抑或理解社会美,都应"随风潜入夜,润物细无声"地诱导和启发他们的丰富想象思维,进而全面开发和提高他们的创造智能。

"艺术是增加感知力最强有力的手段,没有这种感知力,任何研究领域的创造性思维都不可能发生……"([美]阿恩海姆《视觉思维》)感知力是思维的必然前提,美术课程让学生更多接触实际事物和具体环境,有利于发展学生的感知能力,从而为创造思维提供丰富的营养。如果一个人对生活、对艺术漠不

关心，毫无知觉，这个人一定没有什么情趣，更不可能有多少创造了。美术教学也许功能没那么强大，但我们至少要努力去引导学生感受与发现生活、自然、艺术的美，并创造与表现美。

（二）通过鉴赏评析提高艺术修养，激发创造思维

鉴赏是感知的进一步提升，是深层次的艺术感知活动。梁启超曾说过："情感教育最大的利器是艺术。"真正的艺术鉴赏，往往能触动人的情感与灵魂，促进审美情趣与能力的培养。

中学生处于童年到青年的过渡时期，在他们身上一方面保留了童年期富于幻想、可塑性强等特点，另一方面已出现了青年的某些思维特征。这一时期，他们身体发育尚未成熟，体力和意志还不太强，易于冲动，缺乏克制，兴趣广泛而不稳定，对于生活中的善恶美丑还缺乏辨别能力。对中学生实施艺术鉴赏，是有一定艰巨性，因为他们既缺少生活的感受与经验，又缺乏认知的深度与广度，但不能因此认为他们就不能参与艺术的鉴赏，中学生参与艺术鉴赏最大的优点是新奇与敏锐，而作为教师，我们往往对时尚显得相对迟钝与落伍。因此，我们一定要时时更新自己的观念，融汇学生所感知的信息与思维，走到学生中去，让学生亲近你、接受你。要知道，许多新奇的东西也许往往就是创造的开始。

（三）开阔视野、融入新媒体等现代元素的美术教育

现代科技、生活日新月异，各种视听信息蜂拥而至，不管你拒绝、接受与否，它都实实在在地存在。当然这些信息也许是快餐文化，肤浅而低俗，但作为教师，我们不能因此便拒绝与抵触。具有开放的思维、开阔的视野，去芜存精，便能为美术课堂注入许多新异的元素。

探索未知领域，运用现代新媒体、新材料进行创作与表现，可以极大地丰富、拓展艺术表现空间与魅力。所谓"行万里路，读万卷书"，多走一走、看一看、拍一拍、读一读，是非常有益的，在这方面要多鼓励与引导学生，教师更应身体力行，率先垂范。我们应不断拓展视野，丰富知识，提高修养，让美术课堂教学丰富，有益，有营养起来，为学生的创新之路储备能量，开启大门。

（四）打破惯常思维，让美术课堂充满机趣，赋予生动与创新

人的大脑平时使用着两种不同的思维模式：一种是理性的、词汇的、分析

的和连续性的；一种是直觉的、形象的、感知的和刺激性的。绘画是体验两种思维模式的转换，并不断破除常规思维。美术学习是充满机趣的活动，机趣即机智、机敏与天趣、风趣的结合，美术教师的艺术机趣表现为语言和行为的张力。美术教师通过艺术机趣，才能帮助学生喜欢美术、学习美术从而感悟情趣、热爱生活、激发创新。

（五）让熟视无睹的东西变得生动而有趣，让遥远缥缈的东西变得真实而平易

许多我们常见的、熟视无睹的事物，经过艺术的概括与提炼，便一下子变得生动有趣起来，有时会使人眼前一亮，超乎意料之外，往往会有出奇制胜的创意与美感。

人的视觉毕竟是有限的，许多的未知世界需要想象，想象会给未知带来无限的变化与可能，也给艺术创作带来想象与创意的空间。给未知的世界以想象的真实与多种可能，这是艺术创作的又一个创意平台与表现空间。

（六）宏观和微观，扩大无限的视角与想象空间

随着现代科技的进步，宏观与微观的探索给我们带来许多新奇的视角与感受。在现代摄影艺术中，运用不同的镜头，会创作出许多不同效果的摄影作品。同样，在绘画创作中，我们可以借助现代科技，拓展我们的观察视角。当然，更多的是依靠我们的想象，来观察宏观和微观的奇妙世界，给我们的绘画创作带来新的视角与创意。

结语

作为美术教师，也许自己未必就是一位创新的艺术家，未必自己的知识就那么的丰富与新颖，但只要我们不固守旧有思维，能包容与开明，也同样可以成功地引导学生的创新。童真可贵，如果在美术教学中，还能让学生保持或者靠近点儿童的创造性思维状态，那就真正接近艺术教育的本来面目了。

在教学中，可以实施一些有效的创新手段，如让学生改变惯常的观察与思维习惯，打破正常的比例、结构和透视关系，改变正常的时间、空间和逻辑关系，强调即兴思维、联想，让学生"得意忘形""异想天开"，允许学生"将错

就错""随想随画"等等，都可以在教学中产生许多新奇的东西，开启创新的思路。

　　当前，社会发展的许多问题当然不只是艺术的问题，在这个创意经济、创意改变生活、创意就是生产力的时代，艺术教育，理所当然要发挥它独特的作用与功能。当然，它有赖每一位艺术教育工作者来具体落实，施展才华。因而，作为当代的美术教师，理所当然应该走在创新的前沿，为创新鼓与呼，思与行。

"传承"与"蜕变"
——中国画课堂教学中的困惑与思考
瞿拥君

中国画具有悠久而灿烂的历史，传统的中国绘画艺术，在我们今天的中小学美术课堂中，确实面临着种种问题与困惑。对于中国画及其课堂教学，我们有必要做一个全面而深入的认识和理解，作为教师，我们只有把这些问题都思考清楚了，才能更有效地开展与实施教学。

一、中国画定义的再认识与理解

中国画是相对于西方绘画艺术体系对中国传统绘画艺术的一种称谓与界定。中国是一个具有悠久历史的文明古国，中华文化源远流长，博大精深。中国画是中华文化这棵参天大树的茂盛一枝，有数千年历史积淀与发展。有人将中国画亦称为水墨画、彩墨画，我认为是不够准确的，因为水墨画、彩墨画绝不能完全代表中国画。正如我们可以称油画为西画，但西画绝不仅仅是油画。中国画代表着一种东方文化、审美情趣与审美习惯，从而因绘画材料、工具和表现技法上的不同而自成体系。作为一名教育工作者，如果不能认识中国画的深刻含义，以为用毛笔勾线条加上墨和色的渲染就是中国画，那是非常肤浅的，很容易误导学生，贻误学生对中国画的学习与深入理解。

二、传统中国画审美习惯、审美观的认识及当今意义

中国画的审美习惯、审美观从根本上来说，根源于中国文化，根源于中国人的生命哲学——自然观和生命观。儒、道、释尤其是道庄哲学的深入影响，导致中国水墨画、山水画的兴盛。文人对绘画的广泛参与，尤其是文人画的兴

盛,诗、书、画、印的有机结合,更是把中国画的独特审美观推向了极致。"形神兼备"、"气韵生动"、"意境"、"虚实"等中国画的独特语言,不但是作为一个中国画画家所必须熟悉和了解的,也是作为一名美术教师所必须熟知的。而问题的关键是,作为一名初学中国画者尤初学中国画的中小学生,在教学中是否渗透,该如何渗透这些深奥而玄妙的问题,确实是一个不小的命题和难题。教学犹如走钢丝,不偏不倚方能稳步前进。毫无疑问,传统中国画的技法学习,我们是绝对应该保留而不能放弃的。但另一方面,我们今天所处的社会环境完全不同于古人的社会环境,并面临不同艺术门类、表现方法、创作思维的相互交融与碰撞。"传承"与"蜕变",这既是中国画创作所面临的矛盾,也是我们在中国画课堂教学中所必须直面和思考的问题。

三、几种中国画教学模式的比较分析

（一）画谱临摹式教学

传统中国画非常重视临摹在教学中的作用,其目的是在于训练学生形成有关中国绘画的预成图式和表现模式,使学生掌握中国画的基本表现技法,以中国画的审美眼光和方式来表现自然。中国历代画家经过不断探索自然、研究画理,形成了一套与自然保持一定距离的中国画程式。程式为中国画的学习提供了一条捷径,而临摹则是掌握这一捷径的最好方法。达·芬奇宣称:"能模仿者即能创造",许多画家都是从临摹开始入门并成才的。儿童一般都具有模仿的天性,尤其对他们感兴趣的事物更是热衷于模仿。但临摹教学必须要契合学生的实际年龄、特点、兴趣等,选择适合学生的作品进行临摹教学,且教师要有适当的作品分析与技法示范。在中小学美术课堂中实施临摹教学比较容易出现的问题是,过多不加选择、机械式的临摹会造成学生对美术学习和创作热情的减退,并易造成学生创新与创造能力的弱化与减退。因此,在中国画课堂教学中选择什么样的临摹作品,如何进行创意而有效的临摹教学,是我们所应该积极面对和探索的重要问题。

（二）家学传授式教学

即师徒传授式教学,这种教学模式有比较久远的历史,现在的一些培训班、培训中心也有类似于这种教学模式的地方。过去一些名家往往都有入室弟子,老师教学亲自示范,并编有自己的教学画谱来传授技艺。这种教学模式往往对

那些有一定基础且接受能力强的学生比较有效,且要求老师有较高水平的专业素质与技能,其缺点是容易造成学生照搬老师模式,缺乏变化与创新。

（三）学院式教学

近上百年来,中国的美术院校一直都在探索中国画的教学,并形成了系统的教学模式和体系。从白描到工笔到写意,写生与临摹的结合,这一系统的教学模式是严谨而有效的,但它是否能适用于对中小学生的教学,或者怎样灵活的运用到中小学的课堂教学中,这是一个有待实践检验和探索的命题。

（四）写生感受式教学

写生,是美术学习、绘画入门的基础,"外师造化,中得心源",中国画学习与创作也是离不开写生的。但在中国画课堂教学中,安排什么样的写生内容,怎样有别于一般的素描、速写等写生教学,怎样把写生与临摹、创作等结合进行教学,都是值得探索的重要教学命题。

（五）游戏体验式教学

中国水墨画的表现,由于宣纸等材质的特殊效果,非常能引发学生的学习和创作欲望。在中国画教学中,尤其面对低龄段的学生,在老师的引导下,通过设计一些有关水墨的游戏活动,让学生在活动和体验中理解水墨、感悟水墨、掌握水墨画的表现方法与技巧,也是有效的教学方式与手段。

（六）自由表现式教学

有点类似于西方的自由表现主义,学生用中国画的材料和工具,为不受中国传统绘画技法束缚的自由表现式教学。这种教学模式的优点是容易让学生很快的接受中国画工具的运用和表现,并使学生学会大胆表现,从而对中国画产生亲近感而不会有畏难情绪。但问题是,这种教学模式如果单一运用或过多运用,学生就可能长期处于随意或不知所措的涂鸦状态,绘画水平便难以有实质的较大提升,更难以真正理解中国画,并较好的运用中国画的审美和技法来观察与创作。

四、实践中的问题与经验

以上几种教学模式并非中国画教学方法的全部,在实际教学中,中国画教学模式是多种多样且不断创新的。任何一种教学模式都可能同时具有优点和缺点,在教学中我们应根据学生的实际情况来灵活运用。不同的教学模式与方法,会给学生带来完全不同的教学影响，但任何教学模式的运用，都不能过于偏执和走向极致，因为学生并非老师个人的产品，学生是有个性与灵性的人。我曾见过、参观过不少老师的教学，有些教学方式是存在不少问题的。有的老师教学过于传统，让一些活泼可爱的小学生长期一板一眼地画兰竹、画牡丹，这与学生的实际生活与经验是完全脱节的。而有的老师却过分放任学生，让学生长期地自由表现，加之教师本人可能对中国画的本质和技法缺乏系统的了解，课堂教学基本成了学生的"自由发挥"，久而久之，学生可能都不知道何谓中国画，更领略不到中国画的笔墨表现的情趣与韵致。我还见过一些幼儿园小朋友、小学生的作品，在某某比赛中总捧得大奖，画的也是儿童的题材和内容，但画面笔墨表现成人化，画面是丰富了，层次也复杂了，却不符合儿童心理和表现特点，看起来便不像儿童的画了。我想这个奖应该颁发给老师，因为它几乎就是老师个人的作品，这又有什么意义呢？

五、小结：反思与探索

中国画创作是一个值得探讨的大命题，不同题材、风格的表现应该是允许出现的，但中国画课堂教学却不允许我们有这样宽泛的自由。因为这是教学，我们面对的是学生，要把好的课堂教学带给学生，作为老师，我们首先必须有渊博的知识和修养，熟练掌握中国画的技法和表现规律，同时更应有宽阔的胸怀，要了解学生，适应学生，与学生交朋友，向学生学习。面对中国画课堂教学，是"传承"还是"蜕变"，我们必须做出选择，也许它们是一对矛盾，但也许二者可以相互影响，相得益彰。我想，只要我们不断地思考与探索，中国画课堂教学的道路将会愈益宽广的！

有"文化味"的初中书法课堂教学实践与思考

摘要：文化是民族精神的核心与灵魂，是民族生生不息的力量源泉。中华优秀传统文化是中华民族的"根"与"魂"，书法是中国传统文化的重要呈现形式之一。如何让中国书法艺术进入中小学生的课堂，让书法课在立足于学生当前认知的基础上，进一步鲜活地、创造性地在课堂有效呈现，这是当前学校书法教育所应该探索的命题与肩负的使命。

关键词：书法　传承　审美　文化　课堂

文字的诞生是人类告别蛮荒走向文明理性时代的标志。汉字是汉文化的重要载体，汉字的产生标志着以汉文化为主体的中华文明的开端。汉字书写之所以能够成为一门独特而有价值的艺术，就在于汉字独特的音律、意蕴转化为书法表现后，获得了新的、抽象化的、具有独特意味的造型表现与审美价值，从而超越与升华了一般文字所仅有的交流与表意功能。

中国书法艺术，如果从其可考证的甲骨文书写算起，已有三四千年的历史，如果更上溯其抽象的图画历史，则已有上万年或更久的历史。一部书法史，就是一部东方神韵的审美史，一部浩如烟海的中华文明史。在中国书法艺术发展的历史上，几乎每一位有追求的书法家都力图用一种不同的韵律和结构图式来标新立异，从而不断推动中国书法艺术的发展。

书法是中国人智慧的凝结，是中国人生命图式的精微呈现。林语堂先生说："只有在书法上，我们才能够看到中国人艺术心灵的极致。"近现代著名学者、书法家沈尹默先生也认为："世人公认中国书法是最高艺术，无色而具图画之灿烂，无声而有音乐之和谐，引人欣赏，心畅怡。"

郭沫若先生说:"培养中小学生写好字,不一定要人人都成为书法家,总要把字写得合乎规格,比较端正、干净、容易认。"教育部颁发的《关于中小学开展书法教育的意见》提出:"书法是中华民族的文化瑰宝,是人类文明的宝贵财富,是基础教育的重要内容。通过书法教育对中小学生进行书写基本技能的培养和书法艺术欣赏,是传承中华民族优秀文化,培养爱国情怀的重要途径;是提高学生汉字书写能力,培养审美情趣,陶冶情操,提高文化修养,促进全面发展的重要举措。"在教育部规定的中小学课程体系中,书法已列入必修课程。因此,整个教育体系、各学校及学校相关的教师,对书法教育予以足够重视并有效实施,是非常必要与重要的。

书法进课堂,理想的目标是,学生在书法练习与创作中,得以接受文化的传承和中国精神、审美气质的构建。当然,每个学校及学生的情况不一样,具体的教学实施也因此不要追求一致。就我任教学校学生的情况,我制订的教学目标是:立足于学生对中国汉字的规范书写,写好硬笔书法,了解毛笔书法;掌握楷书笔画、结构等表现方法,了解篆、隶、行书的书写基本规律与特点;赏、习并举,在书法学习与创作表现中,得到美的滋养与性情的怡养。

本人作为一名中学美术教师,随着国家将书法课纳入中小学的必修课程,因为学校教学的需要,角色上便逐渐转型为书法兼美术教师。本人多年学习、研究书法,这种转型是顺利、自然而欣然的。多年来,在书法课堂教学与社团辅导实践中,积累了不少的实践经验,也有许多的感悟思考。在此进行分享,并期能得到同道、专家们的批评与指正。

一、走进我们的书法课堂——让学生认知、感受并喜欢书法

(一)教师应带着儒雅的气质走进书法课堂,让学生在书法课堂上感受与触摸到中国传统文化的生命与气息

作为书法教师,从第一课开始,从你走进课堂的那一刻起,就开始了对中国传统文化、中国书法艺术的文化传播。刚入学,学生对新的学习生活、对老师、对新阶段的书法课一般都是充满期待的。第一节书法课,我一般会穿上中式服装。走进课堂的那一刻,学生突然好奇地发现,这个老师好像有点不寻常（与其他文化课老师相比）。同时，在谈吐举止中应兼具一种精神与气质，让学生能被你的课堂所吸引，并从角色上迅速融入书法课堂的教学情境中。

（二）什么是书法——让学生感受与理解书法及书法之美

书法，简单地说，即中国汉字书写的艺术。它是以汉字书写为表现手段，兼具有文字内涵美和艺术造型美、实用性与表现性的一门抽象视觉艺术。为了解学生，我安排了两个教学环节：其一，让同学们谈谈小学阶段学习书法的经历及感受；其二，交流、探讨各自对书法的认识与理解。通过这两个环节，我初步了解了学生的基本情况。在此基础上，我通过对书法内涵的分析及名作赏析，让学生对书法有一个基础的感受与理解。

一般情况下，学生在小学阶段普遍有过习字的经历，但严格地按照书法课的要求在学校系统学习书法的学生并不多。当然，也有少量学生在校外培训机构学习过书法，不过其书法基础、能力等也有较大的差距。目前，中学所配套的书法教材与学生的实际情况很不接轨，可以说基本不适用于当前教学所需。基于这种现状，我便从学生实际情况出发，开发了系列书法教学课程，并编辑了书法校本教材。这一系列课程与教材，既具实用性，又兼备艺术性与文化传承的功能，解决了书法实际教学中的实际问题与难点。

（三）让学生真切地感受书法，切实地理解书法学习的目的与意义

在教学中，我经常提供一些优秀书法作品给学生欣赏。这些作品，有的是书法史上的名家作品，也有的是我个人的作品及学校历年来学生的优秀作品。通过对优秀作品的欣赏，同学们对书法学习的兴趣和热情便慢慢不断地提高。

开学初，总有不少学生对自己的书写没有信心，不愿意好好写，还有一部分学生认为书法（书写）好坏无所谓，把上书法课及练字变为一种应付与负担。面对这种现状，必须想办法改变学生的认知，让他们对书法课产生兴趣。要让学生明白，书法课的学习、书写能力的高低是与他们文化课程的学习和终身发展紧密相连的。让他们感受到，书法学习能丰富他们的精神内涵，学会审美与创造，感悟、了解中华民族源远流长、灿烂辉煌的传统文化。通过书法的学习，能够陶冶性情，修养身心，形成习惯，养成品格，培养一种宁静致远、温润敦

厚的儒雅气质。

二、掌握书写技巧，培养良好习惯

正人先正己，修身先修心。要想学好书法，首先要培养学生良好的书写意识与书写习惯，良好的书写习惯、书写意识，是写好书法的首要条件和关键因素。很多学生写不好字，书写能力所呈现的只是表面现象，真正的原因还在于主观意识上对书法没有认识到位，没有养成良好的书写习惯。

在教学初期阶段，我特别强调学生正确书写的姿势与执笔方法的规范，要求学生要多观察、多动脑，养成良好的书写习惯。从一笔一画开始，把每一个字、每一幅作品写好，用书法的规范与审美要求来练习与创作。

我认为，小学阶段的书写习惯基本奠定一个人一生的书写状态，初中阶段的书写能力基本决定其一生的书写水平。作为中学阶段的书法教师，小学阶段学生的书写状态我无法掌控与改变，但初中阶段必须对学生的书写进行根本性的纠偏与栽培。纠偏的任务是非常艰巨的，许多学生对书法的认识与书写习惯一旦养成，便非常难以调整与改进。但是，还是要努力去改变，通过不断的强调与严格要求来提高他们的书写规范与水平。而对于那些习惯较好且有良好书写基础的学生来说，就要创设良好的书写氛围与环境，给他们充分展示的平台。其中一部分学生还可以发展成为书法社团成员，经过不断的栽培，一段时间后往往就会脱颖而出。

三、书法实操——让学生在夯实的基础上一步步提升书写能力

不管书法有多么高深的理论与文化积累，对于义务教育阶段的学生来说，规范汉字书写，懂得、掌握笔画、间架、章法布局的运用与表现始终是书法学习的前提和首要任务。书法教学应该学会化繁为简，把复杂、高深的书法理论转化为浅显易懂的知识、技能。在书法教学前一段相当长的时间内，我会安排学生对楷书的笔画、结构系统学习与练习。在教学示范上，为了让学生更透彻地理解笔画、结构的表现，我一般先把毛笔的表现与硬笔结合起来。教学操作上，一般让学生先练习硬笔，但同时也结合毛笔书法的表现，让学生深入地理解书法笔画、结构表现的内涵与要求。

经过一段时间的基础训练后，就可以对整幅作品临帖并尝试创作，同时让学生了解书法布局、章法的一些要素与要求。对于书法章法，尤其是传统竖式的表现，要让他们逐渐适应与习惯表现。另外，书法的落款也是其中的一个重点与难点，学生往往在这方面不太重视，出现问题。通过一段时间的学习与创作训练，学生的书写与创作能力便逐渐提高了。

四、让学生懂得审美，实践有文化味的书法课堂

书法教学，书写是手段，要让学生真正把书法提高到一定层次，其核心还是要让学生懂得审美，理解书法的艺术魅力。懂得了审美，学生才会热爱书法，进而产生对中国传统文化艺术的敬意与喜爱，生发出一种民族的自豪感。

但要建立学生对书法的审美能力谈何容易？当前的现实是，学生普遍对书法的认识与理解浅薄，快餐文化、西方文化广泛影响与冲击着他们的生活。不过，我在教学中发现，那些从小接触、学习、了解传统文化的学生，往往对传统文化的兴趣就要浓多了。我接触了许多书法、中国画特长的学生，都发现有这样一种倾向与规律，也进一步说明书法等传统文化并非老朽，恰恰相反，书法等传统文化其实是非常有魅力的。只是，我们当前的教育环境与现实，没有好的传统文化学习的环境与氛围，没有对传统文化教学足够的重视与有效落实，从而让学生对书法等传统文化感到陌生而疏远。

目前，我所了解的学校书法课面临着许多的问题与困境，需要全社会尤其是教育部门去共同努力改变这种现状。当前的现实是，许多学校要么没有开设书法课，要么把书法课转化为简单的写字课，由好一点的语文老师来操办，还能练一练字，或者干脆挂着书法课的名，实际上着语文课。面对这种种问题与现状，从教育规划与管理的角度来说，绝不能仅仅是下一个文，把书法课安排进课程表就好了，而应该从专业的师资队伍，实用、有效的教材，完善的教学设施配置等方面全面、系统地加强与保障书法教学。

五、结合社团活动，创设良好的校园文化环境，把书法教学打造成为有影响力的校园文化品牌

书法教学的有效实施，单纯靠常规书法课堂教学是达不到理想效果的。以书法与中国画相结合的书画社团，在我校社团教学中长期开展，形成有影响力的社团品牌。部分有书画爱好与特长的学生加入社团，在社团活动中充分展示、提升自己的专业特长。历年来，我校学生参加书法大赛获得国家、省市级等奖项600余人次，获市中小学生现场书法大赛团体一等奖，并被深圳市教育科学研究院授予"深圳市书法（写字）教育名校"的荣誉称号，学生书法作品获广东省教育厅、深圳市教育局中小学生艺术展演活动一等奖等。学校每年举办学生艺术节书画作品展，举行学生硬笔书法大赛、学生毛笔书法现场书写表演、写春联赠送社区等活动。学校走廊、教室、功能室等各个空间，悬挂、陈列学生的优秀书画作品。通过这一系列的活动与措施，极大程度上激发了学生学习书法的兴趣与热情，学生也因此收获更多的成功与喜悦！

结语

中国汉字的产生是中国人对自然、生命的观察、体悟与智慧的凝结。汉字是中国文化的核心基础，是书法生长的土壤，离开了汉字书法所能表现的空间和内涵将大打折扣。而书法艺术，是对中国汉字的再创造与作为视觉造型的艺术升华。书法作为一门独特的视觉艺术，之所以在中国文化体系中具有如此重要、崇高的地位，与书法独特的实用价值与审美意蕴紧密相关。

学习书法，我们不但要习技法，更要深入本质。唯先审美，方可立美、表现和创造美。当今的信息化时代，书写的实用性价值其实相对古代已经大大减弱，但书法独特的审美价值、怡情修身的娱乐与文化功能在当今娱乐至上的快餐文化时代更加凸显，它是如此的珍贵与难得！许多社会性的问题，通过书法等传统文化艺术的学习，将得以缓解。欣赏、学习、创作书法的过程，本身就是一种不可言喻的精神愉悦与心智启迪，是身心、情感的释放与升华。

书法是一门兼具实用性和艺术性的艺术学科，书法以汉字为载体与依托，融入中国文化的血脉。正如黑格尔所言："中国是特别的东方，中国书法最鲜明地体现了中国文化的精神。"而丰子恺先生则坚定地指出："中国人都应该学习书法，须知中国的民族精神，寄托在这支毛笔里头。"在中小学阶段开展有生命力的书法课教学，要在学生心中播种下民族文化的基因与种子。

书法是时空的艺术，是因为它既有音乐的韵律和节奏美，又有建筑的空间美，绘画的造型美。书法是最有韵律、最高级的律动，它融入了书写者、艺术家的生命与情感。

　　文化是中国书法的魂，而书法又十分精彩地演绎与拓展中国文化的内涵。作为中国人，作为一名书法教师，既肩负责任与担当，也承载希望与使命。我们理所当然，用一颗谦卑与崇敬的心，把我们先祖所留下的这份广博而丰富、源远而流长的文化宝藏，真诚而热忱地传承与发扬！

《师说》 2020年 瞿拥君

格物知美

《礼记·大学》语："致知在格物，物格而后知至。"格物以致知，在中国人的眼光里，一器一物，皆有因果与生命。万物之所以有生命，是因为其中蕴含了超越物象之外的生命哲学与美感。物是客观体，因为有了格的体察与思辨，有了美的鉴赏与感悟，便有了超越其物象本身的精神价值与生命活力。

美，没有快捷的方式，必须漫步与体察。一笔墨，一本书，一席茶，一张琴，一盘棋，一尾草……足以怡情悦性，观照万象。

中国古代文人穷尽智慧，隐晦内敛地把风雅之志体现在一个园子、一间屋子、一块石头、一片叶子上……以物观心，托物以言志。

格物知美，美意延绵！

《秋林鹊会》 2011年 瞿拥君

世事洞明

人的一生，基本上可以说是在苦难与磨砺中前行，绝对享乐的人生是不存在的。把苦难当作一种幸福，把磨砺当作一种担当，人生就没那么多烦心与不如意了。

人对自己、世事、社会等的认知与理解，真是一辈子该修炼的大学问。人安生立世，如果从来都未有过哪怕是一次对生命的彻悟、对世事的察知与洞见，这样的人生是多么的苍白与空洞！如此般便如瞎子摸象，茫茫然不可见真知，这样的人生当然也是很难有所修为与意义的。

我的一生，四十多年过去了，感觉大部分时间便是茫茫然如瞎子，阅历太浅，开悟太晚，留下太多的遗憾。我常常在从局部看世界，眼光狭窄、偏差，凭感觉、意气做事，缺少对事物深入的思考与体悟，所以常常忙忙碌碌着却没有太多的收获与结果。

大约几年前，我突然感觉眼睛有些花，只要一通熬夜、一阵忙碌，感觉便身心俱损。我发现，我这种蛮干的笨办法是不可取的，应该多动些脑筋，可以少做一点事，做有意义的事。所谓"谋定而动"，谋而后动，做事情才会有方向，才可能行而有果。

洞见是人安身立命、处世发展的核心能力。中国人，喜欢把动脑筋的人与做事的人对立，往往一些单位都提倡做事的人，喜欢"老黄牛"，甚至喜欢领导说什么就做什么的人，而排斥动脑筋的人。常常，我们把动脑筋当作爱偷懒、爱打主意，这是不对的，那是动歪脑筋、耍小聪明。真正的动脑筋是一种智力的付出，通过思考找到方向，解决问题，从而使行动变得有效与高效。如果一个人常常能对事物进行深入观察、体悟与思辨，便不自觉中慢慢形成与升华为一种人生的智慧。

当然，一个人要让聪明转化与升华为智慧，确实还需要经过一段漫长的过程。聪明具备了生成智慧的物质基础，有的人天资聪慧，但由于缺少岁月的磨砺与真正的生命感悟，因此一辈子都停留在聪明的层次，有时聪明反被聪明误。"世事洞明皆学问，人情练达即文章"。真正的智慧，是需要好好啃下人生这部大书的，要历经世事，从处事、待人接物中不断观察、思考与学习。要多读书，读好书，读《老子》、《庄子》等，与先贤对话，汲取智慧。要多与有智慧的人交流、相处，"听君一席话，胜读十年书"。要常与自己对话，躬身自问，"吾日三省吾身"。还要"行万里路"，与自然对话，使自己见多识广，开阔眼界，生成智慧，胸怀天地。

"此心光明，亦复何言"，先贤王阳明生前的八字箴言，是人生立世最好的诠释与观照。

心向光明，便见光明。

距 离

广袤的草原、苍茫的海洋、辽阔的天空，是那么浩瀚无涯，是那么充满未知与无限的神奇与向往！

世界上，所有的人与人、人与物、物与物之间，存在着那么多或近或远、亦真亦幻的距离。有些距离是亲眼可见的，而有些距离却是那么微小或遥远，我们无法真切地感知，甚至都无法去想象。人类是不断进步的，科学家们为我们搭起了越来越神通广大、无所不及的云梯，让我们的活动与认知不断拓展、延伸到无限广阔的领域与空间，触及不曾想象的距离。是呀，人类未来的进步将更加离不开思想家、科学家们的努力，将更依赖于人类的智慧与创造不断去开拓无限广阔的领域与空间。

尽管科技能神通广大的解决我们所遇到的无数个现实的问题，但人与人之间心灵的距离却依然是那么神秘而遥远。人类不断地进步，却不因进步而解决与缩短人与人之间心灵的距离。难道是人心太复杂、太遥远？绝非如此。其实，每一个人的内心世界，就是一个独特的宇宙天地。每一个生命个体，便拥有一个属于自己的独特的心灵空间。每个人的情感、个性与思想千差万别，我们是无法强求其一致的。俗话说距离产生美，从情感的角度来看，这其实就是尊重别人，不要强求侵入别人最隐秘的心灵空间。哪怕是最亲密的恋人，也需要彼此给对方留一份独立的空间。

人与人之间的距离在有些人看来也许是金钱、财富与地位等，但我认为人与人之间最大的距离其实在于内心的纵深、宽度与高度。除非是原始的荒蛮与战乱时代，所有物质上的差距，其实并没有那么严重的拉开人与人之间幸福的距离。正常情况下，一个人的生存所需是很有限的，其他的奢望所求其实与幸福并没有太大的关系。而人内心的充盈与强大才是人生幸福最强大的保障。物质的欲求是可以无限膨胀的，但生命却是有限的，幸福其实就那么简单，所有外在的虚华终将随时间灰飞烟灭去，而精神的力量与财富却是那么的强大与持久！

"但愿人长久，千里共婵娟"。世界再遥远的距离，人类未来也许将不断地、越来越轻易地跨越。可心灵的距离，却需要每一个人彼此不断地修炼与提升，不断地靠近与温暖。只有这样，世界才会更加美好！

身体秘语

人的身体犹如一个运转的宇宙天地，风霜雪月、酸甜苦辣，每一天身体都在经受、体验各种滋味与考验。对我来说，没有什么再有比自己身体所发出来的各种信号，感知得更加真切的事情了。身体有许多的秘语，常常会发出许多有益的、微妙的信号。了解自己的身体就如同了解人生与社会，我们要善于去聆听，感知它所传递的各种信息与声音。

我经历过许多次身体的切肤之痛，每一次都好像在叩问与撞击着我的灵魂。也许，过去的许多是偶然，但以后呢？谁知道？会不会以后这种偶然渐渐会演变为一种必然与经常？从事物发展的规律来说，这一定是的。呵呵，我现在似乎还能把这些往事当作故事与笑谈，那以后呢，还能如此从容与泰然处之吗？当然不会，惊吓与害怕是必然少不了的。但也许，有一天我也会变得麻木不仁，无奈地接受这一切自然的安排，等待生命的消长与兴衰。

（一）失眠

小时候，有没有过失眠的经历，我记不起来，大概睡得很香、很沉，应该便是那时的常态。八九岁的时候，有一天我一个人在家里睡午觉，表叔来我家找我父亲有事。表叔敲门，我没反应，他找了根棍子，透过窗户拨动我的床，我也没反应。直到我爸回家，我睡醒后，表叔告诉我才知道这件事。那时，觉睡得那个香呀，就可想而知了！

第一次印象深刻的失眠是在初三。当时，我在乡下的初中上学，学校要求初三的学生都统一住校学习。几个班的学生集中在一间大屋子里（应该是一间废弃的教室），屋子摆满了上下铺的木床，我被安排在上铺。那个床板，真是要命，就是乡下建房搭板废弃了的竹板，坑坑洼洼，没有一个地方是平整的。加之自己带的棉被也不算厚，睡在床上不敢翻身，翻一下就刺一下，居然一天天也能睡着。但有一天，可能是太用功，晚上点蜡烛在床上看书太晚（那时乡下没人管，老师似乎还默许、鼓励学生"秉烛夜读"）。当天晚上，我躺在床上久久不能入睡。我在床上反复的翻来覆去，床板的刺痛也没有了感觉，就希望能快点睡着。可是，你越想睡着，就越是无法睡着。我闭上眼，睁开眼，静观天地，耳听八方，谁翻一个身、说一句梦话，都能清楚的感知到。就这样，熬了大半夜，在迷迷糊糊中似乎听到了操场上汽车开过的声音，天已微微发亮，我也终于睡着了。可不幸，没睡多久，在半醒半梦中，翻一个身，我居然从二层床上坠落到了一层地面。那时，乡下孩子的命不值钱，不会有人把这当一回事，有什么事情一般都自己扛。加之自己又困又累，痛不痛我已经没有了感觉，我爬到床上躺上去又睡着了。早晨起来后，洗脸的时候，感觉脸上刺痛，然来脸被刮伤出血了。幸好，身体其他部分还完好，腿脚也正常，可以上学、走路。这是我早年记忆最深刻的一次失眠的经历，这些年来，偶尔的失眠，也没少折磨我。人生呀，每天能安稳的睡上一个大觉，也该是件多么幸福的事情呀！

（二）疥疮

初三住校，大家都睡在同一个房间，乡下孩子很野，常常到别人的床上打滚撒野。那时，我听说同学中有人得了疥疮，但没有太引起警觉。那时，课间也没有太多的娱乐，同学们之间就是互相追逐打闹等，记得当时男生课间喜欢比掰手腕。我那时个子不算高，但手劲却比较大，常常把许多同学都拿下。有一天课间，大家又开始比掰手腕，我那天好像特别来劲，一个接一个、一排排，不停地把同学都拿下。有些同学不服气，还要第二次挑战，右手掰了左手掰。就这样，我与多少同学掰了手腕，记不清。但没过几天，手奇痒，我于是拼命地抓挠。接着，手腕、虎口处长出了豆粒大小的黄色水泡，没过几天手上都是了。这个时候，我才意识到，麻烦来了，自己被染上了疥疮。再后来，全身痒，全身抓，全身都是疮，家人也无以幸免。这个疥疮，真是顽固无比，家人想尽了各种办法，还用难闻的硫黄洗澡，都没有特别的效果。感觉最有效的是打针，乡下医生打青霉素，一针见效，几天后疥疮就消失了。但"野火烧不尽，春风吹又生"，没过多久，疥疮又如雨后春笋般死灰复燃了。我本来就怕打针，只是没办法挺着的，这样几个来回后，我便放弃打针了。这个疥疮，就这样一直折磨我直到高中。直到大约在高一下学期的时候，好像也没有特别的治疗，它就居然这样神奇的消失了。

这次得疥疮，可谓我人生的切肤之痛。生活中，那些看得见的可怕，当然可怕。但许多看不见的可怕，却更是可怕，更要提防。人生路漫漫，许多的事情，切记需谨慎，须好自为之呀！

（三）鼻炎

我在没得鼻炎前，就经常看到电视等多种媒体的鼻炎治疗广告，一波又一波，就没想到过自己也会得鼻炎。那是2006年的时候，家里搞装修，天天往建材市场跑。本来，也还没什么，没想到九月份上班的时候，单位办公室、教学工作室暑假都来了一番新装修。开学后，那个呛人的味呀，简直是扑面而来。雪上加霜的是，新搬进的这个小办公室人很杂，几个学科的老师混在一起。其中，有两杆"大烟枪"，每天在办公室快活像神仙似的毫无顾忌地一根接一根的抽烟，那就更是味上加味了。我防不胜防，无处躲闪，当时也没有想到鼻炎这回事，也就没有特别注意与防护。没多久，我就感觉到鼻子常常干痒，难以忍受，也就控制不住用手去抠鼻子，偶尔还抠出了血。深圳的秋冬季，每年有一段时间特别干燥。就在这个时候，我的鼻子终于从一般的干痒转化为鼻炎了。开始，鼻子是偶尔无法通气，后来便越来越严重，变为整夜持久的不通气，睡眠自然就深受影响了！我实在忍无可忍，便跑到医院去看医生，医生告知这是鼻炎，而且还很难治好。我一下懵了，根本无法接受这个残酷的现实。那段时间，我跑遍了深圳几大名医院，接受了各种难以忍受的治疗方案，就是不见好转。春节前后，满大街铺天盖地的某鼻炎喷剂广告，走进每一个药店，柜台上一排排如排兵布阵般都是这种药的药盒。药店员工也一次又一次的给我推荐这款神药，说它是贵州苗药、祖传秘方。经过几次轰炸后，我心里最后的堤防也就崩溃了。抱着试一试的心态，也就被拖下水了。开始一用，果然神奇，鼻子喷上药几分钟就见效，马上就通气了。可是，再过不到几小时鼻子又堵塞了，我于是再喷，如此反反复复。我抱着良好的愿望，以为多喷几次、多喷几瓶，就会见效的。慢慢我发现越喷越堵、越堵越喷，越喷堵塞的间隔时间就越短。我终于明白，这是一种刺激性的药物，是根本治不了本的，且只会更加加重鼻炎的程度。我很有正义感地跑到附近几家药店去现身说法，告诉药店员工这个药不能再卖了。他们无动于衷，有的甚至还告诉我可能是用得太少了，还未见药效。我很无奈，也就不去管这个闲事了。那段时间，这种药的广告还在铺天盖地地打着。但我的判断没有错，不到一年半载，这种药就在神州大地上消失得无影无踪了。也不知这种药到底祸害了多少人，赚了多少黑心钱。从此以后，凡是那种铺天盖地式的"神药"，我再也不敢去碰了。

我对彻底治好鼻炎渐渐丧失了信心。渐渐，我也不再总去纠缠了它，我知道这个病要靠良好的身体体质来慢慢战胜它。我平时尽量注意，空气糟糕的地方避免去，并加强个人的健身与防护。慢慢，鼻炎的毛病也就缓解了许多。最能印证的是，每年单位的年度体检，开始那几年医生一眼就能看出我的鼻炎，后来只是问一问我鼻子哪里有不舒服的地方。这几年，医生都没有问我了，倒是我总要问医生我的鼻子还好吗，还要注意什么。其实，我自己是很清楚的，我鼻炎的毛病根本就没有彻底好，平时一遇到空气污浊的地方便不停的打喷嚏。只是，它已经不影响我正常的生活，很少来过分捣蛋，我们就这样和平相处了。

"病来如山倒，病去如抽丝"，在风雨未来之前，人是无法预知风雨的迅猛与可怕的。其实，任何事情，所有一切的问题，都是有源头的，也是在一定程度上可以布控与预防的。很多的时候，很多的事情，错过与错失，便可能是一辈子的伤痛与遗憾呀！

（四）眼花

大约在十多年前，用电脑办公、处理文件、制作课件等，渐渐多了起来。那时年轻，在电脑前一坐，常常就是几个小时。有段时间，感觉眼睛干痒，就忍不住时时用手去揉眼睛。这一揉，坏事了，眼睛不但更痒，还开始泪流不止。只好上医院检查，医生告知是泪道堵塞。一不小心，一个新的身体毛病又要与自己"同伴"了。后来，我尽管注意，但只要一段时间过度劳累、熬夜，用电脑多一些，老毛病便就要找上门来。前几年，我突然发现，戴上眼镜看近处似乎不舒服、更模糊。这时，我发现，所谓的老花眼也已经悄悄找上门来了。唉，还算年青的我，却真是万般无奈呀！

渐渐，不敢长时间面对电子屏幕了。但我工作的性质，却总是又回避不了要与电子屏幕打交道。以我过往的经验，我知道眼花的毛病是不可逆转的，只能心态平和的接受这一个"新鲜的事物"了。但这件事情，让我彻悟，不能再像以前那样做事蛮干、苦干，做任何事情更多的是要动脑筋，要先想好再干事，尽量巧干。否则，身体经不起折腾，还会有更多这样的一辈子都难以甩掉的"朋友"找上门来陪着你。

（五）肝功能

来深圳后，有一项是我以前没有享受过的福利，每年单位都会安排一次身体的常规检查。刚开始，体检表对我来说，就是各种文字加数字的表格而已，我也不太留意，就算留意了，也差不多指标都是正常的。

记得第一次出现体检指标不正常，是大约十年前左右。外地出差，中途有一些饭局，喝了一些酒，回来后两三天就要去医院做年度常规体检。过了一小段时间，体检表出来了，显示谷丙转氨酶指标超标一倍多。一问，这是衡量肝功能的重要指标，我不敢大意，便再上医院进行第二次抽血检测。结果出来后，问题不大，差不多显示正常值，也就放心了。可往后几年，这项指标，总反反复复，有时正常，有时偏高。去年体检，医生还告知我有轻微脂肪肝，这是我十多年前就经常听到的别人身体的毛病，没想到我这里也有了。今年体检B超，还是如此，我问医生，这个脂肪肝能好吗？医生告诉我，要多运动，多休息，少熬夜。这些年来，每天晚上忙完家里等各种事情就不早了，往往总还想留点时间做点自己的事，于是熬夜便成了常态。前不久，体检表又拿到了，谷丙转氨酶还是有一些超标。联想前不久为了赶文件，熬夜几个通宵导致失眠，我彻底认清了现实，看来这夜真熬不起了！

身体如同一个天地大宇宙，徜徉在大自然的青山绿水间，我们感受到的都是美好。此时，我们享受大自然的尊贵、无私与伟大，但却无所感知与感恩，觉得一切都是理所当然的。可是，当我们不断攫取、破坏大自然到一定程度的时候，大自然无声的控诉与报复才会让我们惊醒！人啊，何不是如此！为了生存，为了名利，或者是无谓的放纵，一次次的消耗与掏空自己身体的能量。于是，身体便不断地发出信号，如果一次又一次我们都未引起警觉，便终将会酿成越来越大的灾难。

感谢我的身体，一次又一次地给我发出有益的信号，提醒我，保护我，让我知道了珍惜与克制。自然的兴衰，我无法回避，我只想与我的身体和谐相处，接受他的关照与荣枯，一起和平、安闲地老去！

《静观自得》　2014 年　瞿拥君

诗意远方

"诗意地栖居在大地上",诗性、诗意,是全人类最崇高而美好的追求。最理想的人生是诗意的人生,最理想的生命场所,便是充满诗意的栖居地。

诗意,是指一切有意境的人生与艺术表达。"诗言志",诗歌是文学作品中诗意表达的最佳体裁。诗意,是一切艺术门类最高准则的精神表达与写照。诗意,是一切美好中最高等、最神圣的美好。因此,艺术作品境界的高度,更主要是看其诗意表达的巧妙与深刻程度。人活的境界与高度,主要看人生诗意的境界与高度。

人——诗意而浪漫地活着,让诗意引领我们走向更无穷的远方!

《泊》　2016 年　瞿拥君

诗意引导我前行

走过许多地方，看过许多风景，常常被大自然的奇妙与神奇所感动，内心常常有莫名的悸动。也许悠远，也许苍茫，也许优雅与清凉，也许孤寒与悲戚，一条线、一个点、一块颜色……足以让我兴奋与感动！

我曾经想把这些感动深入地描绘与刻画，后来发现，越是真真切切地面对它时，许多细枝末节的东西反而拘泥了我。太深入、太真切便很容易刻板，过于描摹自然反而忘却了自己最初的感动。自然的美不等于画面的美，真实的美不等于艺术的美。只有把自然化为心灵，心造山川，营造不真实的真实，才可能创造艺术更高层次的美。

诗意似乎是我艺术与人生的宿命与寄托，让我不断向着她的目标与方向追逐与前行。也许自然的诗意在不断召唤我，也许古人留下的那么多美好的诗句常常打动我，渐渐地，我越来越乐此不疲于绘画创作中画面诗意的营造与表达。于是，在我的艺术创作中，诗意便成了永恒不变的主题与方向。其实，这些作品，还远远没有表达完我内心的所有。我知道，在技法上，我还有许多的未知和不完善的地方。而我的内心，更是有无穷无尽需要诉说与表达。

艺术的彼岸那么遥远而不可及，它是那样瑰丽而美好！我只有不断地努力与前行，才可能在通往艺术理想彼岸的征程中走得更远一些！

思绪 凌晨

（一）

天地非远，时光不近
易逝难寻……
心若驰骋，身却难行
——人生怎不多愁？
最无奈，莫过青春已去远！

芳草萋萋，花开花落
最容易，年华已逝！
愿天地不老，芳华不谢
再见时，依然绽放……

（二）

人生不易，步步维艰
生命的出现与存在
本身就是一个奇迹

每一个生命
从萌芽的第一颗种子开始
便跌跌撞撞、磕磕碰碰
每一天，都在幸运中成长与生存

人生不易，步步为营
童年——最无忌的时光
所有的关心、呵护与期待
像一张温柔的网
来不及放任自己
便已经长大
年轻时的妄大与雄心其实是暂时的
现实的困顿、艰辛与明天的出路、希望
才是必须面对及紧要的课题

人生不易，处处是绊
当你历经艰险
终于，从夹缝里成长起来
本以为，可以舒张与自由
没想到，却再也无法回到
那曾经拥有的无邪、烂漫的时空
因为，成长让你不再是那个独立的你
牵扯与责任已让你无法放任

人生不易，心安即好
搏，只为前行，不负年华
又何必纠结于一花一叶的荣枯，一得一失的所有
安，只为心的从容，盛下更大的空间。

晨 语

清晨，拉开窗帘，
一缕阳光，轻轻洒落，
暖暖的，划破了夜的沉静与黑暗。
推开窗，
一阵风，轻轻地袭来，
温柔地抚遍我的全身。
幸福，已经弥漫，
——无处躲藏！

人生，就是不断地相遇，
经行处，处处有风光，
一切，如风飘过。
在诗意的大地上行走，
路再长，脚步依然不会停滞，
天地再广阔，心依然不会迷失。
此处，彼岸，
出发，前行，
去远方——寻找最美的风景！

春天记忆

那个春天虽已远去
但记忆却不曾遥远
想轻轻的一声问候
想深深的一份祝福
表达我的一份牵挂
话到嘴边却留在心头
　　　——没有表达

随着岁月的增与减
越来越觉得人生便如这——炊烟袅袅
悠长、迷茫
绵绵、不绝……
许多的故事与风景
　　　遗憾与欢欣
曾经的难以释怀与纠结
渐渐，便一切归于平静
如炊烟，渐渐消逝在
　　——遥远的天际！

生命遥望

我来到这个世界,
恰是一次偶然的旅行。
其实每一个生命,都是偶然的结果,
偶然与偶然的相遇,便开启生命的奇迹。

睁开眼,世界多么美好,
每一天都是新奇,每一天都充满希望。
逝去的记忆与记忆的逝去;
未知的世界与世界的未知;
失落的回忆与回忆的失落;
美好的想念与想念的美好;
……

世界那么大,
大多数生命,其实都那么渺小,
　——如一株小草,在平凡的四季中枯荣。
人生,每一次的蜕变与成长,
都是经历生命的一次涅槃与洗礼,
希望、毁灭、重生……
反反复复,来来往往。
它是如此的不易与艰辛,
也是那样的独特而珍贵!

世界那么大，
我从来不敢奢望有力量去改变，
而世界——却不断地在改变着我。
"每一个不曾起舞的日子，
都是对生命的辜负。"
生命如此短暂，我无法接受自己的沉沦，
　——我别无选择，只能循着勇敢者的脚步，
前行、前行……

《天涯若梦》 2016 年 瞿拥君

天地人和

　　天地玄黄，宇宙洪荒；天地生万物，万物生光辉。人是目前已知的世界中，唯一存在智慧、思想与文明的生灵。作为人类，我们为何不珍惜我们的独特与珍贵？

　　中国人对天地的认知与理解具有非常宏观的思维与超前的意识。"天人合一"是中国哲学史上一个重要命题，老子谓"道生一，一生二，二生三，三生万物"，主张"道法自然"。庄子认为"天地与我并生，而万物与我为一"，"天地有大美而不言"。在中国山水画中，"澄怀味象""卧游心悟"等，实际就是中国人天地观、审美观的一种统一，也是中国人所提倡的与天地自然共存相融的生存、生命方式。

　　在中国人的思想体系里，"和"的文化与观念是非常重要的。和谐、平和、中和……，和便是不激不厉、中庸守道，是一种处事待物的高层次的智慧。"致广大而尽精微，极高明而道中庸"，"世事洞明皆学问，人情练达即文章"，人能顺天地而行，与天地同和，其人生、事业也便必然畅达通顺。

　　天地无言，天地大美。

　　天地人和，美哉善哉！

《天地和鸣》 2012年 瞿拥君

山水情缘

在自然面前，人总是那么渺小。当你从万里长空俯瞰山川，极目天地间时，它是那样的广袤无涯与宁静。人，在无尽的宇宙空间里，其实是那样的渺小！大自然的一切，都令人着迷，它博大，宽广，苍茫，悠远，雄奇，静穆，和谐，美好……一种使命感常常在我心中油然而生，我要用生命与激情来描绘，谱写与讴歌这广阔、美丽而多情的土地！

画山水，乃画性情、画感情、画学养、画功力、画眼界也，它是画家艺术创作综合能力与智慧才情的高度汇集与全面调度。山水之难，难在气韵，难在意境的表达，有的人画山水尽管千笔万笔，细微繁杂，欲写尽真实，或五彩斑斓，欲讨人欢喜，可画面却总难以感人。倘若加之造型、笔墨低劣、粗恶，则更会令人生厌。

老子云："大音希声，大象无形"，浩瀚的宇宙、广袤的山川，宁静而无声息，却又似乎向我们无尽地诉说。天地无垠，大自然是那样的神奇，它蕴含无限生机与智慧，令人无时无刻不为之倾慕与感动，这便引发了我着魔般的、难以割舍的山水情缘！

心与天地共绵长，情与山川化笔端。梦魂牵绕，无怨无悔！

山高水长，天地悠悠。

2013 年 8 月初稿于湖南

前 方

前方，很远，
看不到硝烟与烽火。
前方，很近，
牵挂，在我心头。

前方，我无法前往，
也不能前往。
我只能心里默默祈祷，
祈祷一切安好！

前方，有许多故事，
故事里的事，也许我们一生不曾相遇。
但千万不要，让它在我们的记忆中轻飘地逝去。
所有的惨痛，都应该永远去反思与铭记。
更应该让悲痛——化为前行的力量！

前方，有太多的真情与感动！
现实的严峻与冷酷，
更倍觉温情的可贵与温暖。
愿温情融化一切冰冷，
待春暖花开时，共赏繁花似锦！

苍 生

生命,如冬天里的枯枝
迎着凛冽的寒风,顽强地活着
因为,只有饱经寒霜的考验
才可能迎来春天勃勃的生机

生命,如早春的一颗新芽
带着芬芳与希望
盼望着,盼望着
有一天,能长成一棵参天大树
可是,要历经多少风雨
才会有满树的繁荫

苍生于大地
是如此的不易与艰辛
以至于,能苟且活着
都是如此的欢欣与庆幸
宇宙茫茫
有太多的未解与困惑
活着,活着
是每一个生命最大的期盼与幸运

生命，如看风景
翻过一座又一座的山
走过一条又一条的路
多少次以为，风景应该就如此
可当我走完每一程
总是能发现——不一样的新奇与美景

人生，便如同看风景
带着向往与期待
一程又一程
跋山涉水，不畏艰辛
不断去追寻最美的风景

奥温几的开心事

奥温几是我们家的那个臭小子，三岁四个多月了。因为他的大名里有一个"澄"字，所以小名叫"澄澄"，后来又还叫"橙子""小橙子""橙子仔"，于是英文名就叫"Orange"了。刚开始是好玩，偶尔叫几次英文名，慢慢就叫顺口习惯了，他也乐意我们这样喊他。在外面，经常有阿姨、奶奶等问起他的名字，他总是大声说"奥温几"（Orange），常常把别人弄得一头雾水，于是我们还得再解释一番。

奥温几特别喜欢蓝色，经常说"我喜欢 blue"，衣服、玩具等有蓝色他便特别喜欢。可能名字叫"Orange"的缘故，他对橙色似乎也比较喜欢。和他在一起时，当看到橙子或橙色的时候，我就故意大声说"orange"，他便一脸的笑，"Orange 是我呀！"看他开心、可爱的神态，让我特别满足与骄傲："看，老爸多有文化与创意，给儿子取了这么一个讨喜的好名字。"

奥温几的出生，赶了个好趟，国家全面放开二胎政策，他便光荣地诞生了。奶奶从小给我们帮忙带孙子，看到这个机灵可爱的小孙子，便由衷地说："感谢党的好政策，怎么盼也没想到能盼到这么一个可爱的小孙子呀！"

奥温几确实很争气，我和老婆都可以算得上标准的大龄得子了。这家伙很顺当地便怀上了，在妈妈肚子里也特别懂事，乖巧，顺顺利利地就从妈妈肚子里出生了。

当然，临产还是让我老婆受了点折磨。因为怀孕期间太顺利，老婆便下定决心要让这小子顺产。临产反应后到医院，痛苦了一整个晚上，第二天也不见多少动静。毕竟年龄大了，担心有意外，只好还是决定像他姐姐一样剖宫产。记得那天，有几个产妇早上同时被推进手术室，中午的时候出生的孩子都差不多被护士推出了手术室。我站在门外，一次又一次听到护士出来报喜，却总是没有人向我报喜，我心里很是紧张与担忧。好像等了很久，看到有护士把一对母子推出了产房，我踮起脚正瞧着，突然听到护士大声喊："××的家属在吗？"我一看正是老婆和孩子，悬着的心总算落了下来，原来是护士忘提前报喜了。我看到这小子第一眼，便特别喜欢。人说刚出生的婴儿像个小老头，身上难免斑斑点点、疙疙瘩瘩的，不那么好看，可这小子身上干干净净，皮肤红润，长得饱满，一脸帅气，我喊一声宝宝，他居然睁开了眼睛，笑眯眯地望着我，那种感觉真是太美妙了！

奥温几小的时候特别能吃，常常喝奶喝得咕噜咕噜响，所以小的时候特别胖，脸蛋像个肿起来的大包子，屁股圆滚滚，像个西瓜，手和腿就像那白白、长长的大藕节。小的时候，在外面常被人称为"小肥弟""小胖墩"，弄得我老婆回家后总是说，要给他减肥了。我天天看着他长大，已经习惯他胖得可爱的样子，说要减肥，很是心疼，赶紧劝老婆："不用担心，到时候会抽条的，听说我小的时候也是很胖的。"果然，两岁多后，这小子便开始抽条了，现在虽然还有点小胖，但已经完全正常了。小的时候别看他胖，可他哪一项运动、能力都没有落后，该翻身的时候会翻身，该坐的时候会坐，该爬的时候就会爬，该走路的时候便会走，从来都不让我们担心。

奥温几说话也很早，他是个典型的话唠，像只小麻雀，整天叽叽喳喳的。家里只要有他在，便有了热闹与生机。他还常常自言自语，和他的玩具、他想象的故事里的人说话。有时还拿个小玩具当手机打电话："喂，喂，我是奥温几，……很少见到你呀……哦哦，我在……"，边走边说，摇头晃脑，可神气了！

他似乎天生懂得美感，经常夸妈妈的衣服"好美呀！"记得一岁多刚学会说话不久去海边玩，在车上看到外面的山，他突然说："看，山好美呀"，很令我们惊喜。他的语言进步得很快，每隔一段时间，语言就总是有飞跃式的进步与发展。现在，各种各样的成语在他嘴里时常蹦出，说起话来更是一套一套的，他姐已经不是他的对手，我们不动点脑筋也快要被他拉下马了。

奥温几很爱笑，特别是小的时候由于胖，一笑起来眯眯眼，脸上两团肉也鼓了起来，似乎眼睛、鼻子都缩小得没有了。尤其是他一笑的时候还有一个大酒窝，这一笑便简直就像一朵绽开的大花朵，真想在他的小脸上捏几下、啃几口。我曾忍不住在朋友圈里晒过他的几张笑脸如花的照片，把朋友们都乐坏了，大家都说他像个小弥勒佛，一脸的福相，喜气洋洋。

奥温几是个书迷，这小子从小便特别爱看书，看书的神情很投入，很专注。奥温几在妈妈肚子里就开始听讲绘本，出生几天后一听妈妈讲绘本便能乖乖地安静下来。从出生几天后开始，他妈妈便给他念绘本，每天两本左右。就这样，每天听绘本到后来每天看绘本，奥温几爱看书的习惯便渐渐培养起来了。奥温几简直是个"小博士"，从爸爸妈妈讲绘本到自己讲给爸爸妈妈听，从一本一本到一套一套的系列绘本，从薄的到厚的"揭秘"系列，甚至姐姐的教科书他也时常拿来看得津津有味。

几个月的时候，他便常拿着绘本像模像样地端坐在床上专注地看书，我手机里至今还珍藏着一些他小时候坐在床上看书的照片。因为床靠近窗户，他总是背对着窗看书，逆光、嘟嘟脸、大脑门，手持半个身子大小的绘本，专注地阅读，那个样子简直就是一个超萌的"小博士"。我也是爱看书的人，所以在我们家里，空间再小，书房、书柜也不能少。奥温几的书架更是"遍地开花"，客厅、卧室、书房、床上、桌上，哪里都必须有他存放书的地方。睡前、醒后、饭前、饭后等都是他必看书的时间，爸妈在家的时候他拉着爸妈一起看书，爸妈不在家的时候就拉着奶奶、阿姨一起看书。现在，这小子看书更是入迷得让人"恼火"，居然饭不好好吃，觉不好好睡，总是要搬一大堆书来啃。为此，我们想了许多办法来调教，却还是没取得实质的成效。

奥温几是个模仿小天才，才一岁多的时候，奶奶经常带他去附近的图书馆广场玩，那里常有一些阿姨、奶奶在跳广场舞。这小子很会观察，回到家后便会模仿做出各种各样的舞蹈动作。尤其是那个双人拉丁舞，他还常拉起我们做舞伴，"侧身倒地""抬头望月""转圈、倒立"等，有板有眼，像模像样，常把我们逗得哈哈大笑。这小子表情秀功夫也是了得，喜怒哀乐，做鬼脸，扮笑星，各种神情模仿，表演得惟妙惟肖，简直要让大家乐翻天。

我平时偶尔在家里画画，奥温几便喜欢挨过来凑热闹。自己是搞美术的，家里笔墨纸砚等各种物品自然样样不缺，这小子便自然耳濡目染了。只要看到我在挥毫，他便要跑过来"捣蛋"，他开始老抢我的笔，没办法我只好给他宣纸、笔墨，放任他涂鸦。就这样，一岁多的时候，这小子便玩起了"高雅"的水墨画艺术。刚开始涂鸦，我也未做什么要求，水墨在宣纸上的渗透与变化却引起了他的极大兴趣。慢慢，他还知道抓笔、水调墨、浓淡等，画出来的作品便越来越水墨淋漓，充满趣味。大一点，他还边画边说要画个大石头、跳舞的人等，有时还真有那么一点儿感觉。他的水墨涂鸦作品，我偶尔忍不住在朋友圈晒晒，人气还真旺，常常博得满满的点赞与留言，让我这个画了几十年画的人更感到"压力山大""无地自容"呀！

奥温几是个十足的车迷，每次坐我的车，他特别神气，开心。他的开心与神气，也让我这个司机很有价值感，开起车来更是打起了精神。这小子还特别会夸人，很小的时候坐在我的车上，便夸我："爸爸的车开得好好呀！""爸爸你开慢一点，要小心呀！"让我心里特别舒心、畅快，以至于我提出，开车外出一定要带上奥温几，否则我开起车来特没劲。这小子对我车上的导航特别感兴趣，他很快就记住了"北环大道""深南大道""高速路""向左、向右拐"等专业名词。在家里，他常拿出各种玩具模仿开车的游戏，拿一个圈当方向盘，拿小盒子当导航仪，摇头晃脑在家里神气地走来走去，得意地当着小司机。有一次，他手持他的"电话"，很神气地在客厅边走边打电话："喂，喂，是交警叔叔吗？我在北环大道，前面有一个坑。这路也太烂了吧，坑坑洼洼的，你们快来修呀……"最近，他更是对各种车名、车标感兴趣，很多我没见过的车名、车标他都知道，我这个"老年人"真是见识短浅，自愧不如，常常还要向这位"小老师"请教。

大概一岁多，有一次我们带他去一个朋友家做客，朋友会拉二胡。饭后，朋友便拿出二胡露一手，这一下就把他吸引住了。他听得津津有味，嘴角都快要流口水了，还想试着自己去拉一拉。后来，我们周末也经常带他去市民中心广场玩，那里有一位老爷爷经常在表演拉二胡，爷爷二胡拉得很专业，他也听得入迷，每次都要想办法才能把他哄回家。那段时间，他对二胡痴迷得不行，上了瘾，在家里拿出各种各样的玩具当二胡拉，甚至家里的筷子、勺子等都没有闲着。他拉二胡的动作与神情非常投入与专注，地上还摆一个小盒子，拉一阵再往小盒子上按一下，说这是他的音响。旁边还摆一个摊开的盒子，那是学爷爷让别人给投币的，真是要把人笑翻。我把他拉二胡的样子拍下来，发给会拉二胡的朋友看，朋友说他的动作很标准，连指法都是正确的。我看他如此痴迷二胡，就从网上买了一把二胡送给他当玩具。二胡到家后，麻烦事就来了，他拿到二胡就不肯离身了，吃饭也要手捧二胡，睡觉要把二胡带到床上，也不愿去户外活动、玩，有了二胡这一天啥事都做不成了。实在没有办法，我们只好忍痛把二胡收起来藏好，慢慢他的二胡癖也就平息下来了。

奥温几喜欢充"老大"，常常挂在嘴边的话："我来""我帮你"，有时我也乐意有这个小帮手。大人扫地，他要帮忙扫；有人敲门，他要抢着去开门。尤其是我在做给球打气、拧螺丝、拼装物件等等之类的事情时，必须得让他一起参与。这小子胆子还很大，在外面不怕人，在小区及其他地方玩的时候，他人小却声音往往最洪亮，像个老大似的。有一次，他在楼下骑了别人的玩具车，那个大男孩不准他玩，还训斥他，他也自知理亏，干不过人家，就默不作声。等那个男孩刚走开一点，他突然大吼一声："我是狮子，我吃了你。"他那个胆魄，让我这一介书生无地自容，混了这么多年，我一辈子都没有过如此的胆量与气魄！奶奶说他很机灵，会见机行事，遇到跟他差不多或比他小的孩子，有时他便敢去"惹点事"，遇到比他大得多的孩子，他便会拿捏分寸。有一次，楼下有一个很淘气的男孩，比他大几岁，可能是不小心惹了那个男孩，那个孩子训斥并追赶他。奶奶说他像躲猫猫一样，左躲右闪，把那个男孩弄得气喘吁吁，最后放弃了追赶他。

这小子活泼开朗，精力特别充沛，思维活跃，做事情很有自己的想法和主见。他也喜欢帮助别人，从小就喜欢做"小领袖"。比如说在我们家附近小公园玩，有个滑滑梯从下往上爬很不容易，他三番五次后也能摸索着自己独立爬上去了。他常常站在滑梯上对着同龄或比他大的孩子说"不要怕，我来拉你"。他也很勇敢，在3米高的网状隧道外围，虽然有些紧张，但也可以像大孩子一样来回攀爬。

奥温几很好面子，还有点小坚强。平时小碰小磕，大人最好假装没看见，他很不愿意被别人看到自己狼狈的样子。你一惊吓，本来还好，却反而引起他的哭闹。他两岁左右，我们全家去泡温泉，酒店房间自带泡池，水不是很深，他玩得很欢。我想试试他的胆量，便松手让他自己玩，突然"咕咚"一声，这小子栽进了水里。我连忙把他抱起，他一下子被吓蒙了，一时还没反应过来，他妈听到了动静也被吓坏了，跑过来大声训斥我。这一下子刺激了他，他大声哭闹："妈妈走开，妈妈走开。"原来这小子好强，不愿意被他妈看到自己落魄的样子。前段时间，有一天我们顺路到海边玩。我刚把车停下，这小子就兴奋地冲出车门往海边奔跑，我大喊要注意安全。我把车停好后，来到海边与他们会合，突然发现他的手腕边有红色的血迹。我赶紧问他，这是怎么回事？他却连忙把手收回去，把小拳头握得紧紧的。我一看不对劲，就要他把手伸出来，他有点不情愿地把手伸出并张开，原来他的手被利物刺破流血了。我很是心疼，便训斥他妈怎么带孩子的，老婆解释说，他跑在前头，只知他摔了一跤又爬了起来，没有哭闹，也没发现受伤，当时还批评了他。我想，他肯定觉得是自己鲁莽了，知道自己错了，所以有点疼也忍着不想让我们知道。没想到这孩子的小心思还挺复杂的，居然还这么坚强，我真是又心疼又有些欣慰！

奥温几从小便有点小调皮，什么东西都想去摸一摸、动一动。小的时候，觉得他这样很可爱、机灵聪明。两三岁后，这小子精力越来越旺盛，这种调皮与淘气便时常成为我们的难堪与负担。只要有他在，我们每天一定会有新的"意外"与"故事"。喝杯水，他要把几根吸管连在一起，再转几个弯，边玩边吸着喝。家里的纸巾，常被他拉得满地都是。家里的各种物品，这里插一根管子，那里搭一个造型，无奇不有，防不胜防。有一次，他把吃饭的筷子插进他的吸管杯的吸管里，我用了许多办法，使了蛮力，都奈何不了。后来，经过多种尝试与研究，才终于找到方法把筷子取出来。有段时间，他爱拿着家里的磁铁弹珠到处做试验吸着玩。家里入户门上的一扇通风窗的下沿刚好有一个圆形小凹孔，也不知怎么回事，他把弹珠恰好就放进了这个凹孔。那段时间门窗总是关不上，刚开始，大家都没有发现原因，以为是门窗老化变形了。这样下去总不是个办法，经过多次调试检查，终于发现是那个磁铁弹珠的原因，也就知道是奥温几的"创意"了。我想尽各种办法，就是无法取出这个弹珠。无奈，我只好使出最后一招——"苦肉计"。我找来一个大铁锤，准备将弹珠敲碎取出。开始，我试探着不敢太用力，弹珠也就纹丝不动。我一气之下，用锤子猛击弹珠，这一重击，弹珠居然弹起来了一些，我赶紧用手抓住弹珠，连忙喊人递来起子并把弹珠撬了出来。弹珠完整无损地被取出，我也冒了一身的汗。随着这小子慢慢长大，能力越来越强，"名堂"也便越来越多。每天都有应接不暇的"惊喜"与"任务"，真是要考验大人的智慧、耐心与体力呀！

这小子的调皮，有时很好玩，有时却让我们无奈，甚至弄得我们哭笑不得。不过大多数时候，我们还是习惯并乐意见到他的调皮。因为他的调皮，给家里增添了许多意外、生机与创意。从某种程度上来说，我认为这小子是个十足的"创意大师"，每天各种各样的假想，各种自编的故事和他的假想朋友"小贝叔叔""扇贝叔叔"等等，还有各种各样的搞怪、破坏、新鲜事，刺激又好玩。有时也把我们弄得精疲力尽，老婆有时感叹："这小子也太淘了"，我只好好言安慰："淘是淘点，可你看他多聪明呀！"

奥温几很好学，平时生活中很爱动脑筋，他常常挂在嘴边的一句话："我想了一个办法。"于是，我们便顺势道："奥温几，你又想了什么好办法呀？"有时，看着他可爱的样子，逗他玩："奥温几，你这么聪明，给我一点聪明好不好呀？"于是，他把头靠过来，两只小手抓住自己的鬓角一摸，然后摊开双手，往我头上一放。我故意说，给少了，再给我一些。然后他便语调高升地说："我给了呀。"奶奶夸他聪明，大人说话的时候，他常在听，眼珠子转来转去的。不过，这小子确实耳听八方，眼观六路，反应超级快，老婆说他"回路很好"，我开玩笑说"电路很畅通""主板配置高"。

几天前的一个傍晚，我们一家去莲花山散步。来到湖边，刚好看到天上有一个很清晰的弯月亮，我突然想起才刚给奥温几的姐姐辅导的科学作业中有关于月相的知识。这么好的自然实践课堂，我当然不愿意放过。我便问他姐姐："天上的弯月亮是什么月相呀？是上弦还是下弦呢？"他姐姐一时语塞，回答不上来，奥温几突然大声回答："上弦。"真是上弦，难道这小子是"神童"，还是随口乱说，我惊喜又疑惑。我还是表扬了他："奥温几，你真聪明，你是怎么知道的？"奥温几很得意，接着说："月亮围着地球转，月亮是地球的卫星；地球围着太阳转……太阳是个巨大无边的蛋黄……"说完，他又得意地自夸："我是科学家吧。"天啊，他怎么知道得这么多？我后来想起，那天我给他姐姐辅导科学作业的时候，有关于月相的问题，我也不明白，就在手机上百度了一下，并把月相图下载保存了下来。奥温几刚好在旁边玩，便好奇地把脑袋凑过来看看热闹，他当时还看得津津有味。另外，他平时也看过《揭秘地球》等科学绘本，看来这小子还真不是自吹，肚子里确实有点料，真是"小小科学家"呀！

俗话说"孩子都是自己的好"，说了这么多，似乎都在夸自己儿子优秀。确实，老爸谈儿子，自然就戴上了有色眼镜。所以，诸君便别太当真了，自己家的孩子都是优秀的。唯一没有夸张的是，奥温几确实就是那么可爱，他永远都是我心中的想念与牵挂！

人是天地间的智者与精灵，而每一个孩子，更是天地间最真挚可爱、最让人期待的天使与精灵！孩子的出生，给每一个家庭带来无限的欣喜与期盼。尽管，孩子让我们有那么多的责任与付出，但带给我们更多的却是快乐与希望！

孩子有如鸟巢里嗷嗷待哺的雏鸟，那么稚嫩，可人，以至于你愿意为他毫无保留地奉献与付出。

　　孩子，他们终将羽翼丰满，长大成人；而我们，却终将慢慢老去。对于孩子，我们应该珍惜与守候，尊重与等待，陪伴他们成长。但我们不应该因为孩子便提前放弃自己心灵与智慧的成长，最美好的结局应该是：孩子与我们一起——共同成长与历练！

《云起图》　2015 年　瞿拥君

自然之恋

"人法地，地法天，天法道，道法自然"，自然是天地间最高的道的准则。

对自然的理解，可以从物的自然与道的自然两个方面来理解，物的自然即山川日月之变幻，大地之一切风物、生灵也。天地无私，大自然蕴含着无穷的生机与力量，大自然乃生我养我之父母也。自然之外，还有一种无形之自然，即道之自然。道法自然，自然中隐藏着无形之规律与准则。自然之道，需参省之，感悟之，遵循之，敬重之，万不可随意逆自然之道而轻举妄动之。

人是自然之子，天地之精灵。与天地为亲，循天地之道，养浩然之正气。

我从自然来，我爱自然！

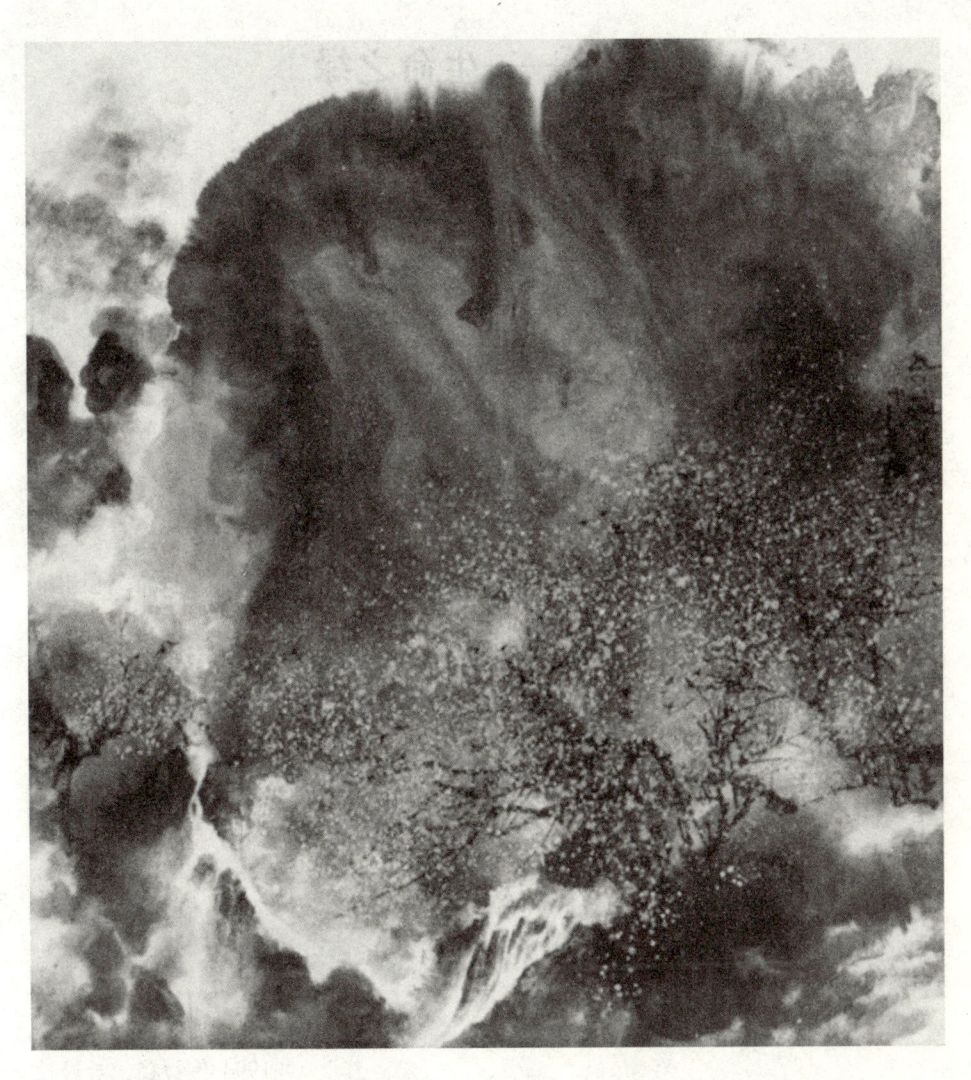

《春夜喜雨》 2004 年 瞿拥君

自然——生命之绿

汽车在公路上驰骋,极目远眺,哦,好一片空旷怡人的田野!那深深的、浅浅的、柔柔的、鲜活的、可爱的绿,一排排、一阵阵、铺天盖地地向我袭来!我急促地、深深地呼吸,似乎想把这份清新的绿的气息吸入我每一个正按捺不住的、舒展的细胞;我睁大眼睛贪婪地凝视,只想把这份诱人的绿色深深摄入我无法抗拒的、陶醉的灵魂!哦——那生命的、可人的绿!

此时,我的思绪像风一样飘荡起来,情绪也激昂起来,血往上涌,心里想呐喊,躯体也似乎陡然而生出无穷的力量。是呀,自然,我太久没与您亲近了,我久违的、可爱的绿呀!您这个不懂事的孩子曾经把您冷落,您会生我的气吗?昨天,我还闷在家中独自叹息,就这样封闭着自我。可是,当我投入您的怀抱,您是那样的圣洁、无私而博大,我只能羞愧而无地自容!是啊,这自然、这绿色,她是那样的亲切、和谐而美好!爱她吧——这一切善良的、热爱着生命的人,拥抱她吧,您会幸福的!

啊,自然——我生命的绿色!

1994 年初稿,后修改

梦 春

春天，是一个追梦的季节，她总给人以希望，她是那样的阳光妩媚，生机蓬勃。人们总把传统的新年称为春节，过新年时往往在冬季、新春将要来临的时候。也许是古人欢喜春天，期盼春天，于是，新春便成了每年的节日。每逢新年的日子，天涯游子，无论路途多么遥远，归途多么艰辛，总盼望着回家。回家，回家，回到那宁静而温馨的港湾！回家，回家，家便是人们永恒的归宿与港湾！可四海漂泊的天涯游子，家——在哪里呀？此时，我不禁心生愁绪，明年的春天在哪里？

2004 年元月临近农历新春时客南国鹏城

你若盛开，清风自来

中午，在熟悉的公园散步。冬日的阳光，暖暖的，照在铺满砖头与石头的路面。婆娑的树影，洒在地面上，与自己的影子重重叠叠在一起，感觉格外的舒适与美好！

湖面上，夏日盛放的荷花早已枯萎。虽是枯枝残叶，却一点也感觉不到冬日的萧瑟与冷清，荷叶与枝杆或仰或俯，或挺或倒，在水的映照下，更觉相映成趣、变化万千。突然，在树荫笼罩、泛着微微光芒的湖面上，一束亮光从树的浓荫中穿过，映射在几朵洁白的莲花上，那束光，似乎还在轻轻地摇曳着。仔细看，莲花其实并不是纯白的，有些浅粉或橙黄，在躺在水面上的深色的莲叶及树荫的衬托下，显得如此圣洁与高贵。还有几只蜜蜂在花瓣间舞动与雀跃，我似乎闻到了花和水的香味。

美好的东西总是在不经意间出现，人生中走过许多的地方，总是遇到许多的美好。湖面莲花间所散发的美好，因为在冬日，更倍觉温馨、珍贵与美好！

你若盛开，清风自来！

影——因光而美好

影是光的产物，没有光其实也就没有影。影对光来说总是暗调的，所以影常被人描述为阴暗与消极。实际上，大自然中所有光的绚丽、隐约与变幻，都离不开影的对比与衬托。光，是大自然的魔术师；影，便是魔术师最神奇的变奏曲。

大自然五彩缤纷，所有的节奏与韵律，都离不开光和影的作用。艺术家离开了光和影几乎无法创作，摄影师离开了光和影，一切摄影活动便无法开展。

光，是美好的；影，其实也是美好的。影——因光而美好，正因为光，影才会有如此的万千神奇与变幻莫测。我们赞美亮的光，但也不要贬损暗的影，因为有影的生动与丰富，才衬托光的绚丽与高尚。人生，不一样的韵律与精彩，皆因光和影和谐美好的律动。人活着，不要总是处在光的高调里。沉潜，低调，厚积薄发，在暗处积聚能量，才能让自己在高光处闪耀光芒。这便是人生大多数时候所应拥有的姿态！

山海相依

海依恋着山，山依恋着海，山海相依，海天一色。

天地的广阔，往往依靠的是想象；大海的广阔，却可以用航程来丈量。山是坚强的，海是浪漫的，山与海相依相恋，便有了许多的浪漫与故事。执子之手，乘风踏浪，多少生死依恋的故事在这里演绎；多少家国情怀的理想在这里出发！

看海去，听奔腾不息的涛声，重温往日的回忆！

看海去，看滚滚翻腾的浪花，让激情与梦想再一次激昂与澎湃！

《惊涛》 2015年 瞿拥君

踏歌寻美 / TA GE XUN MEI ……… 山海相依

山与海的依恋

亘古　悠悠
那一片山——静卧、如睡、深沉
不知几千几万几亿年，
盘亘在日出东方的大鹏湾畔。
那一片山，日夜守望那一片海。
不知是否孤独？

那海，无限宽阔；极目，不见天涯。
湛蓝、悠远、深邃，
俏皮、生动、激昂……
令人无限遐思
也不知庄子、李白，是否曾于此梦游与神思？
"大鹏一日同风起，扶摇直上九万里。"

山与海
深情相依、无限依恋，
山，永远是那样宽厚与忠诚，
海，总是那样多情与温柔。
山，深情地拥抱着海；
海，卷起朵朵浪花，调皮地、轻轻地拍打着山崖；
山与海
紧紧相拥，永不分离。

时间，来到春天
春潮，更加澎湃与激荡。
山与海，焕发别样的青春与美丽！
许多故事、许多浪漫，
凝聚在一起，化作感动与美好！
共祈愿，
这座山，这片海——亘古长青！

2013 年 8 月于鹏城海滨，后修订

生命之海

站在悬崖上，迎风——眺望那一片海
湛蓝，深邃，如黑夜里的精灵——穿透你的灵魂
明亮处，青里泛绿、闪闪烁烁
在太阳的光泽下，如翡翠般晶莹与通透
深暗处，靛蓝含紫
神秘而深邃，似乎蕴藏无尽的神秘与故事

每一次，当我与大海相聚
心潮——便泛起阵阵狂澜
却又更觉旷远与宁静
听潮起潮落，激扬生命的热情
看蓝天碧波，神游浩渺的天际

任凭风浪起
闭目——
思绪翩翩起舞，记忆重重叠叠
生命如潮——
起起落落，生生不息

海诗一组

其一：惊涛

海阔无涯，任凭风浪起；
水击千里，倾听大鹏歌。

其二：多情的海

多情的海呀，
你浪花朵朵，掀起的是激情与力量；
风浪再大，山崖依然为你屹立与坚守；
航程再远，湾畔依然是你归来的方向。

其三：浪漫海滨

栈道环抱海滨，
浪花击打山崖，
鸥声欢，喧嚣几时休？
人潮涌，欢乐无极限！

其四：蔚蓝海岸

青山两岸，
夹住擎天铁臂。
蔚蓝海岸，连接的是世界；
繁忙的港口，满载的是希望！

其五：天长地久

相依，听涛声——依旧，
相偎，看鸥鹭——忘机；
海誓山盟，天长地久。

其六：梅沙踏浪

伫立，迎风
大浪滔天，苍茫无际；
凭风踏浪，英雄几何？

其七：诗意海港

海依恋着山，山依恋着海。
青山不语，踏遍青山人未老；
海阔无涯，任凭风浪天作岸。

其八：潮平海阔

巨崖耸立，看潮起潮落；
栈道蜿蜒，听涛声不息。
潮平如镜，极目天远。

山海之间盐田人

不知不觉，我在盐田工作快十五年了，虽然我没有定居在盐田，但在我心中，我已经是一个地地道道的盐田人了。

因为住在市区中心，每天的喧嚣，难免倦怠。每天上下班，从西到东，几十公里的穿梭，越往东走，美景便越多呈现在我眼前。于是，每天上下班的奔波，却反而成了我的"幸运"。清晨迎着朝阳，傍晚踏着落日，海阔天空，云山雾漫。车在快马加鞭地风驰前行，看风景的闲暇虽是偶尔，但却是满满的知足与欢欣。世上，许多不经意间的偶遇，哪怕就一刹那间的美好，都会深深印入脑海，心情与心胸，因此陶醉、释怀与美好！

"来了就是深圳人"，这个口号喊起来特别有亲切感，但一个人内心对自我身份的认知与接受，却需要一个非常长的调整与接受时间。每个外地来深圳发展的人，都可能带着梦想，但理想与现实常常会有偏差，甚至会有激烈的碰撞与反差。"来了就是深圳人"，并不表示就认可与接受自己成了深圳人。来深圳立足、生存与发展是许多人所面临的第一课题，思念的家、心中认可的家，却在远方，在故乡。

我来盐田工作，也有些意料之外与偶然，之前我在别的区工作。那时，内心与现实，都一直在飘。我虽然梦想在深圳扎下根，但那时我总觉得，自己客居在他乡，是一个漂泊的天涯游子。但来盐田工作后，这里的碧海连天、绿水青山、风物人情让我的心慢慢地安顿下来。在这里，我找到了自己的方向和坐标，感受到了温暖与关怀，我有了一种不断前行的愿望与目标。

盐田，作为深圳的一个行政区，不算大，但却完完全全算得上是块风水宝地。一条最美的海岸线，像一条蜿蜒的青色玉带，串联全区。两座深圳最美的山——梧桐山、马峦山，为它做靠背，深圳八景，盐田便独占其三："梧桐烟云""梅沙踏浪""一街两制"。美丽的三洲田、东部华侨城，可谓深圳最美的风光，我所工作的地方极目所至处处皆是美景。

任何人，在一个地方待久了，便自然熟悉与融入这里的环境。盐田的美景风土，每一块地方、每一条街，我也差不多都熟悉了，我也就实实在在地成了盐田人。如果有外地朋友来深圳，只要时间允许，我一定会开着车带他在这里转一转，看看这里的风光美景，然后到大梅沙或者盐田海鲜街尝尝美食，大家一饱口福，满意而归！

盐田是个好地方，我是深圳盐田人！

《大潮》　2019 年　瞿拥君

湖光掠影

"湖光秋月两相和，潭面无风镜未磨"，"舟如空里泛，人似镜中行"，中国古代描写湖的诗文佳作可谓数不胜数。一湖风月，总引迁客骚人会于此，共竞风流。

湖没有海的广阔、激昂与险恶，她平静安详、温柔端庄，犹如一盈盈女子，秋波含情间，柔情似水，风情正好。所以，湖总是美好的、诗意的。在茫茫天地间，有一片湖，便有了内心的安详，灵魂的滋润与安顿。有了湖，便有了诗人的浪漫与豪情，艺术家的风韵与灵感，恋人的勾心与失魂……

清风徐徐，微波荡漾；水光潋滟，山色空蒙；二月春风，两岸桃花；荷叶连连，杨柳飘飘；莺歌燕舞，花繁蝶影；朝晖夕阴，气象万千；春风十里，蛙声一片；"沙鸥翔集，锦鳞游泳"；"浮光跃金，静影沉璧"；"鹰击长空，鱼翔浅底"；"上下天光，一碧万顷"；水天一色，风月无边……

逐梦烟波里，风光无限好。

怎奈何——情丝难断，凄凄切切！

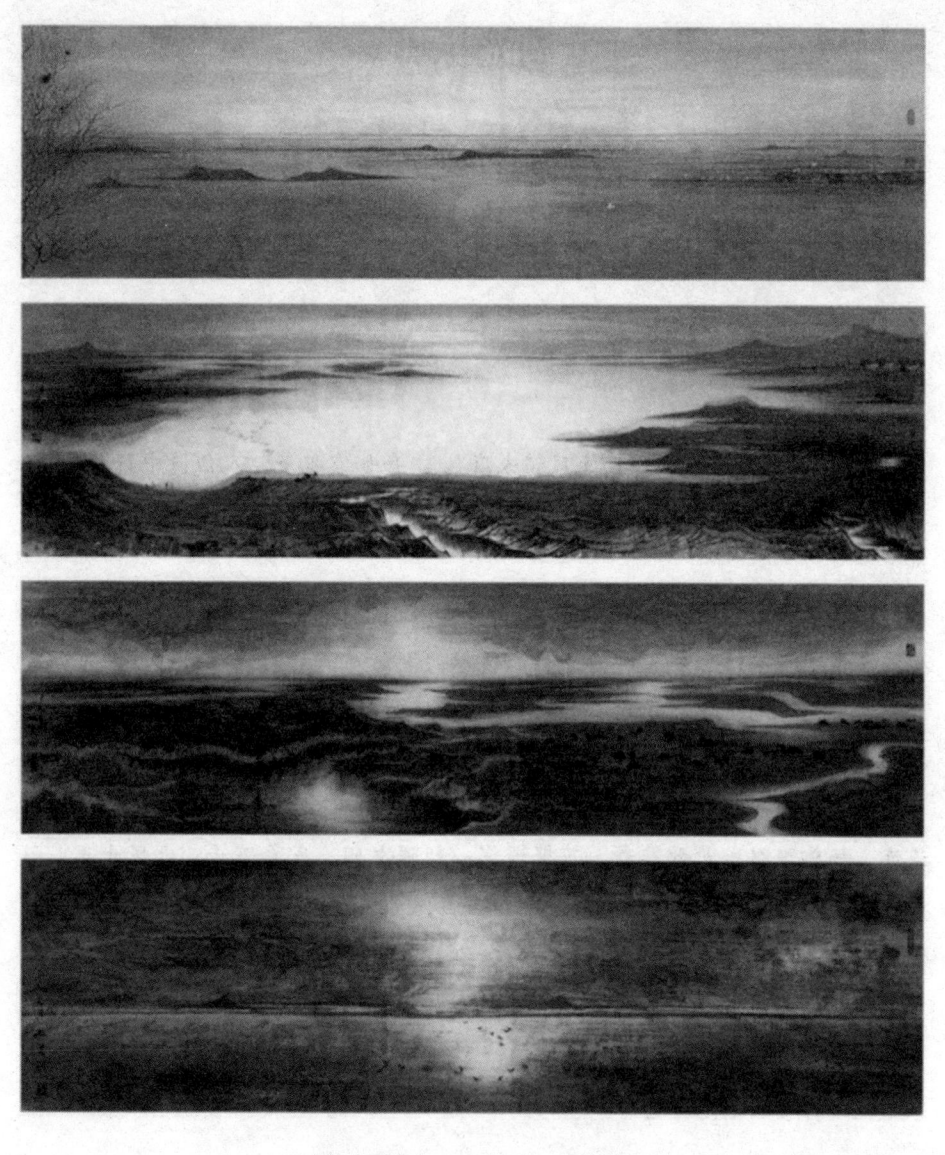

《生生不息》 2019 年 瞿拥君

暮色洞庭

暮色，余晖，浸染八百里洞庭；
夕照，渐隐，更觉温柔与美丽。
红霞，满天飞舞；
飞雁，阵阵掠过；
堤岸，孤舟横卧；
浅滩，寒鸦戏水。
暮色中的洞庭，
浅吟低唱，如歌如泣……

湖面如镜，
落日映在湖面，铺满红霞的湖面格外迷人，
粼粼的波光，扣动我的心弦，
可惜，我却不能将它捎走。
思绪丛丛，飞雁帮我捎去远方！

西边的那个圆盘，
渐渐变暗——在分裂、消逝……
天空低处，金黄——橙红——深红——暗红
天空高处，浅蓝——深蓝——暗蓝——暗黑
湖面澄净，只偶有几只飞鸟掠过，
没有盘旋，不做停留，看来已归心似箭。

寒气袭人，深蓝转黑的天幕，多了许多神秘。
极远处，有几个星星点点闪烁，
那是河堤岸人家门窗里散发出的冬日夜色的温情。
想必天涯游子，奔波忙碌的一年，此时已回到故乡温暖的家，
正与老爹、老娘闲聊一年的心酸与美好！

天开图画，天地如此美好；
美轮美奂，人间如此多情；
八百里的洞庭，
如诗如画、如痴如醉；
生生不息、哺育苍生！
洞庭的游子哟，心将永远——
把您依恋，梦魂牵绕，
——愿融化在这水墨烟云的山水间。

2016 年元月初稿，后修订

暮夜温柔

夕照，微风

这一域秋波

广阔、澄静、湛蓝、深邃

偶然间，蜻蜓戏水，惊起涟漪串串。

远处，夕阳残留的余波

在湖面上泛起道道闪耀的金光。

碧荷幽幽，芦花摇曳

暮色苍茫里，浅吟低唱处

恰似你的温柔——回眸一笑

心，已为之魂失！

在太阳余光的剪影里

芦苇与莲花宛若一对天生的情人

在这多情的湖水中演绎着精彩的故事！

芦苇，虽非伟岸，却是坚韧；

莲花，虽是圣洁，却又多情。

水里出生，水里成长

多情的湖水呀

多少生命——因你而孕育；

多少故事——因你而精彩！

月色正好，影丛丛

——散落点点滴滴。
夜色清凉，风柔柔
——捎来阵阵清香。
踩着影，徐徐前行
夜渐深，
脚下小路虽短，却希望走到天明。
时间呀——请慢些、更慢些，
让美好——天长地久！

爱情鸟儿

一对爱情鸟儿
在天空自由自在地翱翔
呼吸清晨的雨露与芬芳
迎着朝阳,越过云霞
在山谷、河流、田野、草地上穿梭
盎然的生机
向着诗和远方前行

有时也有风雨和惊雷
但何惧——那是生命本该有的色彩
乌云飘过去后便一定是光明

有时栖息枝头
这是它们爱的港湾
那么恬静与温馨
心爱的人儿,只要在一起
一切——都是那么美好!

清　晓

清晓，最美的风景。
朝阳，折射着五彩；
大地，吐露着芬芳；
百鸟翔集，在刹那间骤起的晨光里嬉戏与追逐。

看，这是天地间最可爱的身影，
它们，在动听地歌唱！
它们，在自由地翱翔！
天空，给它们无限的空间，
而大地，却在无私地守望与期待！

生命之流

生命，是一条长河
——看似风平浪静，
却是蜿蜒曲折、风浪频起。
顺流、逆流，
都是一段风景，都有一个故事。
溯源，逆流而上
我们去寻找——
属于自己人生最美的风景！

《江岸晨烟》 2014 年 瞿拥君

云游四方

有人说，最美好的时光是一半在书房，一半在旅途。可惜，大部分的人，一生都不由自主地在行色匆匆间度过。还有少部分的人，可能有时间，但却无条件；或者有条件，却无闲情与雅兴，便无法真正地享受与体验这份美好时光！

我带着生活的理想与信念一路走来。小的时候，心是广阔的，但眼界却是狭隘的；年轻的时候，愿望是美好的，但现实却是艰辛的，生活更多的是无奈与苟且。人生一晃，三十而立，四十不惑，五十也将呼啸而来！我是一个乐观而浪漫的人，我很少关注自己的年龄，永远都不灭一股年少轻狂的心。人生恨不五百年，我讨厌悲观，除了每年的体检表在提醒与鞭策我外，我从来都认为我就是一个年轻人。

我喜欢安静，如果给我一间书房和一个画桌，我可以一年半载足不出户。我也喜欢旅行，一片树叶、一颗石子、一条小径、一池春水、一颦一笑、一唱一和，足以发古人之幽情，察风月之变幻；写天地之精神，绘万物之风貌。

一方净土，胸怀天下；八方风雨，山川吐纳。

《戴月归》 2013 年 瞿拥君

南岳聆佛

出行衡阳，匆忙完事，还有一天休息时间。干什么呢？朋友提议去南岳衡山一游。其实，我跟衡阳这座城市早有结缘，只是由于这样或那样的原因，多次想去南岳，却都未成行。所以我想这次就是再匆忙，也得赶去一趟。

衡阳市区至南岳，坐公车大约一个半小时行程。由于时间紧，不可能徒步前行，进山后，我便又坐上直达半山亭站点的车。一路上，山路弯弯，蜿蜒崎岖，两旁苍松屹立，古木参天，远山苍翠，近水盘旋，浮云飘渺，鸟鸣幽谷。虽车行颠簸，但心却已神往着车窗外那静极空灵、松声涛远的太虚境界。到站点后，我改坐了辆便车，一路走走看看停停，直到湘南寺才下了车，并小憩了一会。坐在门前石板凳上，放眼望去，苍苍茫茫，湘南千里，尽收眼底，衡州古城与悠悠天际相会于一线。时时鸟鸣与淙淙泉声相融交汇，奏响一首首美妙的乐曲。此时，一阵阵的清风迎面拂来，凉凉的、轻轻的、透透的，爽极了。我不禁全身每个细胞都舒展开来，我闭上眼睛，任凭思绪汹涌、驰骋。这一刻，我仿佛什么都在想，却又仿佛什么都没有想。心是虚空的，却又是那样的充实，心是激动的，却又是那样的宁静，仿佛世间所有的纷繁都已消失得无影无踪。

从湘南寺登上南天门，大约十多分钟。我原本以为南天门该是山之顶峰了，没想到南天门距最高峰祝融峰还有很长的距离，所以没来得及休息也就继续出发了。走着走着，突然传来一阵怪异的"歌声"，好奇心驱使我更加紧了步伐。当顺着"歌声"走上去时，"歌声"却已停了，只见一群男女老少正荷包挑担前行。我注意到，他们是来南岳进香拜佛的，于是，我与他们边走边攀谈起来。其中有一位年长者与我很投缘，他今年已经满75岁了，是从湖南浏阳来的，清早便从家坐车出发，中午才赶到南岳，然后从山下一步一步地走上来，我不禁有些惊讶！然而，更令我惊讶的是，他从1981年开始，每年都必来南岳进香，而且以前上山只有石阶路可走，路很滑，上下山走得快也都要一整天。

走了没多远，前面不远处有个庙宇，他们突然全都跪下，同声念唱，我这才明白这"歌声"原来是他们祈祷的话语。由于他们一路走，一路跪拜，而我却还要拍摄些风景，所以，若即若离间，慢慢也就没有跟他们走在一起了。

从南天门开始，大约一个多小时，终于登上了南岳最高峰祝融峰。此时，只见山顶上云雾缭绕，佛香四溢，噼啪的鞭炮声从香炉里阵阵传来，人很多，我也跟着走进了人群。香炉旁，很多人正跪拜着，或静默，或口中念念有词，从他们的神情里我能读出他们的那份虔诚、专注和信念。这时，我又见到了山中遇到的那位老人，他在人群的前面，还有他的孙子也在他的身旁，他们也正神情专注的祈祷、许愿。此时，我心里突然有一种莫名的感动，我不由默默为这位大爷，也为自己，为所有正祈祷的人们祝福：祝愿他们永远幸福、平安、快乐！

此时，我并没有顺着人流走进寺庙，而是远眺四周那巍巍群峰、幽幽云雾，陷入深深的思索之中。这一刻，我突然领悟：人活着，只要有宽怀、坦诚与关爱之心，那么便心境高雅，与佛亲近。也许，拜佛所追求的其实就是一种人生态度与开朗善意的心境——一种并不远离我们的人生境界！

2002年8月初稿于深圳，后修订

台湾行印象纪略

台湾——祖国宝岛，从小便在课本中有所了解，随着年岁的增长，以及对有关台湾的各种资讯的不断了解、丰富，更增添了我内心之所向往。加之台湾好友的盛情邀请，便促成了我此次暑期去台的旅行。

最初的去台行程计划，在我的初步规划中，应为五天或一周左右。但通过查阅资料，做好旅行功课后，发现台湾并非我原来所想象的那么小，旅游资源十分丰富，非常值得花时间慢慢来感受和品味。由于带小孩一起旅行，行程时间不宜太长，于是我将行程略做调整安排为 11 天，由走东西线计划改为单走西线由南往北行。旅行方式选择自由行，因此整个行程玩得比较从容、舒适，收获也有许多。尽管回来有近一个月了，但每每想起仍然记忆犹新。现以文字略记行程之所闻、所见、所感，谓"台湾行印象纪略"，与大家分享。

高雄——休闲、友谊之旅

台行程我们选择台湾高雄作为旅行起点与终点城市，主要原因是早些年前结识高雄市艺文团体推广协会蓝黄玉凤理事长等好友。蓝黄理事长本姓黄，因信仰耶稣，故从夫姓。尽管我去台旅行期间，恰蓝黄理事长事务繁忙，但她仍然热情、无微不至地接待了我们一家。蓝黄理事长先父为高雄当地乡绅大户，蓝黄理事长可谓出身名门望族之大家闺秀，虽现已年长，但仍然气质高雅，温婉娴静，圆熟聪慧。

在台旅行期间，我们一家先后三次停留高雄，蓝黄理事长均安排我们一家住宿在她家招待客人专用的一套独立三居室套房内，可谓宾至如归，舒适怡人。我们所居住小区对面便是蓝黄理事长自己的独栋 8 层楼居室。蓝黄理事长是位对生活非常热爱、讲究，永葆年轻心态的长者，她家居室一楼门口摆满了大花盆，枝繁叶茂，花团锦簇。从一楼进门，四壁都是她的画作，如走进小型的美术馆，令人目不暇接。从一楼乘电梯至五楼，五六楼跃式一体为理事长及家人一起的居室，居室整体色调淡雅，宁静，亦显华丽与精巧。墙面四壁与一些小的空间均用艺术作品恰到好处地装饰，处处彰显主人的用心和品位。五楼会客厅外连接一个较大的露天阳台，露台似一个小园林，花繁锦簇，流水小桥，别具匠心，怡然自得，还有几棵果树枝头挂满果子，煞是可爱！七楼顶层为半封闭，是蓝黄理事长邀请友人举行小型聚会活动的地方，四楼为理事长个人艺术工作室。工作室面积不小，非常整洁，除了四壁的书柜和画作，就只有一个占不太大面积的画架，空出许多地方，也许此环境能给艺术家更多创作思考的空间。

在高雄期间，蓝黄理事长亲自陪同我们一家参观高雄市立美术馆、高雄市文化中心、澄清湖，高雄市博物馆因期间骤降大雨未能成行。虽然高雄市相较大陆的一些城市来说，人口规模并不算大，但我的感觉是他们对文化的投入和重视是非常令人尊敬的。无论是美术馆还是文化中心，建筑布局、设计、硬件投入等都非常高层次与高规格，而且周边环境非常优美，整个美术馆、文化中心周边就是以此为中心而形成的一座公园。游澄清湖时虽然阵雨来袭，不得不缩短游程，但开车绕湖一圈圈行走，处处皆是美景。期间在蒋介石与宋美龄别居门前湖边石凳上小坐了一会，澄澈的湖面、清新的空气、美丽的景致让人心旷神怡而又不觉感慨万千。后来，蓝黄理事长儿子又带我们短暂游览爱河、寿山、西子湾等，都给我们留下很深的印象。

屏东垦丁——激情之旅

垦丁公园位于台湾屏东县境内、台湾最南端的恒春半岛上。从高雄到垦丁，我们选择乘方便快捷的 88 快线。在来台湾之前，我一直犹豫是否安排垦丁之行，因为久居深圳，大鹏湾畔的海景实在太美，以致我少了去别的地方看海的兴致与向往。只是因为看到网友留言的推荐与高度评价，我才抱着试试看的心理安排了垦丁行程。来到垦丁后，发现果然名不虚传，垦丁的海虽然不能说独一无二，但绝对可以说是无与伦比的美。

从高雄往垦丁的路上，随着车往前行，景色越来越美，远观近眺，一路都是风光。沿海岸线行走，时时只见巨浪滔天、惊心动魄，一阵阵海浪似乎要向我们扑面而来，那种气势真是天地要为之动容。一路上，除零星几栋房子外，一切皆自然风光，无人为雕琢与破坏。而垦丁的海，色彩则更是格外的纯净、透彻，蓝中泛绿，如宝石、青花，远处略微偏紫。远处观海，格外澄澈与宁静；近处看海，更多一份韵律与激情。垦丁的沙滩，洁白发亮，细软纯净，光着脚丫在上面行走，感觉格外细腻而柔和。广阔的海，宽阔的沙滩，相隔很远才一二人点缀，每个人都绝对能享受这片宁静的大海与沙滩。偶见几位时尚性感美女戏水自拍，或勇士激情冲浪，更添几分活力与风情。美的海，往往有更有美的海岸相衬托，垦丁的海岸也绝不逊色。从鹅銮鼻到猫鼻头，再到龙潭公园，处处都可谓天之妙造、鬼斧神工，站在海岸，凭风眺海，令人无限遐思！

阿里山、日月潭——慕名探幽

阿里山、日月潭，从小学的课本中，从耳熟能详的歌曲中，早已印入我的脑海。对于阿里山、日月潭，我是慕名而来的，当然也确实不虚此行。从平川往阿里山高处走的路上，从山底一直到半山处处可见一片片拔地而起、细细高耸的槟榔树，伸向蓝天，很有仪式感。在后来的行程中，也常常见到这样的景观，算是真正领略了台湾人民对槟榔的情有独钟与热爱。行进到阿里山半山后，处处则可见碧油绿翠的茶园，我想在如此人间仙境里生长的茶叶，绝对为饮中极品。对于台湾茶叶，我多年前就有所尝，早已心向往之，实地品尝后，那份甘甜沁人心脾，自然要掏腰包买上一堆带回。

车在山上盘旋，越往上行，似乎越觉车在云雾中盘旋与穿梭。阿里山与玉山山脉相连，据说最高峰有近3000米，台湾地势低，这个高度应该是绝对高度了，如此高峰必然蕴藏着绝非寻常、美不胜收的景观！阿里山以登山铁路、森林、云海、日出、晚霞五奇著称，幸运的是在短短不到两天行程中，我都或多或少亲临感受了。阿里山神木绝对可以称奇，之前看张大千画册中阿里山神木的作品就让我万分期待，而真正亲临观赏阿里山神木，那份欣喜与激动真是无法用语言描述！我到过许多名山大川，如此之多的高耸壮硕、清奇古怪的古木群还第一次见到，殊为难得，大开眼界！

阿里山的森林小火车是阿里山又一奇，坐上小火车去看日出，更是一种奇妙的体验。我凌晨三点半赶来小火车站候车，终于坐上了凌晨3：50 始发至祝山观日出的小火车，坐上小火车，外面黑茫茫的一片，心中默默祈愿，希望能有幸看到最美的日出。火车大约4：15 到站，当登上景观台时，天空一片深邃湛蓝，月亮半圆挂在天空，还有几颗格外明亮、闪烁的星星。没多久，天空便浮现一抹光亮，渐渐浮云隐现，极远处山脚下透出星星点点的光，那应该是山脚村民们家里传出的灯光，传递温暖与温馨。再仔细瞧，似乎能隐隐看到浅浅的山路和微微泛着白光的河流。静寂与幽暗是暂时的，不久，天空便渐渐放出光明。太阳虽然还未放出光亮，但天空已红霞一片，如绸缎一般的轻烟薄雾梦幻般地在山腰、山顶飘浮。与其说是观日出，不如说是看云霞，云霞与日月同辉，因为有云霞的飘渺与变幻才给日出带来无限的美妙与生机！

也许就在我转身西边留恋朝霞与云彩的那一瞬间，当我重新转过身来的时候，太阳顷刻发出夺目的光彩，万丈光芒从天际倾泻而来，我能感受到大家的心和我一样，是无比的欢欣与激动，有的高兴地呼喊，有的拼命地按动快门。从向往、期待及等待，当太阳冉冉升起的那一刻，大家似乎满心欢喜地完成了自己的心愿与使命。是呀，大家从五湖四海、四面八方来到这里，太阳其实就是那个太阳，可阿里山却给太阳创造了梦幻一般的背景与色彩，怎不令人难忘？

从阿里山到日月潭，我们选择走盘山公路的长途公交直达，从阿里山至玉山，一路美景，一路险峻，盘旋而下。经过近四个小时，终于到达日月潭。也许见过太多美丽的湖景，当坐在车上，在日月潭边绕湖而行的时候，感觉虽美但我却并没有特别的激动。待我们一家入住临湖而建、位置绝佳的日月潭大饭店后，站在八层景观阳台上往下看时，美景尽收眼底，哇，日月潭原来是如此的美丽！只见，景观绿道如一条彩绸，盘旋在日月潭湖畔，湖中白帆点点，远处轻烟飘渺，云雾飘移，近处一排排白帆靠岸停泊休憩，还有别具匠心放置在岸边的一箱箱绿色浮生植物及盛开的鲜花，色彩格外清新，明丽，给碧绿、宁静的湖水点缀无限生机。湖对岸偶见一些建筑，不多也不少，错落有致，色调高雅，与日月潭景致恰好融为一体。尤其日月潭倚靠阿里山脉，潭面四周，群山掩映，烟雾迷茫，天光云影，变幻莫测，湖山的澄净与云影的徘徊在一静一动间构成一幅极具韵致与优美的画面。在我一天多的行程中，日月潭给我的感受是一种天然去雕饰、洗净铅华、精致典雅的美，也许并非妖艳与风情，但却姣好，优雅，温润，富于内涵，让人愈看愈欢喜。

台北——文化之旅

从日月潭去台北的路上，我心中一直在构想，台北这样一座有广泛知名度的城市该有什么样的景观、规模与特色。从日月潭到台北市，为了更多直观地体验与感受，我仍然选择乘坐客运大巴，车行大约3个半小时，进入台北市。随着大巴在市区穿梭行进，台北城市的面貌在我心中渐渐清晰起来。台北虽然也很大，但没有大陆大城市的高楼林立，普遍是一二十层的建筑，建筑外墙颜色多显厚重、质朴。可能是遇下班高峰期，车进入市区后一路缓行，走了近一个小时才到达终点台北车站附近。在台湾奔走多个城市，城市规模都不算大，唯有台北却不算小，真是城市一大，再好的城市管理，交通问题也难以避免呀！

从台北车站到我所入住的酒店新北投坐捷运非常便捷，行程大约半个小时就到。在台北（乃至整个台湾），行程中总难免多有问询，当地人都很热心，耐心解答各种疑问。在整个台湾旅行中，我也感受到台湾交通的便捷，无论捷运、高铁、巴士、计程车，几乎不存在任何出行障碍，且非常舒适。其间遇到的几位司机师傅，尤其从阿里山至日月潭及台北的师傅，都彬彬有礼，儒雅而有素养。从台南到台北，感觉台湾人性格都比较舒缓，懂礼节。从建筑到服饰，台湾人都比较喜欢选择偏素雅的色彩。

我经过的许多地方，各种传统书法呈现的繁体字招牌，看起来显得非常厚重而又舒服。台湾的报纸及各种媒体，语言交流，文化艺术等各个方面，处处都呈现中华传统文化的根系与脉络。某种程度上说，他们对中华传统文化有难能可贵的维系与继承。当然，在台湾期间，也感觉到日本文化及基督教文化对台湾文化也有很深的渗透与影响。

在台湾行期间，台湾所自谓的三多其中有两多即寺庙多、机车（大陆谓摩托车）多给我印象很深，值得说说。台湾的寺庙遍布各地，香火兴旺，台湾民众继承我们老祖宗多神论的信仰，认为万物都有神，有神就有供奉这位神的庙。旅游途中，隔不远便可见一座庙，或大或小，金黄琉璃，斗拱飞檐，蔚为壮观。台湾的机车遍地都是，机车已经融入了台湾人的生活，可谓家家有，甚至人人都有机车。他们设置右车道为专门的机车通道，机车在公路上与汽车并行，互不干扰，这样对道路交通及停车难问题也有很好的缓解。这在某种程度上反映城市管理者对市民机车出行方式的一种尊重，同时市民亦能秩序井然地遵守城市交通的规则与管理。

台湾的饮食，据说是很有特色的。在台湾期间，由于带着小孩，一般吃饭都选择就近比较方便的，晚上也没有时间和精力出去逛夜市，去品尝风味，所以对台湾的饮食风味与文化并没有太全面的了解。但在高雄期间，蓝黄理事长的盛情款待，以及期间的几次就餐还是给我们留下非常深的印象。台湾的饮食，整体感觉精致、清淡、健康，真材实料，物美价廉，尤其是海鲜，特别值得品尝。台湾是一个物产丰富的地方，尤其台湾的水果，看之让人心动，垂涎欲滴，吃之美味无比，欲罢不能，又价格实惠，真是动了捎几箱回家的念头。

台北行程，匆匆忙忙，又遇上台风休整了一天，倒是温泉泡得真是一个字——爽。台湾的温泉，我要大大地点一个赞，真是物美价廉、享受无比。由于台湾特殊的地理条件，据说在世界上都可谓温泉分布较为密集的区域。在台湾泡温泉叫泡汤，甚至有的地方公共泡汤池价格只要大约人民币 10 元，实惠得简直让人无法相信。在我所住的北投温泉酒店附近，马路边小溪、地沟里流淌的都是散发着浓浓硫黄味的温泉，当地司机告诉我们，冬天当地经常有人在温泉流淌的小沟里免费泡个脚，舒服极了。我们所居住的酒店，温泉直接引到房间，只要打开温泉池阀门，一股浓浓的温泉味便在房间弥漫，躺在温泉池里什么都不想，那种放松与舒服渗透到全身每一处，赛过活神仙。

在台北短暂的三天，选择游览了台北中山纪念堂、野柳、台北士林官邸、台北 101 大楼、淡水、台北故宫博物院等地。除台北故宫博物院外，大部分地方停留时间都非常短暂，可谓走马观花。整体感觉人文景观胜于自然景观，许多文化内涵、风土人情值得我们细细去感受和品味。尤其是台北故宫博物院，珍藏了中国几千年非常珍贵、具内涵与价值的文化精品，非常值得我们去探究与学习。

台湾行程虽然仅短短 11 天，但却给我留下尤为难忘的印象，谨以此追忆，匆匆写就，不足以道矣。

2014 年 8 月稿

西南行旅——四川印象记

　　西南三省，在我的印象中，是一个既美丽而又有几分神秘的地方，一直很向往。十多年前，上大学的时候，曾跟班采风写生，走云贵，经四川。时至今日，仍留下许多美好的记忆，但一些具体的印象却已渐渐淡忘。因此，重游大西南，便成为我近期非常强烈的意愿与计划。

　　对于旅游，我不太喜欢那种走马观花或者跟团一窝蜂式的旅行方式，我希望那种自由、精致而又有收获的旅行。大西南，有太多美景的诱惑，也就只能取舍，分批次、按计划地选择旅行线路了。这一次，我选择把九寨沟作为此次旅行的主要目的地。也许是在洞庭湖边上长大的缘故，对水向来就比较亲近，加之九寨沟声名在外，多年前就欣赏过它的不少"艳照"，对它早就"垂涎欲滴"，心向往之了。

　　现代社会，最大的便捷之处便是信息与交通。想想古人"读万卷书，行万里路"，是一种多么奢侈的愿望，而今天，轻轻敲敲键盘，便知晓古今天下事，日行千里、数千里也绝不在话下。因此，生活在当今时代的人，是应该心怀感激的，因为这是一个容易实现梦想的时代！

　　此次行程，本计划首站抵成都，因购票的原因，后改为先至重庆，短暂停留、感受山城面貌后再去成都。那天飞机有些晚点，下午三点多抵达重庆，至酒店安顿好后已近五点。重庆不愧被誉为"火炉之城"，下午五点多钟出门，太阳仍然火辣辣得跟中午一样。坐上出租车，没有什么特别的目标，师傅推荐我们去朝天门坐游轮，享美食，赏夜景，此时，太阳实在烤得太猛，逛街也没有兴致，景点游时间又不够，也就听从了师傅的推荐。师傅是个大胖子，一路介绍重庆美食、美女，美好的感觉让我似乎都快要流口水了。到了朝天门，却心生失望，景观一般，江水也浅，感觉完全没有我家乡洞庭湖、长江水面宽阔。

毕竟远道而来，打道回府心又不甘，也就只好将就购票游船了。没想到的是，重庆的旅游服务如此之乱，游船票价被售票点与的士师傅做局狠狠宰了一笔，知道后理论也不解决问题，心里一肚子火。上了船，所谓的美食价高得离谱，点了份所谓经济套餐，却简直难以下咽，赏夜景的兴致便彻底被破坏了。

第二天，去渣滓洞，途经几所著名高校和白公馆等，近距离感受到了重庆山城的面貌与红色文化的氛围。渣滓洞虽然没有我想象的规模大与险要，但确实也是难以虎口逃生之地。至今，还比较好地保存了当年的环境与建筑原貌，稍稍想象一下，便可以感受到当年被捕共产党员所处的残酷、阴森的监狱环境。同是中国人，也许人生信念与理想不同，便有着完全不同的价值观与行为方式。今天，我们看那个时代，革命先烈们那种赤诚的理想、坚定的信念，视死如归的勇气，都是那么令人钦佩与感动！山下两公里左右便是磁器口，离嘉陵江很近。磁器口实际就是过去港口码头发展而来的商业街巷，尽管大中午，炙热难耐，可却仍然人头攒动，热闹非凡，街市琳琅满目，一幅喧嚣与世俗交汇融合的现代版的风俗画卷。

当天下午5点多，坐动车从重庆赶往成都。一到成都，感觉似乎来到了另外一个纬度，气温一下降了许多，舒适宜人，难怪成都人的性子都比较舒缓。晚上逛锦里，虽人头攒动，但并不感到逼迫、难受。古街两侧建筑，古风淋漓，布局、营造匠心独具，处处体现文化的传承。第二天上午游宽窄巷子，更看到了许多耐人寻味的东西，进一步加深了我对成都历史与文化的了解。成都文化中，我认为最大的一个特点是"闲"，"偷得浮生半日闲"——闲，其实也是一种品味，一种生活的智慧。成都人爱闲，会生活，悠闲自在，真是闲出了文化，闲出了品位！

当天下午，从成都赶往都江堰，酒店安顿好后，出来散步。都江堰市区，无论新、旧建筑，均基本保持统一的风格，古楼林立，溪水环抱，人便自有闲情。沿着杨柳河河堤两岸散步，河两旁到处摆满了休闲桌椅，河堤两侧分布整齐的古风建筑，一门一户、一窗一瓦，雕工布局，无不呈现出精巧与智慧。在旅途中，吃到当地的特色美食，应该说也是旅行中不可或缺的一部分。在整个四川旅行期间，吃的消费、价格都应该算比较地道，且货真价实，在九寨沟与草原，所吃的牦牛肉，还有当地酸奶等，至今仍念念不忘。在都江堰虽然没有刻意要搜寻美食，当天傍晚散步走累了，就近在一家餐馆前坐下，点了份青城腊肉、剑笋、豆花、稀饭等。不过几分钟菜全上齐，腊肉分量很足，干干净净，香浓味美，剑笋鲜嫩无比，软脆爽口，豆花就不用说了，是四川的特色菜，绝对正宗，稀饭也熬制得很好，美美地享受了一顿晚餐。吃完小坐一会，继续沿河岸散步，走了约十分钟，便到了廊桥边，离桥还有些距离，便听见滔天巨浪的声响，一股畅快的凉意伴随微风扑面而来。走到廊桥上，雕梁画栋、诗文画卷，宛若置身于大自然中的艺术博物馆。当地人、外地人，都拥挤在桥上，看热闹的、吹风的、乘凉的，尽管人多，但不逼仄，更是凉爽。站在桥上，扶着栏杆往河下张望，简直让你肉跳心惊，虽然河面说不上很宽，但水流之湍急简直令人无法想象，每一个桥墩靠江面均雕刻着张开大口、气势恢宏的石龙，它们不拒凶险，仿佛正迎接这日夜不息的急流巨浪——保八方平安。这不禁让我想起2000多年前的李冰父子，在此之前这里及成都等周边地区，老百姓年复一年遭受水灾的迫害，只能背井离乡、望天长叹。李冰父子一腔赤诚，忧患于民，以何等的雄才胆略、责任与担当，主持修建了这一造福八方、功在千秋万代的浩大工程。也难怪，在都江堰能见到这么多大大小小的庙宇、雕塑，其实是后人表达对李冰父子等先人的厚德与丰功伟绩的感恩与敬仰！

"拜水都江堰，问道青城山"，青城山自古为寻幽、问道、祈福之胜地。因为对张大千先生的敬仰，又知道张大千先生曾在此幽居数载，因此，对青城山一直充满向往。青城山有前山、后山，前山多文人胜迹，后山多险，多景观。由于对山水的偏爱，综合考虑后选择先登后山。从都江堰市区到青城后山约40公里，本以为一个多小时就可以到达，没想到当天去青城山的人如此之多，一路塞车，停停走走，加上中午用餐，花了五个多小时才到达景区门口。赶紧购票上山，索道口排队又是一个多小时，恰巧索道也是个慢性子，差不多半个小时才到达半山终点。青城山不愧是寻幽之地，坐在索道上，满目青翠，凉爽极了，只是山没有我想象得美，感觉有点失望。从半山上山顶是一个半环形，可以坐索道登顶，走了一阵，还不见索道口，一打听，上山还远着呢，无论坐索道还是步行，时间都不够，怎么也得天黑才能赶上山，便只好打消继续上山的念头了。回程不想再坐索道原路返回，辛苦了一天，总希望能有点新的发现，于是便决定就近从又一村沿五龙溪徒步下山。这个决定，却把我腿脚折磨了个透，不过终于有些收获。原来，在这条沟壑里还珍藏着不少美景，沿途一路绝壁险滩，飞流古木。六点多，下了山，本以为此时回程会顺畅许多，没想到一路又折腾近四个小时，累得人都没了脾气。到宾馆已是晚上十点多钟，冲个凉，外面找点吃的东西，人仰马翻，赶紧呼呼大睡。

早就听说去九寨沟的路况不好，心中一直默念，希望能顺畅点。也许是想着要早起赶路，尽管再累，第二天早上五点多就醒了，起床，漱洗，整理，退房，出发。不到六点，天际微白，阴沉沉，透着凉意，心里多少有些担心。走都汶高速，车很少，旅游大巴倒是一辆接一辆，肯定都是老司机了，开的速度比小汽车还快。隧道一个接一个，长的近10公里，偶尔走出隧道看到两旁的山势，真是岿然耸立，庞大而艰险。在这一个个巨大的山体上，几乎寸草不生，山土夹杂着巨石，常常感觉那些巨石似乎要从高空坠落下来，岌岌可危。难怪2008年那一场地震，有着如此巨大的威力与破坏性！一个多小时走完高速，除前面都江堰一小段收费，后面大部分里程居然不收费！后来听说，这段高速是地震后才修通的，修路所用为地震捐款，我猜想是因此而免费的。经过汶川县城，城市是全新的，所有的房子几乎都是灾后重建的，尤其是汶川第一小学、汶川中学，学校建得非常漂亮，设施配备全面，先进，一点也不逊色于大城市学校的规格。往返这一程，内心总是涌起莫名的感动，中国人的坚强与伟大让我自豪！汶川地震后，千千万万中国人也包括自己的爱心接力与付出是值得的、令人感动的。一方有难，八方支援，万众齐心的力量真是无比强大！

经汶川，至茂县，开始遇上了塞车，塞车点在岷江边，也可算是一处景点，大家下车拍拍照，舒缓一下筋骨。急流的岷江，两岸山高，远处白云深处淡淡地隐现墨青绿色的山顶，意念中，似乎这白云深处的地方，就是我神往的九寨沟。还好塞车时间不太久，便又重新启程了，一路基本顺畅，景色也越来越美，顾不上停留，偶尔间歇休整一会，便一直开到了黄龙景区。此时已近下午三点，又饿又困，下车一家三口都感到了不适。经过近两天的奔波折腾，也许所谓的高原反应终于来了，耳鸣头疼，真有点支撑不住，再累，行程的计划却不愿意轻易改变。于是，我走到游客服务中心询问门票等事宜，工作人员告诉我，如果此时要坐索道上山下午已买不到票了，只能徒步上下山，行程约四小时。此时，忽然一阵不小的雨飘落下来，本来就疲乏的身躯已经不能再承受，便毅然放弃上山的愿望。稍做休息，吃点东西，感觉人舒服了许多，于是便启程赶往九寨沟。天公作美，没多久雨就停了，雨后山更青，格外的美。从黄龙到九寨沟，一路都是美景，那一座座雄伟的高山，使人感觉仿佛置身于青藏高原，在云飞雾动间,万千变化。山脚时时有成群的牛羊在移动,点缀在烟云变幻的青山下,高空中忽然一群黑麻麻的雄鹰迎面飞来,尽显身姿,忽然又遨游天际,如此美景,宛若隔世仙境。

一路行进,走走停停,只怕眼睛与相机闲着,错失这美丽的风景。这一路还算顺畅,可走到离九寨沟景区 20 公里左右的时候,在甲潘古城(实为仿古建筑形式的商业街)被工作人员因交通疏导引导进城。进了城,便被困住,东挪西移卡在城里近两个小时,无聊中大家便纷纷下车购物消费,总算没让古城失望。走出古城,路上便顺畅了许多,在距景区 9 公里左右的时候又被堵住了。九寨沟景区可能由于地理条件的原因,或者规划不够超前,进出景区只有双向各一车道,越往景区里走,就越如同走进狭小的胡同,拥堵便成了常态,尤其是旅游旺季,其拥堵程度更是可想而知了。熬到晚上近九点,终于到达了酒店,还好老板人热情,待酒店安顿好,吃完饭,人便舒服了许多。

第二天七点多钟就醒了,也不算晚,两天来的疲劳,总算舒缓了一点,待收拾好、吃完早餐差不多也就九点钟了。于是向景区出发,路上人头攒动,行进速度也就比正常慢了许多。还好路程不远,一公里左右,不太久就到了。走到景区大门口却傻眼了,那队伍岂止壮观,简直是排山倒海、气势恢宏!一波接一波,整整经过三大波的人浪,一个多小时,终于进了景区大门。幸好,景区的穿梭巴士非常多,一辆接一辆把游客往景区里拉,没多久我们也就坐上了巴士。巴士比较舒适,坐着巴士在景区里行进,一幕幕的美景接二连三呈现在我的眼前,这是一种令人怦然心动的美,两天来的疲劳感似乎立刻烟消云散了,这种苦后甘来的幸福感真是无法形容呀!

九寨沟的得名,是因为这里有九个藏民族村寨,但它真正奇特、令人心动的地方却是它的水。九寨沟的水独一无二,真可谓地球上的一个奇迹。这里到处都是青山绿水、瀑布飞流,尤其是那青绿、五彩的"海子",那梦幻般的色彩,把人带到如痴如醉、亦梦亦幻的童话般的世界!水均是高山冰川融化的水,澄净无比,不管多深都清澈见底,再遇上当地特殊的地貌、岩石,便产生如此神奇而丰富的色彩效果。九寨沟景区主要景点呈"丫"字形分布,每一处景点都自有勾魂处,只要停下,便会把你留住。一天的行程毕竟短暂,每一次停留,又会担心下一个景点因此而错过。在这种情绪驱动下,不敢让时间有一点浪费。有的景点实在喜欢,就多停留一会,有些景点,也就只能在车上匆匆看过。错过了的，也许遗憾，但遗憾就会让你想念，想念就会有重温旧梦的愿望！

第二天，从九寨沟驱车前往若尔盖大草原。这里，在之前的旅行计划中是没有安排的。在成都的时候，出租车师傅给我推荐了这个，加之在此前攻略准备中也有所了解，于是把行程重新做了调整，才有了这样的安排。因此，我要感谢这位热心的师傅，因为他的推荐确实没让我失望，我甚至认为这一段是整个旅程中最有收获的部分。九寨沟的美，也许是在意料之中，而若尔盖的美，却完全在意料之外。它的出现，是如此的突然与惊艳，就如同一位美女，突然梦幻般地出现在你面前，向你妩媚地微笑，你简直无法抗拒而因之迷乱与激动！

从九寨沟往若尔盖，雨一阵来，一阵歇，反反复复，路两旁的山变幻莫测，烟云在山脚、半山、山顶间来回穿梭，山间的树也跟着若隐若现地变幻。山树烟云，如在飘浮，如在行走，缥缥缈缈，万千变化。走出九寨沟，转入若尔盖，路便变得宽阔、平坦起来，一路往高山上走，海拔不断地上升。经过一段非常高的山势后，大约海拔3500米以上，便开始出现了草原。越往若尔盖方向走，草原的地势便变得越来越平坦开阔，一匹匹骏马，一群群的牛羊，白的、黑的，如珍珠般散落在广袤的草原上，在苍穹下缓缓地移动，白色的帐篷也三三两两地驻扎在绿色的草原上。这一切，就如同一幅幅梦幻般的画卷，不断在我眼前伸展开来！啊，草原，美丽的草原，我要为你纵情地歌唱！

怕耽误时间，虽然一路不敢多停留，但遇到美景，车的速度还是放慢了许多，下午一点多才赶到若尔盖。此时，导航已经停摆，在一个三岔路口，错了方向，本想赶往黄河第一弯去看日落景象，不想却走往花湖方向。花湖本来计划第二天上午来的，后来听说去往黄河第一弯方向在修路，非常难行，我真庆幸走错了路，因此没有错过夕阳下美丽的花湖。若尔盖往花湖大约40多公里，一路都是大草原，而且它比之前一路的草原还要美，更极致与惊艳！这一段，草原变得更平坦广阔了，满山遍地的野花，成群集结的牛羊，铺天盖地地呈现在你的眼前。幸亏我曾经到过草原，否则见到这美景，真难以把持，我努力克制自己的情绪，冷静地开着车往前行。其间虽然有一些停留，但近四点钟时便赶到了花湖停车场。此时，肚子叽里咕噜，周边没有饭馆，便在藏民开的商店买了泡面解决。这里的酸奶是当地牦牛奶所制成的，那口感滑滑、嫩嫩、爽爽的，简直妙不可言。我们一家一连喝了好几杯，走的时候又买了几杯带走，美味的感觉，真是无法抗拒的想念与诱惑！

海虽然辽阔，却似乎看不到边际；草原的辽阔，却能看到彼岸与希望，远处的群山与蓝天上飘动的白云为伴。不知草原的勇士，是否常常跨上骏马，从这里奔向远方？花湖——这颗草原上的明珠，也许千百万年前，当一队轻骑掠过，奔向山岗，远眺发现那一片熠熠生辉、如明镜般的梦幻之湖，该是怎样的欣喜与激动！

可是，如今这神话般美丽的大草原与湿地、花湖，却是当年红军长征茫茫无际、深不可测的险恶之地。这里，也是当年红军命运的转折之地，当年中共曾在这里召开毛儿盖、巴西会议，在这里确立了红军转战陕北的重要战略决策，从而奠定了中共后来所取得的一系列胜利的基础。茫茫无际的沼泽湿地，险峻、艰难的雪山，如果没有钢铁般的意志、胆略与勇气，是绝不可能战胜的。今天看起来这里是如此的宁静，似乎一切都已经过去，但烽火岁月的历史却永远留在人们心中。今天，在这里看到的也许只是美丽与宁静，可越是宁静的地方，可能越蕴藏着它悲壮而动人的历史！平凡中常常蕴含着伟大，平静中隐藏着力量。当你了解它悲壮而动人的故事后，便叩问我们灵魂的深处，更让我们深深地铭记与感动！

从入站口坐景区巴士到花湖景区约5公里，此时的花湖已过了花海最盛的季节，在茂密的草地上还零星地散落一些各种颜色的花朵。女人们看了可能会有一些失落，而我却一点也不感到失望。因为，没有花的草原也是美的，而我更钟情的却是湖——湖实在太美！草原的绿，一望无际，远处的群山，本来是那样的巍峨，但在广阔的草原上，它却成了陪衬与点缀。花湖，在远处山岗上看，就如在草原上画出的几道斜线，充满韵律和美感。靠近湖边，长满一排排的苇草，在微风下摇曳，构成湖面极佳的陪衬与装饰。苇丛中，时不时冒出几只野鸭，在其间穿梭，展现各种敏捷的身手，在苇丛的湖面上，画出许多有韵律的圆圈。偶尔，一群飞雁掠过，与湖面的群鸭便相映成趣，构成一幅幅诗意的画面。高原的草原上，傍晚来临得要更晚一些。七点多钟了，太阳仍在当空照着，突然，白云飘过太阳，天空暗了下来，湖面格外的沉静。又一会，一抹夕阳的红色洒满湖面，夕阳与暗淡了、微微带着紫红色的白云倒映在湖面上。湖面在微风下，泛着涟漪，此时湖面的色彩格外的丰富，那种美，如饮一坛醇香的好酒，滋滋的美，醉在其中！

不过一片片云飘过，天空又变亮起来，重复几次后，天空便真的渐渐暗淡了许多。站在茫茫无际的草原上，人总是显得有些孤单。尽管此时的草原上，还有不少人和我一样停留在这里——热爱美丽的大自然，依恋这片美丽的草原、醉人的花湖，但傍晚时分，一阵阵的寒意却在不断催促我，我应该往回走了，尽管还是那么的留恋与不舍！事实上，当我们驱车离开花湖，已经将近八点钟，天色虽还好，但已经暗淡了许多。担心天黑，不敢停留，便驱车向若尔盖县城行进。草原上的夕阳格外美丽，夕阳下的草原格外沉静，牛羊都已经归来，帐篷里偶尔升起缕缕的青烟。此时，草原上的路格外空旷，车少，一路奔驰，车在路上像风一样地前行。赶到若尔盖县城时，天已完全变黑，县城不大，很快就找到了宾馆。到了宾馆，就像回到了家，藏族小伙、姑娘的接待热情，亲切，在带着寒意的晚上格外温暖。

　　第二天的行程，没有什么特别的要求，随性玩玩就好，我们选择重走昨天花湖方向的路，深入体验大草原风光。草原上处处都有美景，但可能是早晨的缘故，牛羊要比前一天下午少了许多。于是，继续往前行，来到花湖不远处的草原上，景色很美，牛羊如满天的星星密布，很有韵致地撒落在大草原上。于是停车，徒步往草原深处走，走了一小段，地渐渐变湿，就不能再前行了。举起相机，咔嚓咔嚓不停地拍个够，不用太费心思来构图，随处都是美景，随处都有佳构。尽兴地拍了一阵，太阳渐渐猛烈起来，小孩也正闹着要骑马，于是便一起赶回马场。草原上的马，就是不一般的俊朗与帅气，让我这样非常业余的骑手也能找到当年武士英雄的感觉。女儿骑马的兴致更浓，妈妈陪她一起骑，把白马、黑马、棕马，各种马都骑了一遍，还叫嚷着要再骑。

　　骑完马后，在凉棚下小坐。几个藏族大伯也在这里坐，他们都会讲汉语，所以交流便很顺畅。藏民们时时爽朗地说说笑笑，也很亲和，很快我们就熟识了。他们似乎对我们的生活方式等感兴趣，一如我们对他们的好奇。时不时问我眼镜的品牌，也把自己的眼镜拿给我看，还好奇地拿起我的单反相机往取景框里瞧。我于是教这位大伯拍照，他还是不敢拍，我就给他们拍照，并一起合影，大家很开心。一来二去，我们之间像老朋友一样没有了隔阂，高兴的时候，大伯用手掌有力地拍拍我的肩膀、屁股，还不时开起了玩笑。短短的交流与相处，给我的印象是，藏族人的人际关系还是非常简单与真诚的。联想到前一天下午，在藏民开的商店购物小坐，藏族老板憨厚，质朴，聊了一会家常，我问他叫什么名字、多大岁数，没想他就直接把身份证掏出来给我看，一点也不戒备。晚上回若尔盖县城，向两个藏族小伙子问路，我刚打开车窗，没想到小伙子便直接把手靠在车窗上，头伸进车里与我对话，还时不时好奇地往车里张望。因为他们的热情，指路的详尽，打消了我的警惕与紧张感，如果在其他地方，我都要吓得屁滚尿流赶紧关窗把车开走。

当天中午，在草原玩得差不多后，我们便出发往松潘古城走，因为美的景点太多，难免也是走走停停。其中，有一个小插曲，至今想起仍然觉得有趣而又感到遗憾。下午四点左右，在行走的路途中，有一处草原景色很美，于是把车靠边停下拍照，拍完后上车准备启程。忽然，发现左侧对面有两匹骏马在草原上疾驰，形成极强的画面效果，于是我赶紧举起相机猛拍。一会，发现两匹骏马正朝我们方向奔驰而来。我刚把相机放下，骑手已经来到我的车门边，是两个大约十一二岁模样的小男孩。小男孩直接拉开我的车门，问我要不要骑马。看我没有吱声，小男孩接着说，骑马只要二十元一次。其实，我看到是小孩子也有点想骑了，但小闺女在车上睡得正香，又不便把她拉醒，便回应说不骑了。小男孩有点不甘心，站在车边不愿走，我本能地把相机包从靠近车门的位置提起往后排座位上放，小男孩看我没有骑马的意思，就关上车门准备离开。我看到另一个小男孩在对这个开门的男孩嘀咕什么，突然，他们又拉开我的车门，齐声说"我们不是小偷"。我还没反应过来，他们便关上车门，跨上骏马疾驰而去。此时，我真感到羞愧，恨不得把小孩拉醒一起骑完马后再开车启程。望着他们瞬间远离消失的背影，深深地留下愧疚与遗憾！

旅行的时光是快乐的，也是短暂的，旅途中，常常感觉只有景与我的存在，真是"山中无岁月，寒尽不知年"。旅行，是一种对美好生活、对未知世界的向往与追寻，是对天地万物、世事浮华、风物人情的一种体念。旅行，不全都是浪漫与美好，其间或许充满周折、磨砺与艰辛，柳暗花明、苦尽甘来也常常都是旅途中美好回忆的一部分。

人在旅途，期待明天新的开始与精彩！

2015 年 8 月于深圳记

《天域》 2014 瞿拥君

心中桃源

在每个人的心中，一定有一个最美的桃花源。在我的心中，故乡便是我心中的桃花源。

严格来说，我有两次离开家乡。第一次是高中求学阶段，中途转学离开从小生我养我的土地，来到城市。第二次是我大学毕业后到外地求职工作，于是便一去不复返，这也算是真正地离开了家乡！

我对家乡的情谊与牵挂，却一刻也未曾停息，且愈演愈烈！尤其参加工作后，故乡总不停地在我梦中出现。那些年，由于太杂乱忙碌，我每次回到家乡，总是行色匆匆。前些年，我终于不那么受制于金钱的束缚，于是我下定决心在老家建了一栋小楼。有了家，便有了自己的窝，心也就有了安顿。这几年，我每年总是要回家乡一两次小住。听风雨，看星月，走遍丛林幽径、纵横阡陌，看湖山相映、乱云飞渡，听山雀喳喳、鸥鹭翔鸣，真是心旷神怡矣！恰是闲庭信步，心与青山不老。

我爱家乡，家乡是我梦中永远的桃花源！

《烟云思故乡》 中国画 2017 年 瞿拥君

湖湘山色入梦来

人生，从记忆中似乎消逝的童年，再到二十多岁初出茅庐的小伙，转眼间就奔向不惑。从泥土乡村来到繁华都市，从岳麓山下求学到南海之滨工作安居，一幕一幕，恍然间，多少人和事转瞬即逝。可唯有家乡那一片山、一汪水，总映在心间，挥之不去。

家乡的山，家乡的水，不算最肥，也不是最美。可我却总有一份情愫，一种偏爱与情缘，无论走到哪里，看过多少美景，故乡的山水，总在我心中占据最重的分量。每当我泼墨挥毫描绘山川神韵的时候，总要把家乡山水的神韵融入其中。故乡山色，便是我梦中的家园！

爱山水，画山水，山水美景常在我心间游荡，梦里徘徊。上小学的时候，就喜欢上了中国书法和绘画。初中的时候，偶得老版《芥子园画谱》，沉浸其中，依样画葫芦便喜欢上了中国山水画。家乡是水的故乡，到处河流密布。高中学校后面，就是一汪逶迤的沙港河湿地，是我们每天下课后散步、嬉戏、读书的乐土。大概高二的时候，被一位家住水库畔的同学邀请去玩，我一下被这宽阔而轻柔的水波所深深陶醉与震撼，仿佛这每一座山，每一片水都在撞击着我的灵魂。回来后，我做了一个梦，梦中有无限奇景，巨石山崖、万丈飞流、清波荡漾……这是一幅无法用言语描述和表达、至今还让我留着遗憾、仍未描绘出的瑰丽山水画卷！

也许是家乡山水在我灵魂"附体"，离开家乡一二十年来，各种臆想的家乡山川美景总时常在我梦中呈现。家乡山水，时常让我思念与牵挂，也常常给我信念与灵感，不管遇到多少艰辛，都让我仍然坚定着方向，一步一步地走过来！

人生经历许多，烦恼、忧伤、无奈、失落，但只要回到故乡，投入家乡的怀抱，便内心宁静，并燃起心中的梦想。家乡的山、家乡的水，总让我魂牵梦萦，给我信念与力量！

湖湘山色，如一缕轻烟，时时飘入我的梦乡。故乡啊，我深爱的故乡！

2013 年 8 月初稿于湖南，后修订

沙 港 河

不知你来自何方，只知你日夜不息地奔流……

不知你源于何时，只知你历经磨砺与沧桑，才来到这宁静的港湾……

曾经沧海已昨日，今天的你呀，是如此的恬静而祥和！你用热情与赤诚，感动善良而渴望智慧的人们。也不知何时，一座乡村的学校便悄然坐落在你的身旁。而你那风姿便一天天焕发起来，柔柔的青草，粼粼的波光，绵绵的沙滩，潺潺的溪流，暖暖的阳光，一切都是那样的亲切而舒适！清晨，当太阳还在山脚下的时候，我们就来到小河边，在嫩嫩的尖儿还留着小露珠儿的草地上坐下，温习一下课文，背背新学的单词，累了，也伸伸懒腰，哼哼小曲，在安闲和惬意中度过一个清晨。当太阳露出脸，向我们灿烂微笑的时候，那是我们该回学校吃早餐的时候了。黄昏，我们又来到河边，有时光着脚儿踩着软柔柔的细沙，想着自己的心事儿；有时，静静地躺在草地上，看那三五成群的鸭子在夕阳余波中游弋，看那牧童骑着牛儿缓缓地离去……有时兴起，三五个伙伴在沙滩上奔跑几圈，或干脆脱掉鞋，蹚蹚水，游游泳，还可以拾几块漂亮的小石子带回家，刻几个字留个纪念。

远离家乡的我，踏足繁华、喧闹的城市，每每见着那五彩缤纷的斑斓景象，却往往更勾起我对故乡山水的眷恋。是啊，故乡的人、故乡的山水是那样的亲切，无论我漂泊天涯何方，我又怎能淡忘！

故乡呀，我那魂牵梦萦的沙港河呀，我何时能再见你的芳容？

2012 年 8 月故乡重游归来有感记之

小河思绪·夜

小河，寂静，
天空，几个星星点点，有点孤单。
河面，微微地泛着白光，
在远处的河面上，竖着几条亮亮的光，
如瀑布一般洒落在水面上，
那光，白中带着黄，黄里含着红。
那是从村民房屋窗口透出来的温暖在水面的倒影。

路上，清幽，
只有脚步声和虫鸣声。
沿着小河边的路行走，
几个萤火虫闪闪烁烁，为我引路。
思绪，天马行空，
似乎，又回到童年。
梦想，不远也不近，
如同天上的星星，
抬头可以看到，伸手却不及。
梦想，还是要一步一步地前行与登攀，
才能——把它看得真切！

小河思绪——冬去春来

时间，静静地流淌；
时间，悄悄地改变。
凝固、消逝、愕然、沧桑……
一切的一切，
难以释怀，无法放弃。
倘若，生命可以重生与永恒，
也许，一切的错过、失落与遗憾都可以重来与补救！

为什么，最美好的东西
——我们却一再轻易地错过与舍弃？
曾经为生活和理想追逐的梦，渐渐虚幻，
——在扑腾中迷失了方向。

当岁月改变，生命轮回，
却发现
原来，我们出发的地方
——又回到我们寻梦的终点
这便是人生，折腾与漂浮的一生
带着曾经强壮的躯体，不可一世的理想与荣华，
却终要回到原点，
筑梦烟波，让幸福如小河般静静地流淌。

2014 年新春于湖南

故乡月夜（其一）

寂静了，寂静了，
在寂静里，阵阵的凉风向我袭来。
忙碌了一天的人们，伴随这黛黛青山、淙淙溪流，
安然而甜蜜地进入梦乡！
突然间，有几个萤火虫——星星点点，划破了夜的沉静，
明了，暗了，暗了，明了，
闪烁着、雀跃着，
我的心——似乎也跟着扑扑地闪烁和跳动起来！

循着这星星点点轻轻地踏步，
忽然发现，在青草地萤火虫闪烁的深处，
有一对恋人——紧紧相偎，
他们似乎在窃窃私语、轻轻诉说，
大地一片沉默，
而年轻的心，却在这温柔的夜色里扑腾与跳跃，
哦，甜蜜的梦呀——
请让所有爱着的人，都徜徉在这清澈芬芳的夜色里！

1996年6月6日晚初稿，后修改

故乡月夜（其二）

寂静了，寂静了，
在寂静里，阵阵的凉风向我袭来。
黛黛青山、淙淙溪流，
夜沉沉、影丛丛，人与青山入梦来。

循着小溪踏步，
月光迷离，心事沉浮，
突然间，有几个萤火虫——星星点点，
划破了夜的沉静，
明了，暗了，暗了，明了，
闪烁着、雀跃着，
我的心，似乎也跟着扑扑地闪烁和雀跃！

风在轻语，大地一片沉默。
夜色芬芳，心情格外怡然。
感恩这片土地，
人生——从这里出发，
当我归来，每次踏上故乡的土地，
生命便又一次重新地开始！

麓山别情

一座山，不太高，
但在我心中却那么巍峨！
一段情，不算长，
却在我心中永远存留！
同学少年、风华正茂，
指点江山、激扬文字。
青葱年少的你我，
在麓山脚下我们相聚，
把懵懂与美好留下，
开启追梦的青春年华！

当成长似乎才刚开始，
迷茫还在笼罩，
我们却便要匆匆作别母校的怀抱。
从此，再也不见师长们亲切与鼓励的眼神，
再也不能与同学一起畅谈人生的道路与梦想，
再也无法坐在学校宽敞的图书馆里静静地阅读，
再也难到湘江边散步，相遇最美的风景与时光！
……

阔别母校，行走天涯。
二十载春秋，时光不易！

再相聚，重回我们共同出发的地方。
那山、那树、那楼、那路……
依然，还在，
只是昨日的故事已悄然褪色，
只能带着悲伤慢慢回忆！
睡在我上铺的兄弟，
和那个曾经令我心动的姑娘，
——现在还好吗？

惟楚有材，于斯为盛，
呼吸岳麓山如昨日一样潮湿、清新的空气，
时间，似乎又回到从前！
人生不长，四年相聚的时光更短，
恍惚间，备觉青春、友情的珍惜与可贵！
在这里成长，
从这里出发，
我们相约与祝福——母校、同窗青春常在，未来更美好！

《晨微》 2016年 瞿拥君

艺术之光

　　艺术,像寒夜中的一束光芒,照见你我心灵最柔弱、隐秘的私处,给我们温暖与依靠。

　　除了人与人之间彼此心灵真诚的沟通与交流外,几乎没有一样东西,能像艺术一样,让你身临其境,并与她对话、倾诉、冥想与感悟。

　　这便是艺术的魅力与价值,艺术像热情似火的恋爱一样,当你深入其中,便难以自拔。人类,不断追求物质的幸福与进步,但精神幸福的追求才是其终极的衡量标准与目标。如同爱,爱之愈深,精神所承载的比例与空间便愈大。而艺术,恰是人类精神发展的最佳选择与途径。

　　艺术如此美好,爱她吧!相信,她将给你无限馈赠与惊喜!

《朗月无声》 2016 年 瞿拥君

东方西方
——比较中看中国绘画艺术的特征与精神

人类经过20世纪，跨入21世纪，各种文化、信息的交流也便变得日益迅速、频繁与密集起来。在中国近代史上，鸦片战争有如给沉睡的中国人当头一棒。而近代西学在中国的兴起与传播，尤其是经历五四运动等狂风暴雨的洗礼，西方先进的文明与思潮，便如秋风扫落叶般势不可挡的横扫中华大地。今天，当我们回顾与察看这段曾经沧海的历史，从失落、彷徨、无奈到逐渐恢复并拥有理智与自信。我们发现：东方与西方，这两股世界文明的主脉与源头，它们都拥有自己如此辉煌灿烂的历史，都积累了自己如此丰硕、沉甸的文化艺术传统，也因此拥有自己如此独特的文化艺术特色与魅力。当我们再一次对这些不同观念与特色的艺术现象与作品进行分析的时候，便不可避免的要对其深层次的文化根源进行综合的探索、比较、分析与思考。

一、两种文化的比较分析

也许，上帝造人的时候，便故意有所区别，特别给东方的中国人多一些温柔与敦厚、含蓄与内向、和谐与坚忍。而相反，又多给西方人一些外露与直接、自信与竞争、现象与逻辑。因此，循着各自的文化和思想脉络与体系，便形成各自独特的文化艺术现象与风格。

"日出而作，日入而息，凿井而饮，耕田而食，帝力于我有何哉？"这便是曾经亚细亚典型的社会生产方式和东方人的思维方式。纵观世界历史，能如中国一样，维持如强权、专制和稳定的国家，恐怕是绝无仅有的了。正因为这份典型的东方式的含蓄与节律、守持与封闭，才能把5000年的文明延续和维持的如此有序而稳定。

而当我们回顾历史，把目光投向东方与西方这两块神奇的文化发源之地，我们惊讶的发现：它们一方面有着如此的渊源与相似，另一方面又有着如此的鸿沟与距离。如果我们相信艺术是心灵的外露与表现的话，那么通过艺术我们就能够体察东方与西方的文化与心理差异。

我国素有"诗国"的美誉。先秦时代，政府便设立专门搜集诗歌的机构，"不学诗，无以言"，到了唐代，甚至发展到以诗歌创作的能力来作为拔擢官吏的普通衡量标准，这在人类文化史上恐怕是极为罕见的了。

"诗者，志之所之也，在心为志，言之为诗"（《毛诗序》）。抒情言志是传统诗歌的主要使命与方向。或言之，中国诗人更乐于将他们的目光投向自己内在的心灵。中国古代诗歌抒情言志的传统，便是这样一种指向内心与内部世界的偏好与兴趣。因此，传统诗歌的审美心理是关注内心、趋于内向的。

在中国古代，"温柔敦厚"、"中和之美"为历代正统的批评家所标榜，许多诗人亦尽力而求之。诗人们不但注意抑制情感本身的强度，在"天文合一"哲学观念的影响下，他们更是熟练的掌握了诸如"藏情于景"、"情景交融"等一系列意象构成的方法。甚至讲求"不着一字，尽得风流"的艺术境界。因而，中国古代的诗歌作品，一般在意象构成方面是含蓄的，在情感表现方面是控制的，在形式方面则追求精练、惜墨如金，造就一种内在而耐人寻味的风格。

与之相对比，从古希腊时期开始，西方文学便以史诗和戏剧令人瞩目。史诗、戏剧以及文艺复兴时代发展起来的小说，都是属于易于再现外部世界的艺术样式。西方人在很长时期里都乐于用这些形式去描述引人入胜的情节，塑造生动的人物形象，对外部世界的关照胜于对内部世界的反省。即使在表现内心的抒情诗中，西方人也往往抑制不住其奔放外露的情感。采用鸿篇巨制的形式，鲜明、直接的意象，创造出一目了然、汪洋恣肆的风格。

钱钟书先生在《旧文四篇．中国诗与中国画》中，曾平易透彻地比较过中西方诗歌、艺术中风格的特点："和西洋诗相形之下，中国旧诗大体上显得情感有节制，说话不唠叨，嗓门不提得那么高，力气不使得那么狠，颜色不着得那么浓。在中国诗里显得"浪漫"的，比起西洋诗来，仍然是含蓄的。我们以为词藻够浓艳了，看惯了纷红繁绿的他们，只觉得我们不失为斯文温雅。同样，从束缚在中国旧诗传统里的人看来，西洋诗空灵的终嫌着痕迹，淡远的终嫌有火气，简净的终嫌不够惜墨如金。"

在绘画领域，欧洲文艺复兴以来的绘画和宋元兴起的文人画可视为西方与中国古代绘画的典范，它们也有着与诗歌相类似的区别与对比。兴起于16世纪的西方文艺复兴时代的艺术，它是西方艺术从神界走向人间艺术的标志。在这场运动中，描绘人所知的活生生的世界，成了画家们的挚爱与钟情的理想。这些人利用透视学、人体解剖学和一切当时可资利用的方法，力求在绘画上制造出对象世界的真实面目。

而在中国古代相当长的时间里，以绘画为业的画工地位是不高的。哪怕是唐代人以画显、官至丞相的阎立本，也告诫后代"慎毋习"。宋代大学者、文豪苏轼曾明白地依文、诗、书、画的顺序排列艺术形式。要求绘画向诗歌学习，其实就是要求绘画如诗歌那样弘扬抒情言志的传统，将审美心理引导、指向到人的内部世界中去。"火"、"燥"、"露"为艺术家的大忌，而"萧散简远"、"冲淡平和"等美学表达便为文人艺术家们所孜孜以求。于是，标榜写意的文人画便风潮迭起，利用文学的象征性形象，通过书法化的视觉形式，表达文人士大夫的心志与情趣。中国文人画艺术便开始兴起，并发展成为中国传统绘画艺术中最为光彩夺目的文化遗产。

无疑，在中国诗歌、绘画艺术自身的体系中，有的艺术家偏重外向的描绘，有的侧重于内向的省察；有的作品粗旷豪放，有的则含蓄收敛。然而，如果将这些作品看作一个整体，把这个整体放置与西方艺术的比较之中，其内向的心理指向、含蓄的情感特质、收敛的表现手法，便清晰的凸现出来了。

中国的建筑艺术也体现了同样内聚、收敛的特征。例如，中国的四合院建筑，一般都是利用围墙有效的分割内部与外部空间，这种分割让建筑整体布局上相对封闭与内聚。而西方建筑则带有明显的"外向和放射性"，这种放射性在西方的哥特式建筑中体现得淋漓尽致。如德国的乌尔姆教堂、科隆大教堂，意大利的米兰大教堂，都是以又尖又高、鳞次栉比的塔群，瘦骨嶙峋、垂直耸立的束柱，筋节毕现的尖肋拱顶，高耸入云的顶尖等，创造出强大的升腾之势。而与之相反，中国古代建筑家们对于升腾与放射并无过多的兴趣。我们可以看到，不仅高大的中国宫殿总是履以硕大沉重的屋顶，用横的体积强调与大地的联系；甚至在最具放射感的塔式建筑中，也体现出对收向大地的偏好。

中国的园林艺术是中国人智慧的结晶，造园便是造自己的理想，反映中国人的理想人居，呈现典型的东方式的天地观与审美观，讲究曲径通幽，强调与自然的和谐融合。而欧洲的园林建筑，常常将自然的曲折蜿蜒破坏，以人工的直线、弧线等出现。在这种不自然中，人的理想与创造也就自然体现出来了。

同样，中国的舞蹈、音乐乃至戏曲、武术等，与西方比较起来，也无不体现着这种含蓄与内敛的倾向性。中国的舞蹈，"拧、倾、曲、圆"，强烈的表现着中国古典舞蹈的内聚形态。西方的舞蹈，"开、绷、立、直"，尤其是芭蕾舞，表现出一种强烈的外延、伸展与放射的姿态。中国的古典音乐，在儒家文化中被推崇备至。孔子在《论语》中反复表达对音乐的重视，强调礼乐文化的构建与兴盛，他提出一个人必须"兴于诗，立于礼，成于乐"。当时，"乐"已是国家政治是否清明，国运是否昌隆的标识。而"乐"也不再是单纯的情感表达的产物，它已融合人性与社会规范并超越精神的综合体现。因此，"乐"的表现也便受到种种节律和限制，在艺术的感染上便带有一种明显的含蓄与内倾性。中国戏曲中的"唱、念、做、打"，中国武术中的"太极拳"、"八卦掌"等，也无不体现着相类似的含蓄与内聚的倾向性。

二、中西文化对比中看儒、道、释思想对中国绘画艺术的影响

西方文化，即我们通常所说的欧美文化，起源于古希腊罗马文化，兴盛于文艺复兴后。概括地说：西方文化主要是讲科学、民主、法制、信仰基督教。希腊提供了欧洲文化艺术的基础，他们相信最简单就是最美，真理一定是简单的。所以他们把一切归于数学，认为世界万事万物都可以用数学来表达，结合逻辑学，他们开始了科学的道路。因此科学就是源于这样一种哲学论断："这个世界上的一切都是可以用逻辑来分析，用简单的数学结论表示的。"物理、化学等都是这样。后来的心理学、医学、生物学都产生于这一哲学论断。虽然近一个世纪也有人开始怀疑这个哲学基础，但却没有出现其他的哲学基础来替代原有的哲学体系。

西方的科学因为是基于数学和逻辑，决便不允许模糊，也不允许妥协，它最终要的是一个唯一的、简单明了的结果。西方的民主和法治也是这样，他们旨在易于操作，一件政治事件或一件法律案件要得出正确和错误的界限分明的结果。另一方面，西方的原教旨主义有极强的保守性、对抗性、排他性及战斗性。文艺复兴之后，基督教改掉了中世纪以来原基督教的一些原教旨主义，西方也因此也得以现代工业革命与民主体质的发展。

清末西方文化传入中国之后，中国人从开始一味的质疑、排斥西方文化逐渐变为疯狂地污蔑、抹黑中国传统文化。污蔑中国人，给中国平民捏造各种罪名：愚昧、麻木、帮凶。甚至在民国的时候，发展到反汉字、反律诗、反训诂、反历史考据、反皮影戏、反京剧、反中医、反剪纸、反对联、反诗赋、反汉服……反一切传统的中国文化。其实，这一切的源头是西方文化自带的原教旨主义的影响，原教旨主义某种程度上有些邪教的特征与味道，这是非常不可取的。

东方文化特别重视悟性思维、重视经验主义，中国文化讲开悟、重修道，常常会敬佩那种多年以后悟得真理的人。中国文化自带模糊和宽容，印度文化也一样，因此在近代东方没有产生科技革命。"玄之又玄、众妙之门"，"玄妙"与"混沌（浑沌）"是中国人的天地宇宙观和典型文化特征。"中庸"也是中国文化的一个典型特征，中国人讲求中庸之道、不偏不倚，就是讲求处事、待人的宽容、和谐，我和你等一切都是自然、天地的整体，不应该存在对立。

中国文化的思想内核是群体意识，而西方文化的思想内核是个体意识。所谓群体意识，就是认为每个人都是群体的一部分。群体的利益就是个人的利益，群体的价值就是个人的价值。个人的意志，必须服从于群体的共同意志，个人的人格，只能依附于群体的共同人格。而所谓个体意识，就是认为每个人都是单独的个体，是具有独立人格和自由意志的个人。因为具有自由意志，所以，每个人的幸福都要靠自己去争取，每个人的行为也要由自己来负责。因为具有了个人的独立性，所以每个人的选择和行为，他人都不能强加干涉，除非危害了公共利益。

不同的思想内核，便就造就了不同的社会、文化性格。以个体意识为思想内核的民族多半性格偏于外露，因为个体已是最小的单位，已无"内"可向，只有向外发展，才能求得生存空间。西方的象征物是"十字架"，以这个十字架为中心向外发展与扩张。故西方人较勇于抗争、他们性格外露，个性张扬，为的就是让自己的价值得到社会的认可。而以群体意识为思想内核的民族多半性格偏于内聚，以群体为单位，生存空间界定以后要解决的是内部问题，眼睛非向内看不可。故中国文化的象征物是"太极图"，由阴阳两极构成，阴阳相生相克，在圈内运动。中国的传统哲学是始于"仁"，归于"忍"，"和"为贵。

不同的文化差异，造就不同的文化性格，也就形成了不同的思想内核。大千世界之所以精彩，就是因为它文化的多样性而孕育出来不同的社会文明。其实，优劣是非的确无法完全定论，我们承认文明的差异性，但不能一概而论文明的优劣性，而文明的多样性才会让世界更加的丰富与精彩。文明即便存在优劣，但也不必以优驱劣，因为所谓的优更多的是一种自我的认可，文明的适应性、适用性才是文明优劣的前提与基础。西方文明曾经创造了他们一段时期的辉煌，而东方似乎有一种阔步前行追赶之势。因为西方近现代在世界历史进程的高度文明与发展，不少人便惯性思维世界文明一定是要靠西方文明引擎发展。西方文明的科学精神是可取的，但其实大家忽略了，东方文明对天地的认知、东方的整体观与辩证观从宏观上来说也更是一种整体的科学观。当人类社会发展到一定阶段，东方文明的"世界大同"、"天文合一"等科学、社会与价值观似乎正契合人类社会未来发展的潮流与规律，因而也必然为人类社会发展提供富有价值的选择与推动力。

中国绘画艺术的发展，是中国哲学思想与中国文明发展所影响的直接结果。在中国绘画漫长的历史发展中，始终交织着对传统技法的延续与更新，而这种更新往往都是在延续的基础上进行的。中国绘画艺术呈现的一致性，往往可以从中国的哲学观念中找到其根源，也正是这种哲学思想的根源，从而奠定了中国绘画艺术的特色与风格。从更广泛的角度来看，中国的哲学思想也全面、深刻的影响了中国人的思维方式与行为举止。

在中国的思想文化领域里，儒、道、释三种思想始终占据着极为重要的支配性地位。儒家是春秋末年开始创立的一个学派，孔子是儒家文化的创立者和典型代表。由于统治者的推崇与重视，2000多年来，儒家文化在中国历史上几乎占据着垄断和支配性的地位。孔子推崇"内圣外王之道"，他的人生主题是重人生、求快乐，强调"礼乐文化"和社会与人之间的伦理构建。"莫春者，春服既成，冠者五六人，童子六七人，浴乎沂，风乎舞雩，咏而归。（论语《子路、曾皙、冉有、公西华侍坐》篇）"

中国人历来信奉与强调"仕而优则学，学而优则仕"，文人士大夫们便是儒家文化的典型代表和宣传者。中国古代的阶级结构是"士、农、工、商"，士是候补官僚，"出则为官，入则为士"。中国古代是一个轻工、商的国家，工、商的地位甚至排在农之后。所以，中国古代画工们的地位往往较为低贱。而在中国古代绘画领域内，在艺术上有地位和影响的往往是那些文人士大夫画家们，这种倾向尤其在宋代文人画兴起后表现得更加淋漓尽致。文人士大夫们，由于他们对自身修养及情感寄托的需要，诗书画印便成为他们修炼身心，自我完善的必不可少的重要部分。由于他们的地位与倡导，文人画艺术便逐渐成为中国绘画艺术的主导与主流。

在中国古代，诗和书法是上流艺术，是士大夫们进身仕途的重要资本，也是他们向朋友显示才华的一种手段。这在西方少有可与之比较的现象，西方典型的画家，最初都是依教会或施主的旨意工作的工匠或职业艺术家。到了19世纪以后，画家则多是按照自己方式作画的个人主义者。因此，自我表现在西方常被以浪漫主义的眼光看成是艺术家用自己的材料所进行的孤独的奋斗。

中国的文人画家中看来，绘画的重要性不是建立在创作的主题上，而是建立在画家的心灵之上。"文人画"的理论立足点是，一幅画是这幅画作者性情的揭示，是画家作画时心绪与情感的体现。因此，绘画所体现的意义与价值，也就更多的取决于画家个人的品质与他变换无常的情感表现，而不大取决于他们所描绘的主题与内容的性质。一个博学而情感细腻、有高贵品质的人，再略加后天的技能训练，便能形成高超的绘画境界。

在中国绘画作品中，让人感受到的最重要的远不是物体绚丽多彩的外表，而是人内心深处隐秘的颤动。在中国人眼里，群山、树木等所表现出的力度、质量等关系，首先反映与体现的往往是画家的意识，画面上的每个形象都精确的再现一种姿态或动作。画家极为重视的是两山、两树、景物之间所呈现出来的互为尊敬或敌视，和谐或紧张的关系。人们赏画时，便不由自主地会努力去联想和领悟这种关系。

因而，平淡、天真，便成为中国人个性和绘画艺术中最高品质的赞扬。艺术作品中，"平淡"并不等于单调，"静穆"、"幽远"、"散淡"的意境，是画家们所孜孜以求的境界。在绘画中，特别忌讳"生硬"、"火燥"，强调中锋用笔，减弱色彩的地位，从而使画面最后呈现出一种含蓄、不露痕迹的效果。

道家和儒家创立的时期大致相同，其代表人物是老子与庄子。道家主张"道法自然"、"无为"、"轻物重生而任其自然"。道家在一方面消极遁世，另方面却又追求人格独立与个性自由，使人在一定程度上摆脱世俗、物质与权势等的约束，从而达到精神的自由与人性的完美。道家的思想主张，一定程度上正契合以精神性为主旨的中国绘画艺术的主张。这种远离物质、达到精神自由的艺术主张，特别受到上层达官显贵和文人雅士们的垂青与推崇。因此，道家的思想及因其思想所影响的艺术主张，对中国绘画艺术便产生了非常深刻而久远的影响。

"上善若水"，在老子的观点中，水便能代表道的精神。中国的水墨画，便是道的精神的一种印证与体现。在中国的水墨画中，平静的水面、飞泻的瀑布，往往并非完全是表现自然界中某一处令人叹羡不已的美妙景色，它更多的是画家精神的注释与思辨的图解。中国古代画家们总是对自然、对山水情有独钟，他们有的甚至隐姓埋名，隐居山林，以自然为乐，寄情于山水，这便导致中国的山水诗、山水画尤为兴盛，这在世界文化史上也都是一个特别的现象与奇迹。

"人法地，地法天，天法道，道法自然"，自然是老子认为的最高境界，道也从自然中来。庄子强调"天地与我并生，万物与我为一《齐物论》"，在现实中不能实现的理想人格，就在精神领域、在艺术上得以体现与满足。

道家思想对自然的亲和与强调，从而导致中国画家对自然、对山水的热爱与钟情。可以说，中国山水画就是老庄精神的注释，是其不期而然的产品。在中国山水画中，这种精神得以淋漓尽致的呈现，它体现出一种独特的性格特征与魅力。这种美，大概可以用"纯素"、"朴素"、"自然"等词语来概括。同时，我们也可以从中国绘画，尤其是中国山水画中，感受到其对"空灵"、"虚渺"的强调。"计白当黑"，对"虚处"的苦心经营，其实就是道家思想中"无为"、"柔弱胜刚强"思想的一种注释与影响。

中国画家认为，应该在画中把道的那种无所不在的性质表现出来。比如：干枯扭曲的树枝，空灵的怪石等，都体现出一种道的精神。"石分三面"这种绘画技巧，一定程度上也是表现了道的"阴阳"、"三而合一"的观念，它是道的物化形式的一种体现。

而宗教对于艺术的影响，无论古代中国，还是远古欧洲，抑或非洲及拉美，其影响都是深远而巨大的。印度佛教在中国的传播与兴盛，对中国绘画艺术的发展产生了深刻的影响。佛教从南北朝时期传入我国，兴盛于隋唐。那个时期，至今我们所能看到的许多保留下来的最高成就的绘画艺术作品在题材上基本都是与佛教相关的。佛教进入中国后，并没有向宗教方向一如既往的独立发展。文人士大夫们把佛教与道家的精神结合在一起，形成一种新的思想"禅宗"。"参禅悟道"便逐渐成为中国人的一种精神训练方式。中国人重视这种精神训练，甚至超过古代欧洲人重视运动与体育锻炼。静生智慧，参悟自然让中国人没有更多的时间与精力去关注与宣传教义。而西方中世纪的基督教则完全统治艺术，在其它国家、民族的教义中也有这样的体现。而在中国，禅宗逐渐脱离教义的色彩，逐渐发展成为一种高级、优雅的思维品质与方式。而艺术，便成为参悟的一种方式、途径与帮助，虔诚的艺术家开始崇敬的画山水。绘画的目的不再是为了个别的教导与装饰，而是进行深思、参悟的一种方式与手段。他们把绢本、卷轴保存在珍贵的匣椟之中，只有在相当安静的时候才打开玩味。就如同古人打开一本诗集，面对一首好诗，再三吟诵，这就是中国古代最伟大的山水画中所蕴含的意图。因此，我们发现在唐代以后，在中国历史上许多有杰出成就的绘画大师，他们许多便是禅宗隐士，或者将禅宗思想奉为主旨的门外信徒。前者如南朝宗炳，清初四僧、虚谷等；后者如唐代王维、宋代的苏东坡、元代的黄公望、倪云林、明代的董其昌等。

由此，我们不难看出在中国古代历史上，儒、道、释三家思想对中国绘画艺术的影响是多么的深刻。从时间上来看，儒、道两家思想形成和传播的时间较早，佛、释较晚。但随着时间的推移，他们之间自身的联系与影响也便越来越密切和明显起来。尤其是道释思想形成以后，三者更加紧密联系、相互渗透，共同影响着中国绘画艺术的发展。

三、优与劣——比较中看中国绘画艺术的发展方向与未来之路

在我们对中国古代绘画进行整体比较与分析后，发现中国绘画艺术在其漫长的历史发展过程中形成了两个不容忽视的特征与规律：其一是高度的程式化的表现形式；二是对笔墨尤其是线条的高度重视与提炼，从而削弱对色彩的运用与表现。

中国古代画家特别强调对每一个物体多角度的深入观察与研究，讲究"传移模写"、"烂记于心"。画家们常常把画好一个地方的山、一种树、一枝梅、一竿竹、一种花鸟作为基础与突破口，有的画家甚至把画好一个地方的山水、一种物体作为其终身的训练与研究。从某种程度上说，中国画家比西方画家更重视对物象的观察、体悟。中国画家比西方画家更关注天地，因此视野也更开阔、宏观，如中国画散点透视的观察方法，便可以说明中国画家视野的开阔性。某种程度上说，西方画家是局部的科学性、真实性，中国画家则是整体的科学性、

真实性。局部看中国画家的作品是不真实、不科学的，整体看中国画家的作品，尤其是在山水画作品中，我们能感受到比西方绘画更加的宏观与真实。正如散点透视，过去我们一般认为它是不科学，有违透视表现规律的。但现在随着科学技术的进步，我们认为散点透视其实也是科学的。这一点，有如中医与西医的对比，过去许多人认为中医是经验主义、不太科学，现在许多人却开始认识到中医的辨证论、综合论的科学性。所以，中国绘画同西方绘画比较，在科学性上我们一点也不能气馁与自卑。

中国是一个特别尊重先辈与师长的国家，绘画艺术也同样如此，前人的创造与成就却往往成了后人的束缚与羁绊。随着时间的推移，可以用来画竹竿、画凹凸山石等的笔法，几乎每一种都被前人所确立与命名。于是，前人的作品受到了无比巨大的推崇与赞美，艺术家们便越来越不敢信奉自己的灵感了。尽管绘画的标准很高，但艺术却越来越变得像是高雅、复杂的游戏。因为许多画法、做法、表现方式都已经知道了，所以便大大失去了它的趣味性。

中国人在习画方法上总是习惯于从临摹入手，包括许多绘画大师也都是从这个圈套中走出来的。他们讲究对绘画技巧高度、熟练的把握，强调对某一家、某一风格的作品从入法到出法的研习过程。模仿本身就是学习的一种重要途径，西方绘画其实也是有讲求临摹的，但他们的临摹是建立在写生、观察的基础上。中国绘画的临摹，当然有它的优点与道理，它能让初学者很快就能登堂入室，让后辈能更快地了解、掌握前辈的技巧与创造。但是，一味的模仿便会消磨许多人对绘画的敏锐感觉，从而使他们越来越难以跳出这种程式化的圈套与阴影。当画家们越来越习惯于把自己关在家里不断重复与临习的时候，中国画便变得越来越节律与保守，中国画的生命力也因此便不断被退化与消减。这种情况在明清时期变得尤为明显，直到近现代才开始有了一定程度的改观。

另一方面，纯粹的笔法技巧常为人们所津津乐道与欣赏。中国画家们似乎天生就对线条的运用有着高度的敏感与执爱。从远古的彩陶纹样中，便可以看到这种装饰的近似毛笔工具所绘制的线条的痕迹。在湖南长沙出土的马王堆帛画，也更是证明了中国人对于在绘画中使用线条有着天生的挚爱。随着中国书法艺术的高度发展，"书画同源"理论的提出，更是把中国绘画对线的运用推波助澜达到了极致。书法对中国绘画的影响，在唐代甚至唐代以前便已经开始。宋元以后，书法便成为画家修养必不可少的重要部分，也成为他们训练笔墨线条的重要手段。线条与笔墨因此便成为中国画的一种独立审美表现语言，并具有独立的审美精神价值。在西方绘画体系中，尽管明暗、色彩也是他们绘画表现语言的一种手段，但并没有形成一种独立的审美语言，更没有上升到审美的精神层次。所以，欣赏中国画，如果不了解与研究中国画的笔墨语言，是很难说懂得欣赏中国画的。

中国画家们的雄心壮志与最高目标是：掌握笔墨的熟练技巧，达到游刃有余的自由境界，从而使他们能够本着灵感的兴之所至，画下他们头脑中所要表达的景象。就如同诗人反复吟诵，熟读"唐诗三百首"，以便他们兴之所至、需要表达的时候能够脱口而出。这种方式，是学习艺术的一种很好方法与途径。但是，另一方面，由于中国画家对笔墨、线条的过分强调与追求，从而导致色彩的弱化。纯粹的用色，在中国画家心目中逐渐淡忘与冷漠。唐代以前，重彩和设色没骨得以很大的发展，这与当时画家地位不高，绘画是为了迎合统治者富贵奢华的理想与崇尚的缘故。宋元以后，道释思想的主导，文人画的兴起，色彩的发展便受到弱化与抵制。而西方绘画则恰好相反，经历中世纪至文艺复兴以后，尤其到十八、十九世纪印象派绘画时期，西方绘画对色彩的运用与强调则越来越明显。无疑，色彩在绘画表现中的作用是毋庸置疑的。中国水墨画的兴盛，却以牺牲色彩的发展为代价，是非常可惜与遗憾的。

从根本上来说，儒家的"雅礼"，道家的"玄妙"，它们所影响的便是色彩的灰与素。禅宗的"虚"与"空"，影响的便是画面的虚无与清淡。可以说，水墨画的出现是中国画家艺术自觉与追求的结果。它的出现，在中国绘画发展史上有着里程碑的历史意义，它奠定了中国绘画艺术在世界艺术史上的地位与特色。

所以，当我们回顾中国绘画艺术发展历程的时候，我们千万不抵制与否定水墨画、文人画的价值。相反，我们更应该弘扬其艺术的精神与价值。当然，绘画艺术的传统也不完全就是文人画艺术，我们应该全面梳理与吸收传统绘画艺术的精髓。对于东西方绘画艺术，我们应该以博大的胸怀，勇于吸收学习西方及各种绘画艺术的优点。同时，我们更应该对自己的艺术主张与优点保持一种坚守与自信。

近一百多年来，我们对自己的文化艺术进行了深刻的反省与反思，但有一些反省与反思，走向与传统文化完全的对立与否定，这是不可取的。当我们站在21世纪这样一个历史大变革的时代，东方艺术的精神越来越显现出它的独特魅力与价值。某种程度上说，世界艺术思潮走向东方化，可能才是它未来真正的康庄大道。当西方绘画艺术走完20世纪各种多变的绘画主义之后，已经出现了太多的问题与瓶颈，再往后走似乎感觉到穷途末日的味道。西方艺术的反艺术、戏弄艺术、或者无限制的拓展其艺术边际，有的甚至有违自然、人性与环保，它已经走到了艺术发展的边沿，它们唯一的途径便是重新往回走。而而回到过去，也是没有出路的，中国艺术的思路与方向，却为世界艺术提供了一个无限广阔的自由天空。曾经，东方走向西方是一种潮流。而今天，西方走向东方，是一种必然与出路。其实，对于这一点，在十八、十九世纪印象派绘画中已经得到了很好的实践与注释。

历史是一面镜子，不管哪一个国家、哪一个民族、哪一个艺术家，他们能以一种开放而坦诚的态度来面对各种优秀文化艺术的时候，他们的文化艺术便会蓬勃向上的发展。这在古今中外文化发展历史上，都得到了很好的例证。当然，在面对各种思潮及各种风格、流派的艺术作品的时候，我们也应该保持理智与冷静、守持与自信。我们既不要坐井观天、夜郎自大；也不应该自残自损、自我封闭。我们应该敞开心扉、坦诚相见，以开放的格局与视野，屹立于世界文化之林。东方既白，风景这边独好，中国绘画艺术未来一定会迎来一个更加包容与丰富、更富内涵与深度、更具格局与高度的新时代！

参考书目：

[1] 扎瓦茨卡娅，贡布里希，高居翰，等. 外国学者论中国画 [M]. 长沙：湖南美术出版社，1986：9.

[2] 钱宪民. 快乐的哲学：中国人生哲学史 [M]. 南京：南京大学出版社，1992：10.

[3] 谢长，葛岩. 人体文化：古典舞里的中国与西方 [M]. 成都：四川人民出版社，1987：7.

[4] 邱振中. 书法的形态与诠释 [M]. 北京：中国人民大学出版社，2005：6.

[5] 徐复观. 中国艺术精神 [M]. 沈阳：春风文艺出版社，1987：6.

[6] 洪瑞. 中国佛门书画大师传 [M]. 深圳：海天出版社，1993：9.

后记

　　这是我压在箱底，尘封了 20 多年的大学时的一篇毕业论文。这篇论文实际是一篇论文手稿，原版正稿毕业时已交学校（也许早已消失得无影无踪）。这篇文稿，伴随我辗转南北。算一算，大学毕业后至今，搬家的次数估计不下十次，什么时候我都一直把它携带着，好好珍藏，可见它在我心中难得的分量。因为我清楚，这是我多少次在大学宿舍与图书馆之间穿梭，多少个深夜同窗已眠，而我却秉烛夜读、思考人生与艺术的结果。它是我人生真正对艺术有所感悟与研究的开始，奠定了我今后人生对艺术的学习、思考、感悟与收获的基础。

　　其实，我一直知道有这样一件珍藏的"宝物"，偶尔在平时找东西或搬家时也见到它。但说句实在话，自从大学毕业后，我真的再也没有好好的读过它了。如果不是要出文集，也许它还躺在那里沉睡。在我的记忆和印象中，大学时候对艺术、人生的理解太肤浅，以至于我不忍心再去读它，怕伤害我对那段时光的美好回忆及对那时如此多付出的价值认可。没想到，当我重新翻开这篇文稿的时候，发现这篇文章居然是如此的用心，逻辑、结构、内容、涵义都是如此完整、丰富与厚实。我只是把这些文字稍做了些整理，理清了一下层次，修改了一点文字，丰富一些内容，在基本没有太多改动的情况下，便拿出来给大家分享了。

　　感谢那些已逝的青春年华，感谢那时候的努力与付出。青春是美好的，青春是流下汗水、播种希望的季节。只有这样，人生才会有更美好的开始！

艺术三才

大抵能成事、成功名者，以古人言，须天时、地利、人和三者皆备，此理可谓千古不易，概莫能外。而艺术之造化功成者，吾以为亦须有三才之备。三才者，乃才气、才识、才情也。

三才之论，何以见解也。吾以为三才之中，才气乃先天禀赋，才识乃后天修为，而才情乃性情、环境、历练之合力也。才气甚为难得，它属天助，不可强求。有些人先天才气不足，走上艺术这条路便勉为其难了。才识有才气的一些成分，但更主要的是后天的造化，所历经之路及勤勉积累所得。才情则以才气与才识为依托，也是艺术家的性情、气质、内心情感之使然，亦时代、环境、经历之凝练。此三者中，若单才气足，而才识、才情不足者作品必然粗俗、浅薄甚至霸道、可恶。若才识足，而才气、才情不足者，作品便易于平板、生硬。才情足而才气、才识不足者，作品则易流于浅显、纤弱、矫揉。才气、才识、才情三者备其一二，作品便可成一番面目；三者皆备，乃成大器矣。

2011 年 10 月初稿

诗与画

欲论中国绘画，其最具品味之核心是什么，吾以为别无他选乃意境也。意乃画面所表现出的意味、韵致，境乃画面所呈现出的内涵境界。苏东坡评价王维诗画："味摩诘之诗，诗中有画；观摩诘之画，画中有诗。"这既是对王维诗画艺术境界的高度概括与评价，其实也是总结、提炼出了中国绘画艺术最为核心的审美标准与要求。

"诗意地栖居在大地上"，德国19世纪浪漫派诗人荷尔德林在他的《人，诗意地栖居》诗中首先倾述与表达，后经德国著名哲学家海德格尔的哲学阐发，更是成为几乎所有人人生的共同向往与追求。"诗意地栖居"，道出了人生的真谛与本质，也说明了人活着的最高境界是什么。

诗性、诗意，是全人类最崇高而美好的追求。中国绘画，自觉地把诗意作为艺术最高准则与追求，恰恰契合了人性与艺术的本质。其实，艺术不管何种表现与形式，到了顶峰其实是相通的。不光中国绘画，放眼古今中外，许多伟大的艺术家和他们的作品，无论达·芬奇还是拉斐尔，米开朗基罗还是罗丹，莫奈还是梵高……他们的作品无不充满诗意的境界与力量！

在中国美术史上，诗与画是一个整体。"诗中有画，画中有诗"，诗，更多的是以文字、靠思想、靠情感进入人的心灵；画，更多的是靠视觉、靠画面的情景和表现来进入人的心灵。诗与画，虽形式不同，但殊途同归，都是通过营造高妙的意境来表达内心最真挚的情感。

在意大利哲学家克罗齐的艺术哲学里，诗排第一，因为想象空间最大，其后依次是绘画、音乐、戏剧、雕塑、建筑。这其实看你从什么角度来看问题，每一种艺术都有它各自的特色与影响，也难免有自己的局限与不足。诗比绘画内涵上可能更有深度，因为这是文字所擅长的，但从视觉感染力、观察入微、引人入胜来说，绘画却有更强的感染力与表现性。

其实，真正的好诗，未必要直接描述一个画面；好的画，也不必要去描绘一首诗。有些画家，为了展示自己的文学功底或者证明自己的画面有诗意，在画上题一大堆无关的诗，其实这有点画蛇添足了。一幅好画，主要看画面是否呈现出高妙动人的意境，题识可有可无，可多可少，主要根据画面的需要而定。题诗，要恰到好处，要为画面增色，切勿累赘与破坏。毕竟，诗歌与绘画是两种不同的艺术表现形式，有些可能是"说得出，画不就"，而有些却是"画业画得就，只不象诗"（程正《清溪遗稿》卷二四《题画》）。诗歌中的"画意"，是从心境中得来；而画中的"诗情"，却是静观天地、妙造自然、心生万象而成。

"诗画本一律，天工与清新"，画是无声诗，诗是有声画。诗画相融是诗歌与绘画艺术的最高境界。一流的诗人未必须是一流的画家，但应具有一流的审美者与鉴赏家潜质。而一流的画家，也未必应是一流的诗人，但应具一流诗人的情怀与内心丰富的情感。

在中国古代文学艺术中，留下太多意境隽永、优美的诗句，如王维诗《山居秋暝》中有："明月松间照，清泉石上流"，另一诗《使至塞上》中有："大漠孤烟直，长河落日圆"，柳宗元诗《江雪》："千山鸟飞绝，万径人踪灭。孤舟蓑笠翁，独钓寒江雪"，杜甫《绝句》："两个黄鹂鸣翠柳，一行白鹭上青天"，苏轼《饮湖上初晴后雨》："水光潋滟晴方好，山色空蒙雨亦奇"……每一首诗都是一幅意境悠远、绝妙生动的画面！

智者乐水，仁者乐山；山水有情，山川入画。中国绘画艺术，随着时代的变迁，一直在不断地变化与发展。但无论怎样发展，诗意仍将是它永恒不变的核心艺术主张与价值追求。

书 与 画

书法与中国画，应该是中国文化传承中，作为视觉艺术最为核心、最具价值的文化基因与遗产。说是基因，因为以中国书画、建筑、音乐艺术等为代表的审美影响、审美习惯已不自觉地融入每一个中国人的血脉中；说是遗产，是因为我们的祖先以他们的智慧和经验创造了太多的辉煌，为我们留下太多宝贵的文化艺术遗产。

琴棋书画，乃古人修身、处世必备的本领与修养，即所谓"琴棋书画、诗酒花茶"人生之八大雅事也。但随着近现代工业文明的高度发展与繁荣，所有这一切都受到极大的冲击与破坏。喧嚣与呐喊，刺激与破坏，快捷与便利已成为这个时代的主题，平静与深沉似乎越来越远离人们的生活。但喧嚣与繁华过后，留给人们的却是内心更大的孤寂、失落与消沉。于是，越来越多的人渐渐反思与觉醒，原来物质与精神其实并非处于同一条线上运行的东西，物质我们当然以追求便捷、先进、发达为目标，但精神要以内心的淡泊、宁静为上，追求诗意、高雅、从容的人生境界。可是，表与里，物质与精神，不是每一个人都能如此的完美与协调，这就要看我们个人的崇尚与修为了，所谓"人情练达"是也。

书画艺术，对于古代士大夫与文人来说，真正的目的不是装点门面、附庸风雅，而是在于内心的表达与修炼。静坐窗前，沉吟半晌，泼墨挥毫，心清气爽，是生命境界的一种高度体念。也许，生活的方式、生命的状态有多种选择，没有唯一与标准，但书画几乎不约而同成为古代士大夫与文人们必不可少的雅玩与生活方式，正是因为中国书画艺术独到的魅力与境界。

"书画同源"是关于中国书法与绘画艺术关系最广泛认同的说法。自宋东坡居士提出文人画概念后，书画便有了越来越多的相互渗透与影响。但最早明确提出"书画同源"说法的大概应是元代大书画家赵孟 ，在他的一幅流传至今的画上有题诗："石如飞白木如籀，写竹还应八法通。若也有人能会此，须知书画本来同。"赵孟 强调的是书画一体，书画相通，绘画应以写代描，以书入画。

有关书与画关系的说法很多，争议不少。书画同源，应是指它们的发端、起源相同。古人的原始岩画、涂鸦以及图形记事等，与象形文字、甲骨文、金文等，有着极为相似的表现特征与方式。中国文字初期与绘画表现的同一性，也许是一种巧合，但更多的应是文化内在发展的必然。中国文字的产生、特征与其表现性，可谓世界文化发展史上的一个奇迹，这也正是中国书法的独特与魅力。中国书法与中国绘画艺术的关系应该是这样的：中国人的审美，中国的绘画艺术推动了中国文字与书法艺术的产生，而中国书法反过来又推动了中国绘画艺术的发展，进而是书与画的相融、相通与相互影响。

中国书法与绘画艺术，也走过它们自身独立的发展阶段。中国绘画艺术在发展进程中，由最初的"自娱、记事"功能逐渐向专业化方向发展，绘画从业者许多变为专职的画匠或画家。而另一方面，书法也越来越摆脱它当初的图形描绘与象形特征，出现了隶、楷尤其是行、草等极具表现性的字体，书写越来越重心性、修养与才情、表现。绘画和书法似乎渐渐各自走向独立，但因为毛笔的缘故，后来它们又渐渐紧密地走到了一起。毛笔看似简单，却万千变化，蕴含无限生机，真庆幸我们的祖先没用刷子与鹅毛笔，这也恰是中国人的幸运与骄傲！因为有了毛笔，才使中国书画艺术笔墨成为一种独特的艺术语言，它使中国书画艺术变得如此细腻、丰润与有韵致。

中国绘画的传统非常丰富，文人画只是其中的一个方面，但又是极为特殊的一个方面。虽然在宋代以前，中国的绘画艺术就表现出了很强的写意性、表现性，但其风格仍然尚未完全独立于世界绘画艺术之林。而文人画的出现，却让中国绘画与世界绘画拉开了一段很大的距离，可以说在理念和表现上都展现了它的独特性与先进性。文人画创作重心性，重笔墨，讲求修养，表现上讲求诗、书、画、印的巧妙融合。事物的发展总难免有其两面性与局限性，中国文人画发展到一定阶段却未能有新的事物与观念来影响与冲击，于是后来就出现陈陈相因、了无生趣的现象。从而使文人画坛在宋元高峰后沉寂数百年，直到明清出现了徐渭、八大山人、石涛、扬州八怪等，恰如黑夜中的闪电，刺破了夜的沉静，直至近现代齐白石、黄宾虹、潘天寿等又把文人画推向了一个新的高峰。

我认为文人画最大的特色与成就在于它重视画家自我的主体，强调心性与情感的表达。在表现形式上，强调诗、书、画、印的巧妙融合，也在很大程度上丰富与提高了绘画艺术的表现性。文人画的出现，把书法和绘画紧密地拉在一起，二者相互吸收、渗透与影响。书法的用笔即线条的表现是书法的灵魂，但汉字的结构造型要远远简单于绘画，也正因如此，给书法用笔、线条的表现留下更大的空间。书法所创造的"折叉股""屋漏痕""如锥画沙""一波三折"等用笔方法，正是书法线条艺术美学表现的一种高度概括与总结，为绘画表现提供了非常有益的借鉴。正如清代著名书画家赵之谦所说，"画不能书必俗"，作为一个中国画画家，如果不懂得书法，其作品表现在用笔上必然会单薄、纤弱与浅显，而缺少文化的底蕴与厚重的质感。另外，绘画又极大地丰富和影响了书法的表现，因为绘画在空间架构、用笔表现上要比书法更自由，更丰富，自然就为书法的创新与形式提供了许多有益的借鉴。中国古代，凡属有创造性与表现力的书法家，几乎都同时又是兼具影响力的画家。虽然早期的书法家未必都兼善绘事，但一定都是很有才情与个性的人，如王羲之、颜真卿、张旭、怀素等，书法才会如此具有表现力。而文人画兴起后，书法史上有影响力的书法家几乎无一不是绘画高手，如宋代苏东坡、米芾、赵孟，明代徐渭、祝枝山、唐伯虎、文徵明，清代赵之谦、王铎等，近现代陆维钊、林散之等大家也都兼具画家身份。因此，我认为真正的书法家或画家，最好应该是二者兼善的书画家。只有这样，无论是书法还是绘画，才可能推向一个更高的高度。

但现代社会，学科越来越走向分科与独立，书法与绘画二者的关系似乎变得若即若离或相互独立。当然，专业化发展的趋势，未必一定是坏事，尤其是艺术，过于走在狭窄的路上就很容易封闭住自我。不敢妄自独尊来指点别人，但书画界确实有许多的作品太过于精细、机械，精熟的技术、惯性而不断重复的描摹，缺少率意与内心真实的表达，这也便是当前艺术创作所普遍存在的问题。

几千年的文化传承，对于今天的我们来说，当然是财富与骄傲，但同时也是一种选择与压力。当今的时代，是一个百花齐放、百家争鸣的好时代，给艺术家提供了任何一个时代都无法比拟的信息与见识，关键是我们如何去面对、理解与吸收。作为当今时代的艺术家，只有敢担当，传承经典，锐意创新，才可能开创一个新的面貌与局面。

中国画和书法，是中国文化艺术传承中一对璀璨而闪亮的明珠。它吞吐万象，生机盎然，用一支笔写就胸中逸气，风云际会，意蕴无穷！

泼墨画的意韵与生机

提起泼墨画，我们首先想起的可能是近现代的张大千先生，还有刘海粟、何海霞、宋文治等先生。"泼墨"作为中国画创作的一种技法，古已有之。相传为唐代王洽始创，王洽"以墨泼纸素，脚蹴手抹，随其形状为石、为云、为水，应手随意，图出云霞，染成风雨，宛若神巧，俯视不见其墨污之迹"（见《唐朝名画录》），可至今却已无迹可寻。关于泼墨画，古画论中有不少记载，明代李日华《竹懒画滕》："泼墨者用墨微妙，不见笔迹，如泼出耳。"清代沈宗骞《芥舟学画编》："墨曰泼墨，山色曰泼翠，草色曰泼绿，泼之为用，最足发画中气韵。"

宋人梁楷《泼墨仙人图》应是一个典范，尽管这个"梁疯子"到今天，留下的作品就那么几幅，但每一幅作品都是美术史上的一个开创与典范。这点与北宋画家范宽有点类似，同样留下才几幅作品，但每一幅作品都能在美术史上掷地有声，惊天动地！某种程度上，从开创性的角度来说，我认为梁楷的历史意义甚至还要更为广泛。

张大千先生在中国近现代美术史上，应该是与白石老人一样，真正意义上为世界艺坛所瞩目并具有广泛影响的人物。但是，大千先生的泼墨画艺术与成就，未得到足够重视并发挥其应有的能量。在当前中国的艺术院校，据我所知，还没有设立对泼墨画有专门研究教学的院系、科室。正因为如此，泼墨画在中国，近现代自张大千、刘海粟等几位大家以后，便似乎偃旗息鼓，鲜见有大家力作出现，也鲜见泼墨画作品在中国重要国家级大型展览活动中亮相，这不能说不是中国画艺术发展进程中的一个很大的遗憾！

在某种程度上，泼墨画所呈现出的意韵、生机与万千变化，又是独具一格的，非一般绘画艺术表现所能企及的。不可否认，泼墨画艺术表现技法确实不容易教授与领会，甚至很多时候效果不可预测，需靠"神助"与"天功"。也许，正因为它的难度，而被画家们所忽略。泼墨画创作，需要技法与深厚的艺术修养，丰富的想象力与宽广的胸怀，否则便难成大器。

此外，泼墨作为一种表现手段与技法，在中国画创作中还是在不断地出现。写意画，甚至工笔画，大面积的水与墨、色的冲撞、流淌、晕化等等，都往往使用到泼墨的技法。当然，泼墨技法的运用不能等同于泼墨画，尤其是有格局的泼墨画作品。很多运用泼墨技法的作品，严格意义上来说，只能算是肌理装饰画，构成工艺画或者西方语境下的当代水墨画。

西方抽象画可能是基于印象派绘画艺术之后的顺势而为，我想也许也受到了原始绘画、东方写意画等的影响。反过来，西方印象派、抽象派绘画艺术又影响了现代中国大写意、泼墨画艺术。张大千先生之所以能开创千古一人、宏大格局的泼墨绘画艺术，我想首先是因为先生艺术修养的全面而集大成，但也与先生遍游世界、广识博览不无关系。其实，西方的现代派艺术，如波洛克的绘画，也可算是布上的泼彩画吧。但我认为，波洛克的绘画与张大千先生的泼墨画，除了视觉表现上各具千秋之外，在境界、韵致和品位上波洛克的绘画与张大千先生相比不知要相差多少！

赵无极、朱德群先生因为艺术的血脉与根源来自东方，对中国文化与艺术有很深的了解。所以，他们在学习和掌握了西方艺术的语言后，就能画出别具一格、独具意蕴的抽象绘画。因此，观赏二位先生的作品，尽管表现手法、面貌是典型的西方的，作品所呈现出的精神与意蕴却是典型的东方的。如果把赵无极、朱德群先生的作品与张大千先生的作品摆在一起，它们在精神上其实是一致的，只是张大千先生作品中意象的东西更多，还没有往抽象上走得太远。

泼墨画之所以可贵，就在于宣纸的神奇，水与墨和色在宣纸上相遇，便有了万千变化、无限生机！艺术家创作每一幅泼墨画作品，就如一次偶遇与初恋，充满惊喜、期待与想象！我的经验是，泼墨画创作往往失败要多于成功，创作泼墨画的过程，是反复酝酿、构思的过程，其时间往往要大大多于具体的画面表现。当然，画面具体的表现也非常重要，只有表现与收拾到位了，才能把泼墨的天机、虚实的变幻等有效地组织起来。

世界分秒变幻，人生、事物所呈现出的面貌常常是偶然与变幻的，但却又存在内在的规律。泼墨画也许正切合了天地万物运行的规律，如人生存的哲理，成事、成业既需谋事在人，也需天助。又有如广袤天地，变化莫测，又有迹可循，如是才造就自然的神奇与伟大！

《源流图》　　2015 年　　瞿拥君

高山流水

在世界文明的发展史上，耸立着无数人类智慧创造的高峰，他们为人类的进步与发展奉献了杰出的智慧与力量。

在人类艺术的发展史上，同样群星闪耀，高峰林立。东方和西方，是人类文明和艺术高峰的两条主轴线。它们虽然有着不同的天地、人生和艺术价值观，但都创造并拥有自己辉煌灿烂的人类文明与文化艺术。欧洲的古希腊古罗马、文艺复兴以及现当代艺术，具有纪念碑意义、开创性历史价值。以中国为代表的东方艺术，其独特的审美情趣与韵致，含蓄而高妙的艺术特征，隽永而悠远的审美意境，必将为世界文化艺术带来更持久而深远的影响。

浩浩苍宇，巍巍华厦；千帆竞渡，百舸争流！

噫！众山共仰兮，高山流水兮！

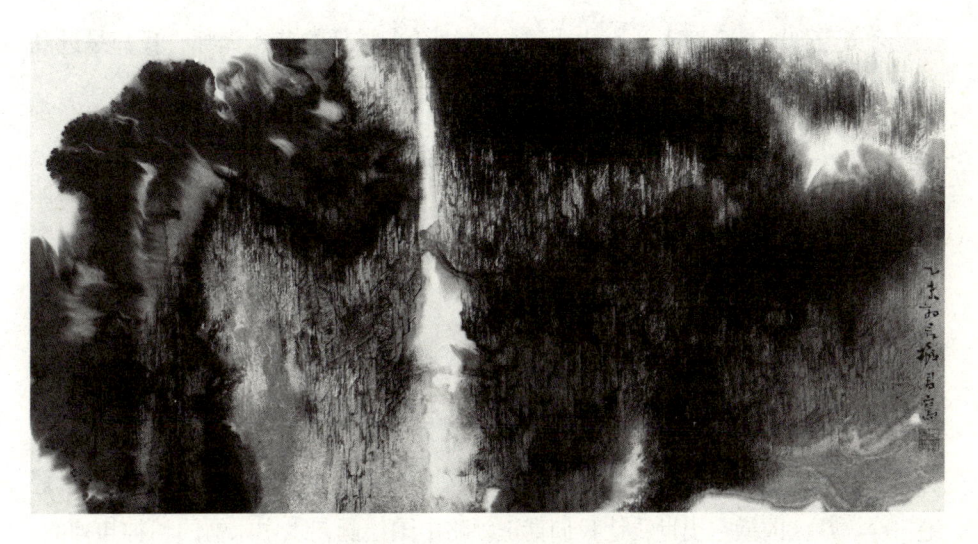

《烟云奇境》 2015 年 瞿拥君

八大才情

令人羞愧的是，对于八大山人这样一位众人景仰的艺术大师，我却是近几年才开始真正走近与了解，并越来越领略到他瑰丽而神奇的艺术风采。

八大山人，名朱耷，乃明开国之君朱元璋之没落后裔也。虽然血液里流淌着皇室血统的高贵与荣华，一生却遭遇没落与流离。60岁后，作品署名像"哭之""笑之"的奇妙的"八大山人"四字为后人所广知。真可谓名因画传，画因名奇，哭之笑之，千古流芳。

对于八大山人的艺术，我唯有仰视之，动容之，膜拜之。上天究竟是何恩惠，在中华大地上，诞生如此艺术奇才，崛起如此之艺术奇峰，绝世独立，冠绝古今。八大的横空出世，让我们真正领略中国绘画艺术中永恒的精神与神韵，它是如此般非同寻常与意趣高妙！

八大之艺术，山水、花鸟、书法等样样精工，皆可谓开时代新风，其中又尤以花鸟为甚。八大之花鸟真可谓无人能及，如泰山耸立，唯我独尊，冠绝千古；山水荒寒高古，独具境界，别开生面；书法清逸率真，温润含香，旷朗无尘亦独具一格。纵观八大之艺术，如高山奇松，又似春兰含香；如峡谷冰川，又似旖旎江南；如大漠孤行，又似清溪踏浪；如沧海泛舟，又似溪畔小憩……

八大之艺术，奇哉，壮哉，伟哉！

八大才高，八大情真，惜之，慕之，念之矣！

八大千古！

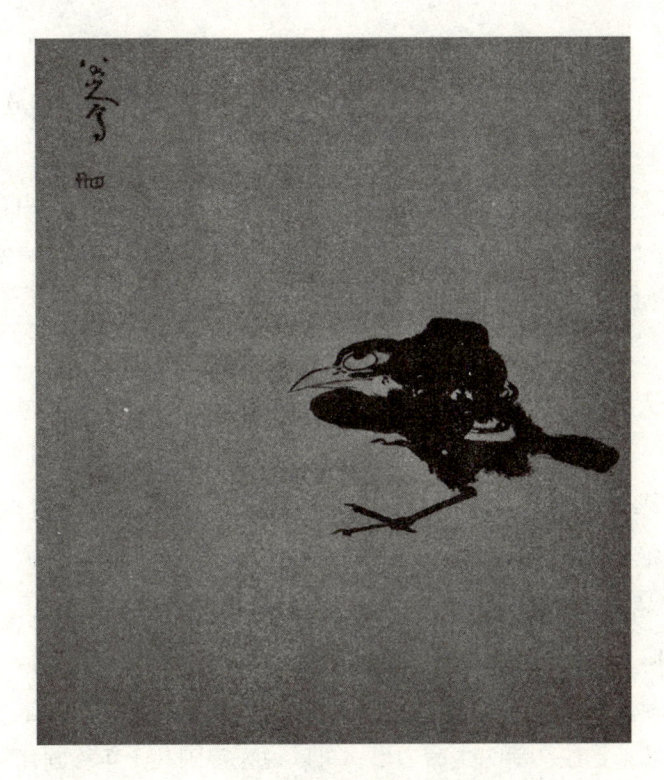

八大山人作品

白石情真

每次看白石老人的画，总感觉那么亲切与生动，亦不觉油然欣喜与感动。这份感动是轻松的，可爱、有趣、诙谐，常令人会心一笑，拍手叫绝，这便是白石老人艺术的绝妙处，何为此？吾以为老人对艺术最难得的是把握了两个字：即"情"与"真"。就是因为白石老人在艺术上非同寻常、不加掩饰的质朴本色与情真意切，才创造出如此令众人所喜爱与感动的作品。

白石老人有言："学我者生，似我者死"，对于艺术，强调"妙在似与不似之间"。这一个"似"表明老人对生活、对艺术师承与表现的一种理念与态度。老人一生在求学、求艺上均把这个"似"把握得很好，白石学过青藤、八大、缶庐等，但绝不死学，首先尊重自己的内心与感受。老人创作强调艺术对生活的"似"，纵观老人一生创作，几乎没有见到有脱离现实生活的作品。用老人的话说，"太似为媚俗，不似为欺世"。老人一生创作从不沽名钓誉，欺世盗名，总是用最诚恳、最真挚的心在创作。读白石老人的画作，扑面而来一股清新之气，无限生机。这股清新的生命力量，可以说在中国几千年绘画艺术的历史上都是一个高度，甚至可以称为特例与标杆，无人能与之比肩。因此，白石老人的艺术，是开创性、划时代的，如黑夜中的一道闪光，熠熠生辉，光彩夺目。白石老人的艺术，如参天大树，如高山奇峰，美丽在即、亲切如斯却难以企及。试问，当今风云涌动的画坛，又有何人，有几件作品能如白石老人作品般如此生机勃勃，亲切感人？

白石老人的艺术造诣与成就，不独在中国画领域，书法、篆刻、诗词等样样精深，就中国画亦是花鸟、山水、人物全面精深，可谓中国传统艺术数千年来之集大成者。老人的书法，并非归于书卷气十足、技法精美一类，但却直率，质朴，亲切，与一般书家拉开了许多距离。篆刻一如书法，大刀阔斧，苍茫朴茂，开创新风。老人自认为自己在各类艺术中诗词第一，也许很多人并不苟同，但老人的诗词并非只是虚名与自我标榜，看老人在自己画作中的题款，情真朴素，幽默诙谐，别具一格，与画作可谓相应天成、妙趣横生。

爱白石，因为白石的可爱纯真；敬白石，因为白石的崇高伟大。泱泱中华，群贤蜂拥，中华大地上高耸起白石这座艺术奇峰，乃时代、风物之造化，亦民族、艺术之大幸矣！

惟愿白石有灵，天之相助，愿中华艺术如不尽长江天际流，不断开创新的神奇与伟大！

齐白石作品

大者大千

提起张大千先生，在中国，在美术界其声名除齐白石、徐悲鸿先生外应该无人出其右。"五百年来第一人"，此非悲鸿先生偏爱与过奖，无论从艺术宏大的格局，其深度与广度，还是人生的传奇，国际上的声名与影响，张大千先生都可谓引领风骚的时代巨匠与标杆。

张大千，四川省内江市人，名爰，号大千居士，20世纪中国画坛最具传奇色彩的国画大师。张大千的艺术，其传统功力之深，技法画路之宽，题材风格之广，成就影响之大，实为世所罕见，誉为一代宗师，亦当之无愧。先生无论写意、工笔、水墨、设色，无不擅长，凡山水、花鸟、人物、走兽，无一不精，集文人画、宫廷画和民间艺术等为一体，雅俗共赏，出手即大家风范、非同凡响。

喜欢大千先生的画，是很早以前就开始了。记得小的时候，喜欢涂涂画画写写的我，上初中一年级的时候，拿到了学生阶段的第一本《美术》教材，教材封底有一幅大千先生名为《丹山春晓》的泼墨山水作品。画面泼出的大块翠绿格外诱人，醒目，近处的浓墨与青蓝色厚重而深邃，红与黄交错的远山深远而又别具韵味。画面左下角山谷、树丛、溪桥在留白处勾皴表现，尤见功力，虚中写实，更显得巧妙、精彩。当时对艺术还是如此蒙昧又充满好奇与神往的我来说，大千先生的作品在我面前的出现，犹如一道闪电，光芒夺目，就如一个天方夜谭故事在我面前真实地呈现，使我惊慌失措、万分欣喜！那个时候，我几乎每天都要翻看这本薄薄的《美术》书，欣赏大千先生的这幅作品，就这样，这么多年来，伴随着对大千先生的喜爱从而走上了追求中国画艺术的道路。

大千先生的艺术成就与影响，如果综合来看，近一二百年甚至更远，绝对可以算得上数一数二的人物。如果从单项来看，在花鸟方面八大、白石等均远在大千之上，在金石方面吴昌硕、白石也在大千之上，在山水方面宾鸿、可染先生似乎可以与大千先生比一比，但气势、格局上来说大千先生还是要胜出。先生的泼墨山水，在美术史上具有开创性意义，其代表作如《庐山图》《长江万里图》等作品，绝对可以称为美术史上与范宽《溪山行旅图》、郭熙《早春图》等一样经典的扛鼎之作。大千先生对敦煌壁画的整理与研究，也是具有开创意义的，是对中国古代辉煌的壁画艺术的一次梳理与再创造。先生的工笔仕女与金碧山水在同时代中，都具有一定的引领与开创意义。先生的书法，虽然排不上一流大师行列，但至少也是一流大家，甚至比许多有影响的书家成就还要高出许多。因此，综合来看，大千先生绝对可以算得上是近现代美术史上真正意义上的全能冠军。

大千先生无论在艺术上，还是在其人生的经历与传奇上，都是个真正的、十足的大者。先生一生经历清王朝、民国及新中国时期，前半生饱游中华胜景，后半生周游世界，先后定居巴西、美国等地，晚年定居台湾，也可算是叶落归根吧。先生精厨艺，会生活，性情豪爽，待人慷慨、厚道，广交朋友，弟子三千，一生富足、风流倜傥，真可谓人中豪杰，画家中的典范！

成就先生的艺术，吾以为关键是一个"大"字，大格局、大情怀、大手笔。大者深也，大者广矣，大者无敌。观先生的艺术，无一丝小气量，早年的山水，尽管有些甜、熟与旧，但艺术的机巧与天资却分外显著，画面的视野与格局也是宏大而开阔的。敦煌系列作品，把中国古代最辉煌、灿烂的文化重新整理，呈现在世人面前。大千先生对金碧山水的用功，显示他比一般同期画家眼光高出许多，尤其是晚年的泼墨画艺术，后难见来者，把先生的艺术成就推向了登峰造极的境界。先生的天资、勤奋与阅历，更加之时代的机遇，终于造就了如此般划时代的丹青巨手，屹立东方艺坛之巅，与世界一流大师并列！

大者大千，如昆仑立马，俯瞰风月，如泰山登顶，一览众山。

大者大千，风流千古！

风眠声远

林风眠先生是中国近现代美术史一颗闪亮、夺目的星星,可一生坎坷、寂寞耕耘,生前艺术的成就并未得到广泛的社会认知与认可。但先生艺术的高度却是无法被时代所淹没的,先生过世后,其艺术成就却越来越被世人所关注和认可。因为寂寞,更成就了先生的艺术高度,可以肯定地说,林风眠先生是二十世纪中国美术史上当之无愧的且最具影响的艺术大师之一。

风眠先生,清末二十世纪初生于广东梅县,享年九十有余,早年接受传统私塾教育,爱好并学习传统绘画,19岁留学法国,六年后回国后分别担任北京艺专、杭州艺专校长,应该说青年时期还是比较顺意与得志的,而后由于时局的动荡与变幻,人生多在坎坷中度过。

风眠先生的艺术,走的是一条中西融合与创新变法的路。从可知的信息来看,先生早年接受的是纯粹的传统文化与传统艺术,虽然传统绘画的根基并非深厚,但传统文化的基因与影响却已经深深烙下。青年时期,负笈欧洲,留学法国,六年时间的学习,打下了专业美术的基础,同时也开阔了艺术的视野。这一时期,也许是时代的机缘,先生广泛的接触到了大量的欧洲表现主义艺术,同时也对中国陶瓷艺术有了广泛的兴趣与了解,从而奠定了先生一生的艺术追求与方向。

纵观风眠先生的艺术,画面的色彩与形式基本来自于西方的艺术语言,但艺术的本质即画面所传递的信息、感人的力量又是显著来自于东方的文化表达与情境。从先生一生留下的作品来看,几乎可以看出先生一生主要精力于中国水墨（彩墨）画的探索与追求。先生的作品，几乎无一例外，画面都是非常简洁、明快（晚年戏曲人物系列作品尽管深沉但其实也是明快的），线条爽利、轻快，有些作品似乎给人感觉画面与表现均略显简单，但画面所呈现、传达的意境却充满着诗意。看惯了尤其四王等僵化传统的作品，再看先生的作品，是那么的鲜活、充满生机与力量！

先生一生对艺术的探索，从所留下来的作品来看，主要包括仕女系列、静物系列、诗意风景系列、花鸟（睡莲、水鸟等）、戏曲人物系列，每一个系列都可以说是美术史上一道亮丽的风景线，都有其独特的意蕴与创造性。风眠先生的艺术，是走在时代前列的，是超越时代的，它构成二十世纪中国美术史上一道独特的景观。

风眠先生的艺术探索与追求，因为走得太远，所以一生在艺术追求的道路上，都是寂寞的，他是一位大师，一位孤独的行者。当然，同时代还是有许多认可先生艺术的人，只是其艺术成就没有得到应有的、广泛的认知和认可。这是时代与历史的遗憾，还好在先生去世后，其艺术成就越来越得到了艺术和社会各界的认可，也算是一种慰藉吧！

"居高声自远，非是藉秋风"，二十世纪的中国美术，群星闪耀，林风眠先生又是格外夺目的那颗星星。它栖息在参天巨木的高枝，啜饮清露，凭风而眠，瑟瑟和鸣，悠悠声远！

抱石恣意

上中学的时候，曾见过邮票上的一组傅抱石先生的画作，真是顿生欢喜、大开眼界。后来又陆续在各类画册上见过先生的画作，但毕竟隔得远了点，有些甚至还模糊不清，所以虽是喜欢，但却不能深入窥见与领略其奥妙。

就这样一二十年来，断断续续间虽也不少关注抱石先生的各类信息与作品，但总停留在浅层次上。幸运的是，近几年来，分别在博物馆、美术馆近距离拜读了傅抱石先生的一些精品力作，终于让我真切地感受与领略了先生那一幅幅别开生面、恣意挥洒、无与伦比的鸿篇巨制。

纵观抱石先生的作品，吾以为其最为感人者"意"，摄魄者乃"恣"也。先生出生贫苦，并非家学渊源，但先生从小便痴迷艺术，天生似乎便具艺术家的性情与才华。先生早年为生计，做学徒、为人刻印等，训练和积累了较强的艺术基本功。后进师范求学，寒窗苦读并志存高远，才华横溢且修养全面。和一般人艺术道路不同的是，先生并没有一开始就走上求艺卖画的路，而是专注于中国美术史的研究。20岁出头，便有《国画源流述概》、《摹印学》等著作问世。因此，先生的艺术之路，开局即不同寻常，眼界、境界高远，非常人之所能企及也。加之先生的人生际遇，得徐悲鸿先生等多位艺术、社会名流的知遇之恩与提携，从而在人生艺术道路上能顺水推舟、不断前行。

奠定先生一生艺术成就之巅峰者，吾以为首推为先生之山水画。中国山水画艺术，始于隋唐，成熟于五代，至宋元可谓高峰，明清则偶有闪光，但已沉沦，直至近现代才又重新焕发与呈现新的面貌与局面。一大批艺术家推动了中国山水画艺术新的历史发展,在这一批艺术家中,吾以为傅抱石、黄宾虹、张大千、石鲁、李可染等先生成就尤为卓著。在这几位山水大家中,从山水画艺术的开拓性来说,抱石先生应该算是首开先河。黄宾虹先生山水至晚年才大器晚成、终成面貌。大千、石鲁、可染三位先生山水画艺术开创局面则分别在五、六十年代后。而抱石先生,30年代留学东瀛,眼界大开,至30年代末40年代初客居巴蜀大地,艺术便日臻纯熟而出神入化。在艺术史上,把抱石先生40年代这一时期称为"金刚坡时期"。这一时期,先生的艺术作品可谓"落笔惊风雨,诗成泣鬼神",独领风骚、独步风尘。抱石先生可谓是艺术早慧型的奇才,不到40岁艺术便已臻至妙,开创先河,只可惜先生60岁出头便英年早逝,假以白石、宾虹先生的高寿,不知先生的艺术还将会有如何一番面貌?

　　抱石先生的作品,感人、高妙者在"恣"与"意",而令人钦佩、难以企及者乃先生之学养与功力。抱石先生的"意",乃是对生活、对艺术的敏锐、独到的见解与领悟。而"恣"则是其天生豪迈性情的自然流露。抱石先生的山水画之所以开一代新风,当然首先离不开先生所创造的"抱石皴法"。也许,一方面它是先生学养深度积累后的有意创造,但我更认为是先生胸怀与心性本真无意的自然流露。此乃天造也,如果没有先生作为艺术家性情的这份豪迈、细腻、灵变与敏感,是创造不了如此别具一格艺术手法的!可以说,艺术作品的风格与表现,在一定程度上,它是艺术家个性与才情的一种自然显露。也可以联想到当今的一些艺术家,总想特立独行,而矫揉造作创造所谓的风格、门派,那只能说是扯大旗、占山头、壮声势,为人所耻。抱石先生在艺术创作上,更难能可贵的是其作品"精绝",先生作品无论是鸿篇巨制还是盈盈小幅,皆惨淡经营、意境高妙,细微处收拾一丝不苟、用心良苦。抱石先生可谓是一个全才型的艺术大家,先生山水画开时代新风、无与伦比,而人物画则高古精绝、不同凡响;理论卓著,书法刻印亦堪称大家。先生一生创作作品数千幅,幅幅可谓精品力作,其中尤其以《潇湘暮雨》、《大涤草堂图》、《天池飞瀑》、《平沙落雁》、《渭城曲》、《兰亭图》、《细把江山来图画》、《毛主席诗意山水》等为代表,构成中国近代美术史之经典。

　　能开创历史的艺术家,此乃天造也,亦为个人非同寻常之经历与磨难、刻苦勤勉的结果。今天的我们，也应继承与思考，如何循着大师成长与成才的轨迹，继往开来、继续前行！

傅抱石作品

得失冠中

吴冠中先生是中国近现代跨世纪最具影响、最富争议的美术家之一。可以肯定地说，以先生的艺术成就，可堪称为大师级的，但在许多方面我们又应该辩证与取舍来看待。

吴冠中先生出生于江南，江南的烟云风貌及厚重的地域文化沉淀必然对先生的成长、发展产生重要的影响。先生的父亲是个当地的教书先生，但还算不上出生书香门第。先生年少时便勤勉而立志，早年打下了较为坚实的文化功底和传统文化基础。后来先生就读于国立杭州艺专及留学法国学习欧洲近现代美术。虽然先生走的不是徐悲鸿先生古典派现实主义的路，但还是打下了较为坚实的绘画基础。回国后，先生先后任教于中央美院、清华大学、中央工艺美院等，虽人生、艺术的道路多有坎坷，但一直执着于艺术的追求与创造。直至上世纪八十年代，先生关于艺术形式美等的拷问，及一系列形式新颖美术作品的问世，从而声名鹊起，奠定了先生在中国美术史上的广泛影响与地位。

吴先生无疑是一位执着于艺术真理追求、真性情的艺术家。在上世纪90年代，我上大学期间，那个时期，大学生都爱听收音机，其中美国一个比较有名的新闻节目我们也常听。记得有天在这个频段中听到记者采访吴先生的节目，感到很新奇与震惊。因为这个新闻节目一般播放的都是国际重要新闻或重要人物访谈，很少听到有艺术家类的访谈。当时具体谈话内容早已忘记，只记得先生在访谈中激情澎湃、慷慨激昂，留下很深的印象。之前在初中、高中阶段就见过一些先生作品的印刷品，对先生的艺术有所了解并且很是喜欢。而听这次访谈节目，更加深了我对先生的印象，感觉先生是那种观点鲜明、爱憎分明，热情而执着于艺术追求的人。再后来，不断的见到先生的艺术作品与文章，于是对先生的了解更加全面、立体与丰富起来。我感觉，先生的艺术成就与影响，无疑可以进入到 20 世纪绘画大师级人物行列，但先生也是一位特点、优点非常突出，不足与缺点也比较明显的大师。对于大师级的艺术家，我们更加不要盲从，应该全面、立体、客观的来分析，分析吴冠中先生的艺术也是如此。只有这样，我们才能更好地从大师身上摄取更多有益的养分。

吴冠中先生的油画艺术，在油画民族风格化上，是走在最前列的。在中国近现代美术史上，从西方回归东方，有成就的油画家不少，但我认为吴先生的探索是尤其具有开拓性的。先生的作品摆在展厅，一眼就能看出具体而鲜明的个人符号与中国风格，而且这种艺术风格的探索是成熟而富有价值的。我想，吴先生之所以在油画艺术上取得如此成就，主要是来源于三点：一是吴先生的勤奋，先生长期坚持不懈在大江南北几十年的写生，把中国的山山水水、风情风貌摄入眼中，描绘于笔端。二是得益于先生早年积累的色彩、造型等美术素养及对艺术形式美的天才般的、敏锐的把握。吴先生的绘画，具有西方色彩造型的科学性，但在色彩运用上更概括，洗练，具有中国水墨画的意味。中国一些画家，认为吴先生没有学到欧洲油画色彩的精髓与长处，其实是修养不足导致误解，其实先生的油画许多灰色调用得是很高明、漂亮的。其三，深入先生骨子里的中国文化的沁润与影响，以及敏锐而细腻的情感和文学修养。虽然先生似乎是个反传统旗手，但从先生的作品看，他反的是传统陈旧的面貌与形式，而作品的意蕴其实却是典型的东方情愫与意境。用先生文章《心灵独白》中的话说："鸟恋故枝，即便是候鸟，也爱寻找自己熟悉的旧栖""朝暮所见、所思，人物山川牛羊，都属家乡，都属东方"。先生的文学素养是很高的，虽然先生出生在民国初期，但先生的文章受古体的影响，直抒胸襟，感情真挚，一股新风。这些，无疑在先生的艺术创作中产生深远的影响。

先生真正大量从事中国水墨画创作，是在 20 世纪八、九十年代。我觉得用"中国水墨画"这个词来定义先生的水墨画作品比较准确，先生的画归于中国画似乎不太精确，称水墨画又似乎太浅显。先生的作品，一如他的油画作品，新式新颖，甚至比油画更概括和抽象。更为难得的是，先生的这些作品形式新颖、意境优美，很有感染力，与传统中国画已经远远拉开了距离。先生写过《笔墨等于零》这样一篇短文，曾引起轩然大波，各方争执不绝于耳。当然，吴先生为自己的观点设了个前提，即脱离了具体画面的笔墨才等于零。其观点从宏观上来说，确实也没有大的错误。但从文章的整体内容来看，吴先生确实对笔墨的认识还是有些片面与偏激。吴先生的许多水墨画作品，形式往往新颖，意境也很美。但由于先生对书法及笔墨功夫的相对忽略，所以其中国画作品在水墨质地表现上总感觉单薄了许多，缺少了中国画笔墨的文化意味、韵致与厚重感。尤其是先生晚年，搞的一些涂鸦书法，虽然也是探索但明显已经感到稚嫩、单薄，没有多少意义。

因此，吴先生的艺术人生，更多的是积极意义，但也留下许多不足与遗憾。这对我们每一个从事艺术创作与追求的人来说，都是具有借鉴和参考意义的。我想，在当今这个时代，我们生活的环境、审美习惯与要求，都发生了很大的改变。如果我们还一味因循守旧，其实已经不适应时代审美的要求。但任何艺术，如果你不深入它的精髓，就会走向浅显与单薄，在两者之间，我们可以取舍，但不可偏废，这才是艺术追求与发展的康庄大道！

传奇毕加索

提起毕加索，便难免会联想起中国的齐白石、张大千两位先生，他们都是世界近现代艺术史上当之无愧的大师，且毕加索与齐白石、张大千先生有生之年还有所交集。20世纪中期，毕加索与张大千曾在法国巴黎相聚，真可谓西方艺术与东方艺术的高峰对话，一时传为佳话。也因此得知，毕加索还特别欣赏、崇拜齐白石先生，并临摹白石老人画作百余幅，据说齐白石先生对毕加索的艺术也是称赞有加。真正厉害的人往往都会惺惺相惜，相互倾慕，三位大师的艺术与故事，可谓20世纪艺术史上的佳话。

毕加索绝对是20世纪艺术史上的大咖、扛鼎牛人，一生的故事充满了传奇色彩。毕加索的名字有上百个字母，毕加索便是他的简称名。据说毕加索还非常善于讲故事，就连自己的出生都能缔造传奇。1881年10月25日的夜晚，毕加索出生了，刚生下来的毕加索，浑身青紫，十分迟懒，一度被家人认为是个死婴，差点被抛弃。据毕加索自己说，是他当医生的舅舅萨尔瓦多，往他的鼻孔里猛灌了一口雪茄，这样小婴儿才被唤醒活了下来。就这样，毕加索出生的故事一直被广泛流传着，以至于后来人们每次提起毕加索的立体主义，都会提到他那传奇的出生。他一口气从19世纪80年代初活到了20世纪70年代，他不但经历了一战、二战和西班牙内战，还先后跨越了近代和现代两个时代。如此大的时间跨度，对于定义他的艺术与作品，便产生了极大的难度。毕加索一生作品流派的变化、风格的走向、内容的探索，简直就是一部浓缩版的近现代欧洲美术简史：经历过"古典时期"，又开创过"立体主义"，既在具象世界游刃有余，又用抽象视角打开了人们对艺术的狂热。所以，如果说他单纯是一个"现代艺术大师"，是不够的。他就是现代艺术的一扇门，通过他，我们得以看到更大的艺术世界。

据统计，毕加索一生完成作品近四万幅，真可谓艺术界的劳模！他是那个时代为数不多的在世就能看到自己作品卖出天价的艺术家，也是第一个活着时就看到自己作品进入蓬皮杜艺术中心的艺术家。他没有忧郁症，耳聪目明，身体健康，长命百岁，没有悲惨的经历，从不缺女人，富得流油，不但高调，还很时尚！他一生情人遍天下，古稀高龄的他还手挽豆蔻年华的情人。

毕加索不仅仅是个画家，更是一个偶像，一种潮流，甚至一种思维方式，一种生活态度。当人们说："嗯，这个很毕加索！"大家就会顿时点头如捣蒜，各种心领神会。毕加索的一生，他的艺术、人生，一切都令人神往，让许多人终生顶礼膜拜……他，就是艺术史上无人能及的一个里程碑！

关于毕加索的传奇人生，爱情、女人、金钱、地位、政治、影响等等，围绕他的热门话题，有太多的人谈及，在这里我就不想再更多地啰唆与八卦了。毕竟，对于艺术家来说，谈艺术才是真正重要与核心的地方。

毕加索的艺术在常人看来似乎随意而怪异，甚至还有些戏弄艺术的味道，但当你懂得一些鉴赏的知识，并稍做了解后，便会发现毕加索绝对算是一位天才的艺术家。他在1893年，年仅12岁时画的一幅男性人体背影素描作品，那准确、扎实的造型，丰富、精彩的表现绝对让你无话可说。十五六岁时，他的一些作品技法已经非常成熟，色彩老练，厚重，且作品还呈现一定的思想内涵，大师的才情与潜质表露无遗。二三十岁时的蓝色时期、粉色时期的系列作品，风格显现，情感表达真挚，饱满，作品充满张力。这一时期的作品，我认为已经完全可以在美术史上占据一席之地了。试想，一个20多岁初出茅庐的小伙子，作品便能如此不同凡响，此等才情岂等闲之辈能望其项背乎？

毕加索真正的艺术转型与影响是从非洲时期（又称黑人时期、黑色时期）开始的。在他30岁左右，他接触到大量的非洲艺术作品。非洲艺术的质朴、夸张、变形、怪异，对大师产生了深刻的影响。毕加索的艺术短暂经历了非洲时期后，迎来了他人生艺术风格上最厉害的风格转变，也便是艺术史上惊世骇俗、话题不止的毕加索"立体主义风格"，一个世界艺术史上的牛人便横空出世了。世界艺术史上的"立体主义"时期，从此拉开了序幕。

毕加索的一生是艺术的一生，创造的一生，辉煌的一生。从艺术的开创性和历史意义来看，毕加索后期立体主义等风格的绘画作品，当然更具影响力；但从艺术本身的情感表达与感染力来说，我个人认为，毕加索早年蓝色时期、粉色时期的作品，要更具欣赏价值。这一时期的作品，是艺术家真正倾其感情与才华所创造的，是充满生机与力量的。毕加索后期的艺术创作，感情也不那么真挚与充沛，甚至对艺术的态度过于张狂，傲慢。社会把毕加索捧上了神坛，于是他便有些飘飘然起来。有人问毕加索："什么是艺术？"毕加索反问说："什么不是艺术？"他给自己画了一张自画像，题名"YO EL REY"，翻译过来就是：老子是王！艺术家的自信是无可厚非的，但当无数的崇拜者与女人向他扑来，他便难免会得意忘形，也因此失去了一些当初对艺术的崇敬与虔诚。因此，他晚年的一些作品，虽有创新但也有不少是创新的重复，虽有才华但作品却少了一些感人与深刻。

我们知道，艺术史上真正有价值且经典的作品，是艺术家与他的时代，个人情感、智慧与创造的结晶。任何一件有艺术史价值的作品，光依靠个人的聪明与才华是不够的，还必须有艺术家的虔诚与投入，真挚的感情表达，深入的生活体验，这样的作品才能真正无愧于时代并永久留存。

当然，我们不能苛刻要求每一位艺术家，再伟大的艺术家都难免有时代或他个人原因造成的局限与不足。纵观人类的整个美术史，能如毕加索一样，有如此崇高的艺术地位和个人影响力，估计也很难再寻找其二了。无疑，文艺复兴时期诸如达·芬奇、米开朗基罗这样的艺术巨人，艺术史上的地位肯定不输毕加索，但他们出生的时代毕竟有些久远，而毕加索恰巧生活于当今 20 世纪这样一个大动荡、大变局的时代，且他一生的艺术活动主要在 20 世纪艺术中心法国巴黎，所以他的影响便更可谓前无古人、后无来者了。历史就是这样，在关键的时间、空间节点，一位关键的伟大人物出现，注定这样的人必将成为历史最辉煌的坐标。这就是毕加索，一生充满传奇的艺术大师！

闪耀的星空——梵高艺术人生谈

> "他的一生是人所经历的最为艰难困苦又成就辉煌的一生……；37岁的梵高在绝望中开枪自杀……；到了今天，梵高已成为被人顶礼膜拜的伟大艺术家，一个异类，一个艺术史上永恒的天才和苦行僧……"
>
> ——梵高艺术馆

梵高，是世界艺术史上一颗闪耀的星星。他的名字，无论在西方还是东方，大家都是耳熟能详的。他的艺术与人生，即便在他去世一百多年后，仍然被人们所关注与谈论。

梵高的一生充满了传奇，关于他的话题很多，他的出生、艺术、人生道路，他的爱情与亲情，他的死亡……都成了后人揭秘、探索、研究、谈论的话题。关于这些，因为有太多人做过阐述与讨论，所以我在这里也便只是对凡高短暂而不平凡的一生作简要的梳理与回顾。

十九世纪伟大的艺术巨匠文森特·梵·高（1853~1890）1853年3月30日出生在荷兰南部尊得特一个牧师家庭。他会说英语、德语、法语、拉丁语、希腊语，还有母语荷兰语。24岁之前，曾在海牙、伦敦、巴黎等地的古匹尔画店当店员。后来成为传教士，在比利时西南部的博里纳日矿区传教，由于同情和支持穷苦矿工的要求而被解职，在度过了一段极度失望和贫困的生活后，他决定在艺术的探求中完成自我的解脱。1880年以后，他到处求学，向比利时皇家美术学院求教，向荷兰风景画家安东·莫夫学画，但最后还是决定自学，他克服种种困难，努力按自己的认识表现世界。1881年4月，梵高返回父母居住的埃顿，继续他的绘画学习与创作，而他的家人和亲戚已开始对他失望（其实一直都很失望）。可是此时，梵高深埋心底的对艺术的热情才刚刚开始燃烧。他的生活又陷入了困境，他只能依靠弟弟提奥每月寄来的钱维持生活，而这种弟弟养活的生活一直持续到梵高自杀。1883年底已30岁的梵高来到父母在纽南的新家。1885年3月26日，梵高的父亲去世。当年梵高完成了他的一幅著名作品（所谓著名是后来人的评价，当时的梵高根本无人知晓）《吃土豆的人》。1887年，通过弟弟提奥的介绍，梵高在巴黎见到画家毕沙罗、修拉和高更，开始接受印象派的画风。于是，他在绘画中便更加强调用色彩突出主题的绘画风格。在他的画中，总是呈现一片色彩和笔触的狂欢，这种画面所造成的气氛效果表现出一种罕见、旺盛的生命力。1888年初，35岁的梵高厌倦了巴黎的城市生活，来到法国南部小城阿尔寻找他所向往的灿烂的阳光和无垠的农田，他的麦田，他的向日葵……他租下了"黄房子"，准备建立"画家之家"（又称"南方画室"）。他的创作真正进入了高潮，《向日葵》、《夜间咖啡座－室外》、《夜间咖啡座－室内》、《收获景象》、《海滨渔船》就是这一时期的代表作品。1889年5月，梵高怀着复杂的心情来到圣雷米的修道院接受精神病治疗（梵高得的应该是癫痫病，有人研究得到的结论认为：凡高得这种病有遗传因素，因为他们家族有这种病史）。他每隔一段时间就发一次病，但平时他极为清醒（癫痫病人在不发病时就像常人一样），还创作了大量作品。1890年7月，他在精神错乱中开枪自杀，年仅37岁。梵高一生留下了丰富的作品，但他的作品直到去世后才逐渐被人们所认识。凡高的艺术影响深远，随着时间的推移，越来越多的人喜欢梵高的艺术作品，他对20世纪表现主义特别是苏丁和德国表现派画家影响甚深。

梵高是那种艺术感觉特别敏锐的天才，他所处的时代，恰好是欧洲印象派绘画艺术兴盛的时期。18世纪欧洲的印象派绘画艺术，我认为其艺术成就与影响，在艺术史上甚至是不亚于西方文艺复兴的又一个艺术高峰。印象派绘画打通了东、西方艺术观念的壁垒，让西方艺术从写实走向了写意，关注自然，极大的发挥了光与色在绘画艺术表现中的地位和作用。同时，它还启迪未来，开启了西方传统艺术向现代艺术的通道，给东方与西方、传统与现代架起了连接的桥梁。凡高的艺术道路，在经过初期短暂的艺术探索期后，很快就发现了印象派绘画以及日本浮世绘绘画艺术的魅力并深受影响。因此，他一生最辉煌的艺术成就应该是属于印象派绘画艺术风格的，但他又深受东方艺术的广泛影响并已经完全超越了常规的印象派绘画风格。

梵高从小便表现了对绘画艺术的喜爱与天分，他还有极高的文学素养，这使他因此具有极高的艺术敏感与鉴赏力。凡高喜欢伦勃朗、米勒，他用自己的画笔描绘农民、工人等社会底层人。早期深沉厚实的风格虽与后期的画风有极大的反差，但画中所表现出的气质与精神却是永恒不变的。凡高早期主要以灰暗色系进行创作，直到他在巴黎遇见了印象派与新印象派，便融入了他们的鲜艳色彩与画风，从而创造了他独特的个人画风。梵高的作品中包含着深刻的悲剧意识，强烈的个性和形式上的独特追求，他作品的一切形式都是在激烈的精神支配下跳跃和扭动中完成的。

梵高真正的画家职业生涯是从1880年27岁到1890年37岁这短暂的十年。十年对一个人来说不长也不短，按照现代人的生活节奏，十年也就是找一个工作，成一个家，买车、购房，完成这些就算很顺畅的了。凡高的十年，是极为不平凡的十年，如果从生活、事业等角度来衡量，他是失败的、极不成功的。他狂热的追求爱情，爱情却一次又一次的打击与伤害他。他狂热的追求艺术，渴望成功与认可，可总是得不到社会的认可。他渴望安宁、美好、幸福的生活，渴望友情、亲情、真情，可他总是得不到他想要的这一切。也许他的时代与社会总是在伤害他、戏弄他，但我认为更主要的是他的性格等个人因素伤害了他自己。他是一个成功的画家，却是一个不会生活、失败的人。他过于单纯、执着，不懂人情世故，性格执傲，他内心狂热、热爱生活，而现实却又让他如此孤独。他唯一的依靠与幸运就是他的弟弟提奥，可以说没有提奥，就不可能成就凡高一生如此伟大、辉煌的艺术成就。

梵高的死是一个迷，也让许多人为之痛惜。但真正了解凡高一生的轨迹后，便发现他生命的短暂是必然的。即便不是自杀，他离生命的终点其实也不会太遥远。因为所有这一切，各种沉重的打击，已经差不多耗空了他身体全部的能量。艺术既挽救与延续了他的生命，但疯狂的艺术追求，又加速消耗、掏空了他的身体。艺术在不断地拯救他，他认为："我人生的目标就是画画，尽可能地画最多、最好的画作。"如果没有艺术，梵高估计早就失去了生活的勇气，但艺术却又更加重了他身体的消耗。梵高在谈到他的创作时这样总结的："为了它，我拿自己的生命去冒险；由于它，我的理智有一半崩溃了；不过这都没关系……"这一切，包括生活的各种打击，终将让他的生命在人生艺术的顶峰戛然而止、悄然谢幕！

梵高短暂的一生，用十年时间完成了世界艺术史上一座独特的高峰。这座高峰是如此的瑰丽与奇异，令众生、后辈所万般景仰！梵高死后，能逐渐被人所知并产生巨大影响，当然得益于他弟媳等不遗余力的推介与宣传，但更主要的还是他艺术的独特魅力与他的传奇人生。只要他的作品在，他的书信、他所有的文字还保存，他被世人所接受与喜爱是一定的。

梵高绘画艺术创作的十年中，我把它分为前五年期、后五年期。前五年期，才华显露，作品已经显现个性与张力。但整体来说，色彩还过于暗淡，表现还不够充实、丰富。当然，这一时期他也还是留下了一些经典的作品，如《悲哀》、《吃土豆的人们》等。后五年期，创作受印象派绘画与日本浮世绘版画的影响，画面更具装饰味，色彩绚丽、跳跃，艺术更具感染力与生命力。这一阶段，尤其是生命结束前两三年，诞生了许多伟大的艺术作品，如《收获》、《夜间咖啡馆》、《自画像系列》、《向日葵》系列、《星月夜》、《麦田上的乌鸦》等。

今天，梵高的作品早已传遍了世界，人们排着队看他的画，他的梦想终于实现了！"希望所有人都能看到我的画，并能够通过我的画感受我的内心。"也许你还不了解或不喜欢梵高的作品，但不可否认的是，他的作品确实有一种魔力，让人看过以后就会印在脑海中挥之不去……印象派另一位大师高更在离开与他共同居住过的黄色小屋14年后，在他的笔记里写道："我至今依然满脑子都是向日葵。"

梵高的画逐渐被后人了解与认可，他的作品一幅幅的创出世界拍卖纪录与新高。他的画给人带来一种力量感，深受后代人的推崇，他的创作激情也值得我们学习。他曾说过："当我画一个太阳，我希望感觉它在以惊人的速度旋转，正在发出骇人的光热巨浪；当我画一片麦田，我希望人们感觉到麦子正朝着它们最后的成熟和绽放努力。"可见，一切的苦难，并没有打垮梵高，他总是以饱满与高度的热情诉说与表达着自己的艺术。

梵高的作品如火焰，散发着灼热的、跳跃的生命力。优秀的艺术作品总是如此，能穿越古今与时空，其魅力不因时光变迁而褪色。一百多年后的今天，当我们与梵高的作品邂逅，我们的心依然为之激动与跳跃。我们惋惜，梵高生命的短暂、怀才不遇与一生命运的坎坷。可试想，如果梵高也如常人一样，有着幸福甜蜜的爱情、安稳的家、稳定的工作与收入、小资惬意的生活，他还能有如此艺术创作的热情与冲动吗？某种程度上说，梵高是以个人的不幸与牺牲成就了一个伟大的艺术风格与时代。他个人的不幸，却成就了时代与历史的有幸。面对梵高，我们崇敬与感恩，他把痛苦留给了自己，却为后人留下了无穷的美与精神的享受！

"在人生的最后时刻，我希望在离开之时，以一种爱意和温柔的遗憾回顾过去。"梵高短暂的一生，却留下了如此多的画作，我们从他的画作中可以感受到生活的温暖、生命的渴望……

梵高，在历史的星空闪耀——灿烂辉煌！

梵高作品

笔歌墨舞

　　小的时候，偶尔碰到了毛笔，便一发不可收拾，与它结下了一辈子的缘分。

　　中国人发明了毛笔，真是伟大与神奇。须知，中国人的感情都寄托在这支笔头里！中国文人墨客的文房四宝，笔墨纸砚，每一样都可谓万般风度，十分了得。如果说西方人的书写、绘画工具是良工利器，那中国人的文房四宝就已超越了工具的属性，它们每一样都是鲜活的文化，承载着历史的文明与智慧。当静坐窗前书桌，清风习习，沏一壶香茗，文房四宝呈于眼前，可端详之，把玩之，触抚之，品鉴之……滴水研墨，展纸提笔，泼墨挥毫，在笔与墨相会之际，墨与纸晕化之间，风云际会，天地无限广阔！

　　中国书画是世界艺术史上的一个奇迹，它代表的是一种文明和智慧的高度，一种审美的独特与不凡。中国书画艺术独特的风韵与气质，像一个还没有完全被世人所了解与发掘的丰富宝库。随着人类精神与智慧、审美品位的不断发展与提升，相信中国书画艺术的魅力与价值，必将更加闪耀夺目与熠熠生辉！

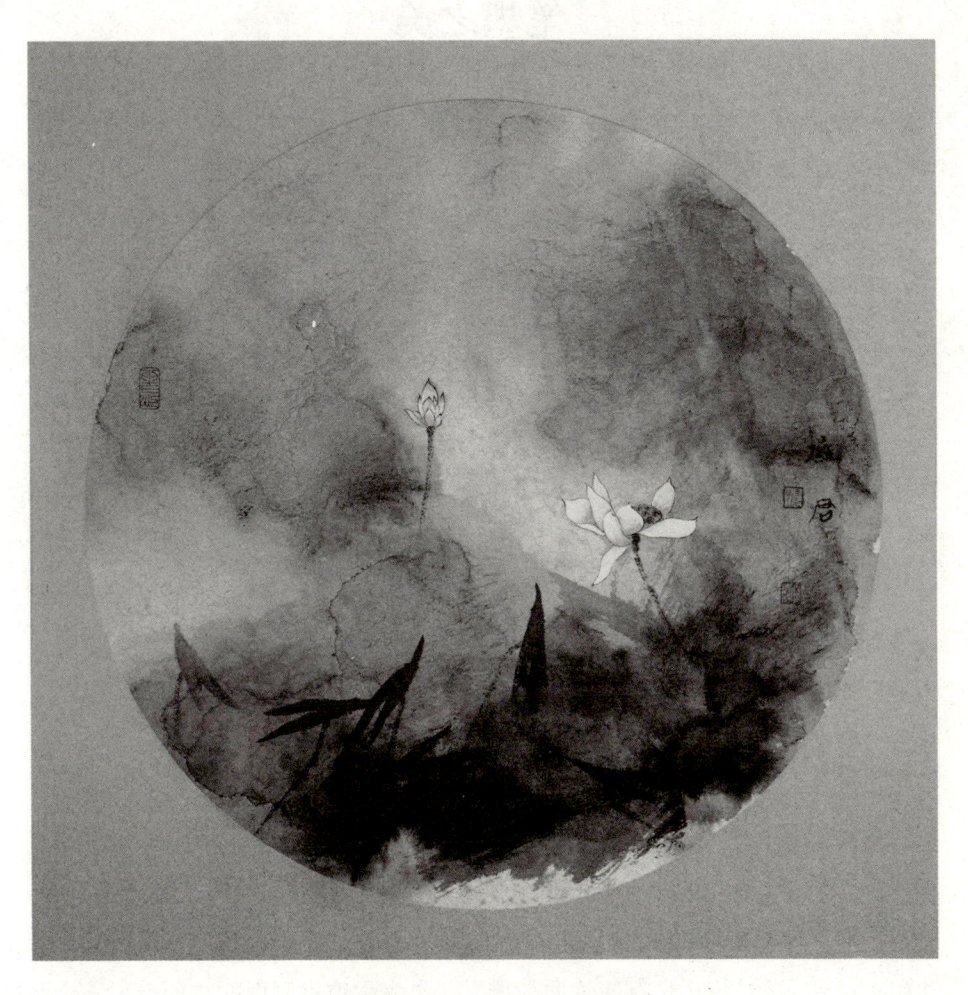

《荷花圆扇》 2018 年 瞿拥君

笔墨之美

笔墨是什么？这是许多人在问，却又非三两句能说清道明的问题。笔墨，对中国画来说，被赋予太多丰富的文化内涵，这也是一般人所不容易理解的地方，需要我们慢慢来感受与体验。

笔墨乃中国画内在美之灵魂。笔墨之美，简单来说，就是中国画笔墨在宣纸上留下的特有的一种韵致，就如同油画之色彩与肌理美。古人对笔墨早有研究，南朝齐谢赫的著作《画品》中六法论提到气韵生动与骨法用笔，这两点应该均与笔墨有很大的关系。其中"骨法用笔"无疑是指笔墨之笔法，即中国画之线条表现用笔之法也。而"气韵生动"之"气韵"可能就不光指笔墨了，其内涵应更为广泛。但"气韵"首先要靠笔墨来呈现，所谓下笔成墨，墨呈五彩，千变万化乃以致韵矣。

吴冠中先生有"笔墨等于零"之论，曾引起轩然大波，各方争执不绝于耳。当然，吴先生为自己的观点设了个前提，即脱离了具体画面的笔墨才等于零。其观点从宏观上来说，确实也没有大的错误，但从文章的整体内容来看，吴先生确实对笔墨的认识还是有些片面与偏激。吴先生重视画面的构成与形式，而放弃与减弱了笔墨的重要性，把笔墨仅仅当作画面构成与表现的一个部分。因此，吴先生的绘画作品往往形式新颖，别开生面，加之先生良好的文学修养及对艺术敏锐的直觉，所以吴先生的绘画作品总能呈现诗意感人、新颖生动的效果。这是非常难能可贵的，而且先生的一些水墨作品也不乏墨韵的雅致，但也留下遗憾，由于先生对书法及笔墨功夫的相对忽略，其中国画作品在水墨质地表现上总感觉单薄了些，缺少了中国画笔墨的文化与厚重感。当然，任何艺术家的作品都难免有不足与缺陷，但吴先生的笔墨表现相对于他作品的整体新颖而别开生面的形式与面貌确实是个遗憾啊！

关于笔墨，古今之论述洋洋大观，可却常玄妙高深，令人难以捉摸。老子云："一生二，二生三，三生万物"，任何事理均复杂寓于单纯，质朴天然、直通心性、耐人寻味、感人至深就是好的笔墨。

中国画的笔墨，并非简单意义上的一种纯技法表现，笔墨在中国画中还被赋予了更多的文化内涵。中国画的笔墨，是画家学养、智慧与修养的不断积累与综合体现。所以，真正的大家，一下笔就能看出功力、学养与内涵，并非玄妙，乃是外行不懂矣！即如潘天寿先生在题画中所云："画事能得笔外之笔，墨外之墨，意外之意，即臻上乘禅矣。"

中国绘画史上，大家、能手洋洋千万，然笔墨集大成而独具神韵者，吾以为当首推清代八大山人与现代潘天寿二人。八大笔墨圆润苍茫，用笔看似漫不经心、不着痕迹，却在虚幻单纯中呈现无限意蕴与生机。而潘公笔墨如黄钟大吕，堂堂正气，用笔一味霸悍，力顶千钧，有金石之隽永，碑印之朴茂，乃巍巍华夏之气象也。当然，泱泱中华，笔墨能手者岂独二人哉！在中国美术史上，青藤的爽利奔放，弘仁的苍润简逸，白石的凝重明快，宾虹的醇厚华滋，大千的泼墨天机，抱石的恣意挥洒，可染的黝黑光透……皆是美术史上的丰碑，给我们无限启示。

笔墨之美，美在气韵，美在生机，意蕴悠长，何足以道？此点滴感悟，轻描淡写，道其一二矣！

2012 年 2 月 7 日深夜初稿，后整理

难求一新

中国画艺术发展到今天，仍然具有如此深远而广泛的影响，任何人都无法否认它作为一种艺术门类所具有的强大的生命力。

可是，世界上任何的事物都是正反相应而生的。正因为中国画作为一门具有强大生命力的艺术，有广泛的群众基础与影响，反而面临更大的挑战与危机。当今，中国画的创作和观念确实广泛地存在因循守旧、顽固陈腐的现象。另外，又有一种极端的现象，一味求新，本末倒置，失去了中国画艺术所应有的审美情趣与艺术主张。

中国画艺术积累之丰富，可谓洋洋大观矣！传统是什么？传统是一代代的基因相传，是血脉相连，是任何人都无法否定与割舍的。其实，任何事物的规律也都是如此，没有传承便将会是面目全非、怪诞与荒谬，但传统如果太强大，故步自封，陈陈相因，必然死水一团，了无生机。越是强大的传统，越需要有新的观念来冲击、渗透、融合与影响，才会不断激活它更强大的生命力。

但任何一种观念，一门艺术，它的本体是什么，主流和支流是什么，你必须在心中有一个明确的辨识。虽然支流有时也起很大的作用，甚至推动历史的发展，可它毕竟还是支流，须随主流而行，不可逆流、乱流。总有人认为只要是新的面目与现象，就是先进的、先锋的、超前的，殊不知很多只是一些末流的东西而已。现在，观念艺术盛行，仿佛个个艺术家都喜欢把自己包装成为思想家、哲学家。当然，其中有一些作品还是具有一定开创意义与价值的，但更多的是许多的作品已越来越远离艺术的本质，因而也便无艺术的欣赏价值了。

看艺术跟看事物、问题的方法一样，不可狭隘、偏激与保守，也应真诚与坦率。当代艺术已变得过于神经质、敏感与喧嚣，太虚伪与肤浅，缺少艺术的深沉与厚度，许多作品看一眼、刺激一下眼球便一掠而过。当然，此类作品也会有它的市场，还是能迷惑与糊弄不少人。也许是现代人越来越趋于快捷的感官刺激，没有了古人那份静养的闲情与功夫，可以说，这类现代艺术作品正好契合他们的心智与性情罢了！但真正伟大的艺术家、真正伟大的艺术，是需要反复锤炼，是需要有深刻的思想、感情与技巧的支撑，才可能有耐人寻味的高品质与有深度的艺术作品。真正有追求与抱负的艺术家，是不甘于与此合流的，他们会用自己高雅的艺术追求引领社会的审美风向与风尚。艺术家不要害怕别人说自己落伍，沉下来苦心修炼，因为你的思想与感情必须用你作品的高妙来呈现。试想，古今中外许多我们顶礼膜拜的伟大作品，哪一件不是艺术家们穷尽智慧与技巧表现出来的，谁又能否定这些作品的艺术价值和历史意义！

作为艺术家，我们应该不断去追问与思考，艺术的本体是什么？是表现，是宣泄，还是艺术永恒的美的追求……比如，杜尚的《泉》这件作品，不可否认它所应有的历史效应与价值，假如当今还有艺术家重复做如此的事情，那真是脑子出毛病了。再如，观念艺术的说法，我本人觉得这个名字本身就值得商榷与探讨。艺术本身就会存在观念，"观念的艺术"是没有问题的。"观念艺术"实际是以观念代替艺术，观念实际应该属于思想、哲学的范畴。艺术有它自身的本体性，观念不应该来代替或压制艺术，不应该打着艺术的幌子来侵袭与碾压艺术。许多当代艺术家就是这样迷迷糊糊丧失在"观念艺术"的阴影中而不能自拔。艺术如果过于强调观念，便必然冲淡其艺术的本体追求。当然，艺术的观念可能也会对它自身及哲学等带来一定有益的冲击与影响，但我们还是必须清楚，观念不是艺术的根本与核心，美才是艺术真正的本体与永恒的追求。艺术需要观念，但观念并非艺术，艺术最核心的价值就在于审美，没有审美的价值，其实便是非艺术了。杜尚的《泉》，其实没有什么艺术审美的价值，它的意义全在于其观念的开创与冲击，同样当代的波普艺术等的作品也是如此，后人再重复此类作品既没有意义，也没有审美价值。

当代艺术无所不能及的实验与探索，许多其实已经走到了非艺术的边缘，再跨过去其实已经不是艺术的范畴了。难道这种探索就不应该进行且毫无意义吗？我看未必。我们应该在艺术与非艺术之间安排一个缓冲区，让这种艺术与非艺术之间的"艺术"更自由地拓展与发展。这种"艺术"我很难给它定义，没有想好之前我比较赞成统称为"实验艺术"这一说法，把所有跨界的、探索性的、是艺术非艺术的艺术作品，都归入此类。我们要让传统、经典的艺术发展得更生机蓬勃，也可给这类"实验艺术"一片自由的天空。当然，我们一定要保持清醒的头脑，不要相互贬损与侵袭，各走各的道，艺术的归艺术，实验的归实验，相得益彰，何不乐哉！

对于艺术，单纯未必就是单调，一定的限度反而更可能创造艺术更高层次的深度与广度。没有限度，就意味着无数种可能的选择与标准，越是多维的、无限度的拓展与自由，便越可能失去标准，也便越可能降低这门艺术所应有的审美特色与价值，甚至失去它所应该存在的意义。最典型的便是中国的书法艺术，它的结构、造型、线条表现、章法等都有较高的约束与标准，这种限度不但没有约束书法艺术的发展，反而使书法艺术向更高的艺术高度拓展与发展。同样，中国的传统格律诗，在音律、对仗等多方面有严格的规范，但却反而成就了中国古代格律诗在文学上的艺术高峰。反之，现代艺术中许多所谓非艺术的艺术，严重冲击与侵害艺术本体所应有的坚守与准则，让艺术家迷失了方向，也让更多的人失去了对艺术所应有的那份景仰与亲近。在一些艺术展厅与公共场所中，一些公众常常发出疑问，这是艺术吗，艺术的美在哪里。于是，许多人开始迷惑，甚至艺术界的人自身也变得迷乱。人们不禁又在思考，艺术到底何去何从，它是否还有存在的意义与价值。现在，不少艺术作品脱离美，不谈美，不求美，没有美的内容与形式，远离美实际就是远离艺术，艺术作品、艺术家还有价值与意义吗？在文学领域，几乎没听说有人要抛弃文字谈文学，钢琴演奏等艺术就没有人要抛弃钢琴来谈演奏，抛弃乐律谈音乐……，在美术领域为什么我们就不敢坦诚与自信，难道坚守用画布来表现最丰富、最迷人的色彩，在宣纸上挥洒最奇妙、变幻的水墨韵致，就落后与落伍了吗？现在，有不少艺术家、评论家总抛出些奇谈怪论，说要抛弃画布、纸等，这是什么谬论？正是此类种种乱象思维，导致艺术本体迷失了方向，甚至在一些奇谈怪论面前节节败退，不断沉沦，这也会最终影响美术的健康成长与发展！

当然，我不是要否定现当代艺术的开拓性与创造性价值。只是，对于那些鱼龙混杂、欺名盗世、恶劣低俗的东西，我们应该学会分辨、甄别并回避与抵制，那些故做分贝高昂的喧嚣再厉害也是暂时的，必将随岁月一起沉沦与消亡。

　　艺术的新，我认为是多方面的，有内容的新，有形式的新，或者因个性才情、内心情感的不同而体现的别具一格，而恰恰是这一点，常常被人们所忽略。内容的新，总是有限度的，齐白石的虾蟹草虫是新，可我们总不能为求新无限拓展绘画题材的边际，总不能哪天把苍蝇、蟑螂等都拿到画面上来吧。艺术的新，更多的应该是画面所呈现的韵致、趣味与表现、形式的新，其中哪怕能具有一种价值的新就很有意义与价值了。假如我们为追求形式的新，最后把画面变成一块大花布，或者奇奇怪怪的东西，新是新了，却与艺术无关。每一种艺术，都有自己的领域与尺度，漫无边际的延伸只能使它迷乱而不知所措，一定的限度反而更能孕育无限的生命力。作为艺术家，要不断强调自己内心的深度与广度，读万卷书，行万里路，究天地氤氲，察世间温暖，感人间真情！可以说，艺术家涵养有多深、情感有多丰富，艺术便会有多少生命力。一件作品，即便同样的素材，也许画了千百年，但不一样的感受与情感，不一样的视角与表现，也会呈现不一样的新颖的效果与价值。艺术家不应该粗浅与冷漠，粗浅与冷漠是艺术家的天敌，如此作品必然会故弄玄虚，欺世盗名，态度傲慢，拒人千里外。

　　艺术，需要不断推陈出新，创造是艺术家的天职。我们要以对艺术虔诚与敬畏的态度，用真诚与智慧，不断开创艺术全新的绚丽篇章。

2014 年 11 月于深圳，后修订

品古忧思

观古人画,最难得的是那份静气、精致与闲情。品读古人佳作,很少见到今人作品中时常可见的那份功利、粗糙与故作姿态。古人笔下的每一条线、每一块墨,都显得那样不温不火、超然脱俗,仿佛能感受到古人在明窗净几前气定神闲、从容不迫挥毫的那份逸致与闲情,在不经意间常常给人以感动。而今人许多作品,常无病呻吟,恶劣粗滥,观之令人心烦意躁、深恶痛绝。为何,诱惑太多,学识浅薄,乃急功近利、哗众取宠矣。

古人之画真迹者,吾少见之,而精品力作,则更少睹之。所以,每观之,必欣然而有所获。吾尤钟爱宋范宽、郭熙之山川丘壑,元黄公望、倪瓒之笔墨逸气,明徐文长之石破天惊,清八大山人之奇趣高妙,弘仁的枯寒苍润,龚贤之醇厚华滋,石涛之自然生机……

古人作画如做学问,强调学识、修养、眼界、人品等画外功夫,所谓七分读书,三分作画;读万卷书,行万里路是也。今天的画家,有许多得天独厚的条件,我们能从古人作画、修为中得到许多启示。耐住寂寞、惨淡经营、苦行修炼,如此方能超越古人,阔步前行。

2013 年 8 月初稿

关于中国绘画的门户之见及所感

近期，听到有关某省画院院长评价黄宾虹先生绘画艺术的言论。姑且不管这种言论对错与否，院长先生敢于直言心声，在当今艺术界人云亦云、互相吹捧之风盛行的时期，仿佛吹来一股新风。虽然，院长先生说这是他老师陆俨少先生的话，但我仍然相信这其实是院长先生自己真实的理解与看法。当然，其中部分观点还是有待商榷的，但我仍然要为之鼓掌。

对名家，尤其是被奉为大家、大师的作品评价，在艺术界常常似乎只能听到一种声音，尤其是权威的声音，而且是强制的。后辈当然就只能"洗耳恭听"了，岂敢有自己的见解与"非分之想"。于是，在美术界，谁先扛了大旗，占了山头，后来者只能跟着走，勉强分享一点果实。否则，要想出人头地，冲出围城那便是难上加难了。

对于黄宾虹先生，我是绝对尊重的。上大学的时候，就有老师告诉我们，黄宾虹先生是位大家，值得学习。当时有一些感受，但还是不太理解。随着时间推移，美术界把黄宾虹先生的艺术地位不断推高，常常把宾虹先生的艺术成就和地位与白石老人相提并论，甚至，还有不少人贬齐扬黄，这就失之偏颇了。黄宾虹先生绘画中的笔墨表现，确实成就卓著，具有集大成与开创意义。如果从用笔的厚拙、含蓄上来说，宾虹先生要胜过白石老人。如果从笔墨的老辣、气度、爽利、鲜活来说，白石老人又要胜于宾虹先生。就这方面来说，二者可谓平分秋色。宾虹先生的书法也是非常了得，就我本人个人观感来说，宾虹先生应是近现代书法艺术成就最高者之一，绝对在一流之列。白石老人的行书当然不及宾虹先生的水平与成就，但白石老人的书法也是了得，而白石老人在篆书、篆刻开创时代新风，成就卓著。因此，二者在书法上的成就亦可谓平分秋色。但就绘画的整体影响来说，齐白石先生的影响肯定还是要高于黄宾虹先生。白石老人的绘画艺术可谓老少妇孺皆知，中外闻名，外行喜欢，内行敬重。齐白石先生早期作品当然也不见得多好，但黄宾虹先生一生大部分作品多偏于传统与程式，而一部分权威人士总在不断高呼黄宾虹先生的伟大，却不把这个讲清楚。对于名家，尤其是一流艺术大师，我们既要包容，也要客观、公正地看待他们的优缺点。因为他们往往更具有影响力与号召力，如果敷衍，就害了后学。我常常看到不少初学者或同道反复地临摹、学习黄宾虹先生的作品却只得程式，不得要领，这其实是耽误、贻害了他们。黄宾虹先生已去世半个多世纪，但笼罩在黄宾虹先生身上的还是一种笼统的评价，还是缺少全面、客观、深入、令人信服的解读。有一种现象值得警惕，有些画家、理论家开口就说宾虹先生伟大，如果谁不跟着说伟大就被贬为品味不高、格调低下。本来这句话还有几分在理，就是太居高临下，太压制人，不允许不同的声音与疑义。尤其可怕的是扣帽子，说黄宾虹是一面镜子，你对黄宾虹欣赏的程度就证明你修养的程度与深度，这感觉是搞艺术站队，非黄即彼，不站在黄这里，便是低层次的艺术家或鉴赏者。如此这般，谁还敢开口说话，要么闭嘴，要么便洗耳恭听，唯唯诺诺罢了！

　　对任何艺术家包括被推上大师地位的艺术家作品的评价，我们都需要客观、公正、辩证地来看待。宾虹先生的绘画艺术好是不争的事实，先生笔墨的浑厚华滋具有开创时代的意义。先生晚年眼疾后的一些山水作品无欲无惧，纵横挥洒，可谓山水之逸品。但客观地说，宾虹先生一生大部分的绘画作品源于传统模式，过于重技（笔墨），缺少生活的真实感与生动性，少见白石老人绘画中那份生命的大爱与激情。尤其是看过多种画册，大量作品图录后，感觉程式化、同面目的作品太多。当然，任何艺术家包括大师级的艺术家，都会存在自己的不足之处。但对于评价艺术家来说，艺术作品的生动、感人是非常重要的，甚至可以说是至关重要的因素。正因为如此，陆俨少、吴冠中两位先生对黄宾虹先生的绘画艺术均有微词。陆俨少先生也是位集传统成就之大家，他的评价应该是出于内心且中肯的，而吴冠中先生的评价可能有一些偏执，先生看问题可能更多的是站在西方的角度看东方，于是难免片面与误解，当然我相信先生是坦诚的。对于艺术家和艺术作品只要是真诚的，便是可以原谅的。正如吴冠中先生的中国水墨画艺术，意境优美，感人，形式新颖，尽管笔墨有些单薄与不足，但还是受人喜欢的。

　　在美术界，我们希望有一种自由的、良好的评价氛围，因为这种良好的氛围能推动学术与美术的发展,而在艺术的其他领域,这种情况就要好多了。对于电影艺术来说,哪怕再大的导演,他的作品都要接受观众的评论与喜好选择,并且他们也非常重视观众的评价与选择。同样,音乐家、作家,哪怕再杰出的、有影响力的作品,一样也要接受观众的品评与选择。而在美术领域,艺术家、批评家却常常以一副高傲的姿态来对待观众。经常把一些作品说得玄乎其乎、高深莫测,观众如果看不懂,不喜欢,他们便给他扣上没修养、不懂艺术的帽子,于是把许多欣赏者弄得更加稀里糊涂!

老子云:"道生一,一生二,二生三,三生万物",任何复杂的事物其实都寓于简单。美术作品,除了本体性的绘画语言(中国画如笔墨等),没有艺术创作经验与鉴赏能力的人可能难以理解外,直观的东西普通观众还是可以感受,甄别好坏、优劣的。正如白石老人的绘画艺术,境界高深却又平易近人,深受老百姓的喜爱。

一个艺术家,在当今信息时代,经过历史的沉淀后,社会对他的评价一般应该会是公正的。当然,历史可能会有偏差,但我们不要一味地去做造神运动,这样才能形成健康的、良性的社会审美风尚,而不至于人云亦云,贻误后学。

可是,目前就是有一种不太好的社会倾向。谁成了大家、大师了,就神乎起来,什么都好,都厉害。于是,大家都拼命去挤上这大家、大师的宝座,不管是炒作还是走什么邪路上位的,上去了便可以指点江山,一览众山小。然而,历史总是大浪淘沙,许多经不住历史拷问的作品便如滚滚长江东逝水,灰飞烟灭在广阔的天空里,而真正的金子,即便埋没在深深的土壤,却依然总会有它闪耀光芒的时刻。

行文至此,其实还有许多想说的话没有说出,但人微言轻,有些话还是有所节制的好,言为心声,话不能说太多、太满,也不可不说,压在心头久了也会憋坏身子。既然该说的已经说了,也该看自己的书、想自己的事,拿起画笔画自己的画了。

后记

这是几年前的旧文,有感而发,难免偏颇,但整体看理解和观点也没有太多问题,于是终于敢拿出来与大家交流、分享了。

中国书法艺术美学意蕴思与辨

书法，简单、通俗地来说，即为中国汉字书写的艺术。中国书法艺术，如果从其可考证的甲骨文文字算起，已有三四千年的历史，如果上溯其抽象的图形表意历史，则已有上万年。随着时代的发展，书法艺术不断普及，尤其许多文人名流与有才华的艺术家的广泛参与，通过不断地积累、丰富与发展，创造了浩如烟海的书法艺术文化遗产。

书法，这样一种独特的艺术形式，之所以在中国的土地上形成，是因为中国这样一方神奇的土地，孕育了伟大的中华文化，产生了世界上独一无二的汉字。文字的诞生是人类告别蛮荒走向文明的时代标志，汉字作为汉文化的载体，是中华文明逐步走向成熟、繁荣的标志。汉字之所以能够成为书法艺术的载体，就在于汉字的象形超越了被模拟的客观对象而获得了独立的审美价值。

汉字是中国人对自然、生命的观察、体悟与智慧的凝结，早期的许多文字带有象形及符号化的特征。汉字成熟、发展以后，其视觉的象形特征便逐渐弱化或消失，许多字只有通过联想才能把它与象形的特征联系起来。书法成熟后，汉字的结构只是书写表现的一个载体，书法家可以在这个载体上不断地拓展、丰富与发展，历史上，几乎每一位有追求和成就的书法家，都会力图用一种不同的韵律和结构图式来标新立异，从而不断推动中国书法艺术的发展。

书法艺术，是对中国汉字的再创造，同时也是作为视觉造型的艺术升华。书法作为一门独特的视觉艺术，之所以在中国文化体系中具有如此重要、崇高的地位，与书法独特的实用价值与审美意蕴紧密相关。书法与文字的结合，就决定它重要的实用价值与功能，但真正决定书法独特魅力的却是书法独特的审美意蕴。书法的文字书写功能虽然到今天仍然保持，但在电子书写、阅读不断普及、兴盛的时代，书写（书法）的实用性不断减退却是一个无可回避的事实。

但书法独特的审美意蕴与价值，却又不断上升，从而支撑书法旺盛的艺术生命力。应该说，中国书法自从它产生的那刻起，就具备了审美的自觉与追求。无论是早期甲骨文、金文，还是篆书、隶书等的许多未知名的书写者的作品，虽然书写的目标是为了文字的表达，艺术性的表达与追求离他们还很遥远，但如此高的艺术性也绝非偶然、随意书写所能达到的，古人在字里行间的书写中肯定也付出了他们的匠心与审美，而专业书法家的出现，更是把书写的技巧与审美的自觉不断推向一个个新的高峰。

书法作为一种美学现象，即书法美学的研究，建立在现代美学基础之上，但对于书法美的研究，古人其实早已开始。早期的甲骨文、金文、篆书、隶书等，虽然作者未必是专业的书法家，但却有一种蒙昧的、质朴的审美自觉与追求。所谓"晋人尚韵，唐人尚法，宋人尚意"等，其实就是书法在不同时代审美的风尚与追求。

书法经过数千年的发展，其内涵与本质、品位与追求是不断变化与发展的。在当今信息高度发达的时代，人们的观念与需求以及作品所呈现的环境都发生了巨大的改变，如果我们还一味固守一种观念与思路，抱残守缺，故步自封，其实已不适应时代的发展需求。我们既要传承经典，也要拥抱时代发展的脉搏与现代的美学思潮，用一种开放的心态与思维，面向书法艺术发展的当今时代与未来。

书法的本体与创新

艺术的根本出发点与价值就在于情感的表达，西汉学者扬雄[1]在其《法言·问神》中提出："言，心声也；书，心画也。"他一定程度上揭示、总结了书法艺术的本质。中国书法的表现以文字为载体，文字对于书法来说非常重要，但它却不是根本的、决定性的，虽然早期留下来的一些书法作品，其中记事、表意的功能是主要的，但书法发展成为一门独立的艺术形式后，心性表达、情感表现、艺术呈现便渐渐成为书法核心的、本质的任务。

艺术的本质在于情感的表达，艺术的生命却全在于创新。纵观几千年的中国书法发展史，都是以创新来推动它的进步与发展。每一种新的字体、风格的出现，都是对过去的创新与发展。今天，我们大力提倡学习"二王"等经典，但实际上，王羲之本身就是书法艺术的集大成者、创新者，所以我们应该摄取书圣的集大成与创新精神，如果一味地描摹，技术上再精到，艺术上的价值也是不大的。中国文化历来有"技""道"之争，技法是其中"表面"而浅近的一方。[2]而恰恰当今书坛普遍有一种重描摹、重技术的倾向，相对在艺术审美的观念与表现上却远远滞后。许多所谓的"书法家""优秀书法作品"却是面目雷同，只是技法的堆集，缺少个性才情与审美意味的追求。

　　长期以来，文字与书写表达之间一直在相互争斗。书法在早期的时候，艺术性只是文辞的附庸，当书法发展到一定阶段后，审美的要求不断增强，书法作为一种具有独立审美的艺术形式便正式确立。因此，把书法称为"实用艺术"，这其实是一种落后的观念，把书法依附于语言文字，实际就是把书法置于配角的地位。

　　如果单纯从艺术的角度来看，书法独立的线条、结构的韵律表达也是有艺术欣赏价值的，即便是一幅不可读的作品，可能依然具有书法美的价值。古代许多伟大的书法作品，即使有改字、漏字或错字，却不妨碍它作为书法艺术作品的优秀与高超。此外，文字虽然不触及、占据书法艺术的核心与关键，但书法如果真要舍弃汉字，就只能作为抽象画的附庸，便很难有光明的出路。尤其是对于一般层次的观众来说，书法如果不可识，没有优美的文字依托，简直无法接受！汉字的空间造型是古人数千年智慧的结晶，我们又何必舍近求远与汉字闹别扭呢？

　　对于艺术，单纯未必就是单调，有限度和边界的艺术反而可能更有深度。没有限度，就意味着多重的选择与标准，其结果可能会是选择的茫然，标准的失去，进而降低、失去这门艺术所应有的审美特色与价值，甚至失去它所应该存在的意义。许多艺术家因为缺乏对艺术本体的认识、坚守与自信，很容易在一些潮流的、新奇的艺术、流派面前迷失方向，节节败退，这其实是一种不自信与懦弱的表现！

　　一定格律导致一定的自由，在古代诗歌中，格律并没有阻碍文学发展的潮流，相反正是由于它的限制存在，我们才会对众星璀璨的古代诗歌表示由衷的敬佩与崇拜。[3]书法不能拒绝文字的文学性与美感，美的文字与美的书写的结合，增加了书法的意境与美感，这是相得益彰、美上加美的事情。文字学本身就是与书法发生近距离关系的一门学问，研究书法也就必然要在语言文字上下功夫。

我们必须清楚地认识到，语言文字虽对书法非常重要，但它却不是书法艺术的根本，书法家必须明白，自己的根本任务是研究书法美的规律与表达。恰恰在书法发展史上，尤其在今天这个艺术通俗化、泛化的时代，书法发展的方向常常容易走偏。许多高权位重的人，或者占据文化高点的人，常常有意无意在碾压书法艺术的发展。因为权和名的作用，抬高了他们的书法艺术水平与地位，而他们却在影响引领或破坏书法艺术的发展。仔细去打量，许多有名的以书家自居的人物，其实他们的书法艺术水平并不那么高。书法艺术的高峰遥不可及，但书法的初级似乎却非常容易进入。许多人，以自己的名和地位，博得了书法艺术的高地，于是便得意忘形，真的以为自己就是书法家了，其实未必。

创新，是每一个有态度、有责任的艺术家所应该努力追求的。艺术的新，是多方面的，有内容的新，有形式的新，或者个性才情、内心情感的不同在艺术表现中体现的新，而恰恰是这一点，常常容易被人所忽略。内容的新，总是有限度的，我们基本上不能脱离文字的限制去创新；形式的新，也是有边际的，我们不能脱离每一种艺术的本体去创新。还有一种新，其实许多人是可以做到的，即在艺术创作中保持充沛的情感，充分地展示自我的个性与才情，因为感情的真，自我的存在，作品便必然会呈现新的特色与面貌。因此，作为书法艺术家，我们必须不断扩大自己内心的深度与广度，读万卷书，行万里路，究天地氤氲，察世间温暖，感人间真情！艺术家涵养有多深，情感有多丰富，艺术便会有多少生命力。

书法的风格表现与生熟观

历史上的每一件书法佳作，每一位有时代影响的书法家，都必然有其相应的特色与面貌，没有个性与艺术特色的作品，就必然容易被人所遗忘。有些作品的个性、艺术特色是含蓄而精致的，如王羲之，所以能成为经典。有的作品个性、艺术特色是鲜明的、张扬的，如米芾的"刷字"，金农的漆书，郑板桥的八分体。过于精致的作品，如果我们一味深入，就很容易面目雷同、鲜有个性；过于鲜明与张扬的作品，靠得太近，不小心就可能被它的面貌所吞并。

书法作品要有自己的风格，风格就是个人的面貌与标志，没有风格的作品是不成熟的，也不可能进入艺术水平的高层次状态。但风格是艺术家在艺术人生的道路上不断追求、积累、成长、圆熟中的一个漫长过程，定型太早，艺术格局就必然受限，而失去了提升的空间。对于艺术，刻意与矫枉过正的风格是不可取的，尤其不要玩那些低俗、恶劣的东西，求真创新，不断完善，风格就会自然形成。

黄宾虹先生认为，做学问要从生到熟，做艺术要从熟到生。艺术上，最初要力求技术的精熟，而后就要保持创作新鲜感，寻求创作的生动与生趣。陈鸿寿[4]在他的《桑连理馆集》中曾说："凡诗文书画，不必十分到家，乃见天趣。"任何一种艺术的形式与风格，一旦为大家所熟悉，不断地重复就会审美疲劳，让人感到厌倦，所以艺术创作，就是不断突破古人、突破自我，求生、求变的过程。艺术创作的生与熟，是一种辩证关系，只求生，作品就艰涩难懂，不知所云。只求熟，作品易落入窠臼，难免流俗。

董其昌[5]对作品的生与熟有非常独到的理解与论述，在其《画旨》中提出"画与字各有门庭，字可生，画不可不熟，字须熟后生，画须熟外熟"。其实，画求熟，但也要有生，尤其是在画面布局经营上需要求生、求新。字也需要熟，但需熟后生，熟是前提，生是结果，字乃有天趣，字写得过熟了，也就会面目雷同、了无生趣，这是我们应该特别引起警觉与重视的。书法的生，就是要不断地保持艺术的纯真，东坡诗云："天真烂漫是吾师"，书法就是既要学古人，但又要从古法中解放自我，保持个人的心性与灵机。

书法的取法与学习，就是不断在生与熟之间切换与选择。我们往往容易有偏差，特别注重了某某体、某某家技法的学习，却忽略了自我心性的修炼与书法艺术本源与形式美的探究。王羲之被称为"书圣"，但上千年来，无数人都学他，太熟视觉也就疲劳了。

书法要有生趣，就必然要在结体、用笔上进行构成、变形、错落、夸张等的处理，真情流露、质朴天然也就有了生机。"画到生时是熟时"[6]，书法既要追求技巧的精练、圆熟，又要时时回头，力求天性、机趣、生拙与天然。有些民间书法或者儿童书法，恰恰是因为不成熟而呈现稚嫩、巧拙与天然，却给我们提供了许多可借鉴的东西。书法创作，要常常保持一种时生时熟的状态，不断突破自我，由生到熟，由熟到生，在艺术创作中保持鲜活的感觉与创作的冲动。

书法的时空观与情感表现

书法是空间的艺术，也是时间的艺术，是空间与时间交织的情感表现的艺术。书法的空间，是以汉字造型为基础的空间艺术，它通过平面的、抽象的分割进行有意味的表现，书法的时间，是书法在空间结构与线条运动中所呈现的节奏与韵律变幻。

书法的空间，不同于一般造型艺术的空间。它的造型是建立在汉字结构的基础上，它是一种相对规范的造型表现，这种规范，并非约束，反而是一种机遇，它在一定范围里赋予书法无限的表现可能。每一个有影响的书法家都会有他相应的空间布局追求与特色，前人创造了许多我们可以借鉴的空间布局形式，值得我们去取法与研究。但人的审美习惯是趋于新奇的，如果我们在汉字结构布局上一味地模仿古人，或者过于均衡、平板，便丧失了艺术的表现力。某种程度上，书法的空间造型其实就是作者心性、灵机与修养的综合体现，在书法的创作中，一定要努力使人能看到作者自我的存在。书法不同于一般意义上的写字，我们应该敢于在汉字空间布局中进行适度对比、错落、变形、虚实等的处理，追求空间的意趣与表现。

虽然汉字造字有象形的特征，但它只是抽象化、符号化的具有联想意义的象形。任何要把书法往象形与立体空间上靠的努力都不会有太大的意义，比如鸟虫书，还有写龙画龙、写马画马的一些做法在书法创作中都不能成为主流，或者仅能算作装饰画、装饰字一类。

书法的时间，主要是通过线的运动来呈现。在视觉艺术中，中国人对线的研究达到了任何一种造型艺术所未能达到的高度。西方的线，只看到了外在的呈现与形式；中国的线，深入到了内在的本质、情感与生命。在中国书法与绘画中，线具有独立的审美价值。书法中通过线的运动来呈现时间，有如音乐、舞蹈的节奏与韵律，虽然书法作品的线是静止的，但在欣赏中我们能感受到与音乐、舞蹈一样流动的节奏与变幻的韵律。

时间节奏建立在一定的书写技巧和基础上，其特点和变化主要取决于所写的字体，作者的审美趣味、性格气质与书写时的心理状态。空间节奏偏于理性，更多地趋向作者的匠心与经营，当然特定的书写心理状态也会不自觉地对空间结构产生影响。时间节奏偏于感性，有一定的随机性，有时候它也会影响空间节奏的变化。当空间特征处于主导地位时，书法则易于匠心、装饰、理性。当时间特征处于主导地位时，书法则易于生动、变化，但过于主导便可能失去控制，易于轻浮、失误。时间是精神世界存在的主要形式，它与精神状态的关系更为切近，因此也更富有抒情意味。

中国书法有各种不同的书体，不同的书体有不同的美。一般来说，篆书、隶书和楷书偏于静美，其艺术的空间与时间变化舒缓，平和；而行书和草书偏于流动的音乐美，空间与时间交织变幻，具有更快速、更明显的节奏。因此，书法家更多地偏向把行书、草书作为自己毕生的艺术追求，因为它能更多、更直接地表达自我，但我们不能武断地认为节奏感快的字体就优于节奏感慢的字体。比如，节奏舒缓的作品虽然在表现个性与抒发情感上没那么直接与充沛，但也有另一种风貌，它有一种婉约与含蓄的美，甚至它能达到行、草字体所无法达到的效果，如弘一法师的书法作品，空间与时间节律已经至简，至缓，但我们却能从中感悟到一种自然、空寂的生命感与节奏美。

书法是一门情感的艺术，欣赏书法是心灵与心灵之间的交流，真正伟大的书法作品都是书法家达到一定技法高度后不再拘泥于技法"游于艺""解衣磅礴""无法之法"的情感宣泄与表达。"书者，散也。欲书先散怀抱，任情恣性，然后书之"（蔡邕《笔论》）[7]，"可喜可愕，一寓于书"[8]。（韩愈《送高闲上人序》）历史上那些经典的书法作品，无论是王羲之的《兰亭序》，还是颜真卿的《祭侄文稿》、米芾的《蜀素帖》等，无不蕴涵艺术家高度的审美自律与丰富的情感表现。正因如此，书法又广泛被认为是表情、怡性的艺术，一喜一怒皆寓于一笔一画的表现中，而得到情感的宣泄与心灵的舒张。

当然，在书法史上，早期的一些作品未必都充沛着情感的表现，如甲骨文、金文、篆书、汉隶等，但却不失艺术情趣的表现。情趣也是书法艺术呈现很重要的一个因素，当然艺术能将情趣与情感结合，便更是一种最佳的状态。书法艺术发展是由写形到写意、由表达到表现的过程。书法的情感表达，是书法发展到一定程度与阶段的产物。书法的情感体念与表现，是书法的一种高级状态，是书法尤为难得、珍贵的地方，也是每一位有抱负的书法家所应该毕生努力追求的方向。

书法美的恒常性、时代性与未来发展

任何一种艺术形式，一旦形成与确立，其核心的审美法则便已随之确立，一般情况下不可能再发生大的改变。守恒与变化，传承与创新之间不是对立，而是一种互动、包容与动态变化的关系。那种所谓的创新者，总想惊天动地、与过去完全决裂的做法往往都经不住历史检验，终将会失败。只有建立在传承基础上的创新才可能走得更高，走得更远。

书法形式美的法则包括许多方面，如笔法、结构、章法（布局）等，如韵律、节奏、力度、情感、意境、金石味、书卷气等。形式的总则是美，美是有内涵的，有些趋向于通俗，有些趋于高雅，更有一种美不容易觉察，一眼看去是平常的，或者怪异、丑，但却蕴含着更高层次的美。"宁拙勿巧，宁丑勿媚"（傅山语），"文中有奇怪，浅人不知耳"（王铎语），说的就是这种现象与道理。所以欣赏美、表现美也是要有层次、修养与内涵的，站在审美较低层次的人是无法区别什么才是真正的美和丑，更无法感受到真正的高境界、高层次的美。

书法在审美的意趣与风尚上是具有时代性的，每一个时代，都会把自己时代的审美追求作为准则与标准，只有跨越时代来衡量与分析，才会清楚地看出其中的长短与缺失。真正的书法大家，尤其是划时代的书法大家，肯定是学养精深、眼光深远、非同寻常的人物，否则必然泯然众人矣，在历史上打个水漂就消失得无影无踪。

我们要学习古人，就应该研究古人，了解古人所处的时代及审美风尚。历史上，凡是把一种风格的美发展到成熟乃至典范的作品，我们都要保持戒备，不要走得太深，模仿得太像，太像就没有价值了。如秦小篆、汉隶《曹全碑》、唐楷欧、颜、柳，学得越深会学得越死。所以，学习书法我主张从经典入门，从非经典中走出。学习经典，可以正确、快速入门，而把眼光放宽，可以从一些非主流的书法作品（包括民间的书法作品）中摄取许多独特的、有益的能量，因为取法的不同，反而可能形成自己独特的风格与面貌。

中国书法，几千年的发展创造了浩如烟海的书法文化。如果我们盲从地去学习书法，可能费一辈子精力也难深入其一二。我们要找到研究的方向，找准着力点，解开书法艺术密码，这样才能真正进入书法艺术的世界。

书法是最典型的东方艺术形态，人们常说民族的就是国际的，书法艺术能否走向国际的舞台？巴尔扎克曾热情洋溢地赞颂"中国艺术有一种无边无涯的富饶性"。毕加索曾说过："倘若我是一个中国人，那么我将不是一个画家，而是一个书法家，我要用我的书法来写我的画。"这位现代艺术大师对中国书法艺术的憧憬与向往是坦诚的，同时也可以看出书法艺术的美是没有国界的，真正懂艺术的人，是能感悟到书法艺术的魅力的。当然，中国汉字一定程度上限制了书法的普及与传播，但我们也没必要为书法走向国际而消解汉字的载体地位。书法艺术的美相对于绘画等其他艺术门类来说更纯粹，这种单一、纯粹反而使它更可能往艺术的高度增长。

每一个时代里的人，总是很难跳出时代的魔掌，常常是走进围城后就走不出来了，能走出围城的人往往就成了时代的巨匠。每一个时代，总是有一股股保守的力量把你紧紧地拉住，谁能看得高，看得远，突破重围，就能成就一番艺术的天地。金文对甲骨文是提升与发展，隶书对篆书、魏碑对隶书是突破；颜真卿、米芾是对王羲之的突破，张旭、怀素、黄庭坚、王铎等每一个人都是对草书艺术的突破，每一次突破都是对书法历史发展的一次重大、卓越的贡献。

书法艺术发展到今天，其艺术呈现的可能性也不断地放大。不管你接不接受，承不承认，今天书法所呈现、展示的空间，人们的审美需求都已发生了很大的改变。传统的经典书写、呈现方式依然会是主体，但形式却可以、也需要有不断的突破与创新。继承传统，推陈出新，不断地把许多新的、有益的探索纳入书法的体系，这是我们应有的态度。这样，书法才有更广阔的表现空间与呈现形式，书法艺术的生命力才会更持久，更旺盛！

注释：

［1］扬雄（公元前53年—公元18年），字子云，西汉大学者、文学家。

［2］邱振中. 笔法与章法：前言［M］. 南昌：江西美术出版社，2012.

［3］陈振濂. 书法美学［M］. 西安：陕西人民美术出版社，1993：94.

［4］陈鸿寿（1768年—1822年），字子恭，号曼生、曼龚、曼公、恭寿、翼盦、胥溪渔隐、种榆仙吏等。浙江钱塘人。清代书画家、篆刻家。

［5］董其昌（1555年—1636年），字玄宰，号思白、香光居士。华亭（今上海松江）人。《画旨》是一部山水画论著，全书共有一卷。《画旨》原载《容台别集》卷四，与《画眼》《画禅室随笔》互有同异。

［6］郑板桥《题画竹》："四十年来画竹枝，日间挥写夜间思。冗繁削尽留清瘦，画到生时是熟时。"

［7］蔡邕（133年—192年），字伯喈。东汉时期著名文学家、书法家，才女蔡文姬之父。

［8］韩愈（768年—824年），字退之，河南河阳（今河南孟县）人，唐代大文学家。此为所撰《送高闲上人序》中句，此文短短百余字，不仅对张旭的草书做了极好的分析，而且揭示了书法之为艺术的根本规律。

《翩翩起舞》 2020 年 瞿拥君

踏歌寻美 / TA GE XUN MEI ……… 笔歌墨舞

人生感怀

每一个人的生命都是独特而有故事的。可能,有些人在一生平凡中消耗完自己的生命,便消失与淹没在广阔的天空中。

当然,平凡的人生,也是值得尊重的。因为大多数人,包括我自己,都是平凡的人。尊重平凡,也就是尊重自己;和平凡相对,其实就是与现实的自己对抗。在平凡中,有自己的尊严与独立、信念与理想,这便是平凡中的伟大。

吾生也有涯,而知无涯,美好的信念与理想无涯。

人生短长,风雨兼程!

《在天涯》 2013年 瞿拥君

感悟生命

（一）

蓦然回首，联翩思绪如烟似梦，多少往事涌上心头。过去了的，是欣慰，还是遗憾，也无法说清，还是让点点滴滴的岁月去印证吧！

也许，我们时常感觉生活有不如意处，但又何必要抱怨与悲叹？韶华如梦，生命短暂，顾虑与抱怨太多，就必然失去与痛苦更多。生命如此，勇敢、积极地面对，快乐精彩每一天！

（二）

生命对我们来说，不是玩笑，不是捉弄，更不是亏待，而是考验。生命中，我们每一次的选择、登攀和逾越，都意味着我们又一次新的考验与收获。我们不必怨言与害怕，更应感谢，感谢考验与挫折给我们一次又一次的进取和思考的机会。

人总是要有所希望和期待的，唯其如此，人活着才有了生存的意义与动力；人也总是要有所信仰与选择的，唯其如此，人活着才有生活的准则与目标。我们难免为失败而叹息和沮丧，但不能总是如此，事实上，又有什么好叹息和后悔的呢？即使失败，颜面丧尽，那也不过是人生中的又一次教训、尝试和经验积累罢了。

成功和失败，常结伴而行，也许失败越多，反而取得的成功更多。我们可以有梦想，但不能空想，更不能强迫现实。生活中总是有太多的诱惑，如果我们不能看清和抵制，我们必将会被这强大的诱惑和欲望所吞灭！"掀起你的盖头来"，把一切看得真真切切、明明白白，甩掉虚幻，快意前行！

（三）

生命中的每一天，对我们来说，总意味着开始，而不是结束。也许，人终有一天会有心衰力竭的时候，但我们的精神与灵魂将在，它不随我们生命而消亡。

世间之事于我，乐耶，悲乎？范文正公云："不以物喜，不以己悲。"生命对每个人来说，都只有一次，它太短暂了，我们没有理由不去珍惜。珍惜生命中所有的美好，认真过好每一天，幸福就会悄悄来到你身旁！

（四）

对于我来说，内心的不平衡与矛盾常常难以消除。世界那么大，熙熙攘攘，为利害，为生存，来来往往，相容相争。

当然，思考多了，有时反而更觉迷惑。世界、天地、人物，一切都是客观存在，何必绞尽脑筋思考那么多不必思考过多的问题。生命中的许多遇见，皆因缘分，珍惜所有的美好，珍惜所有的人和事，所有的机遇。

天地无穷，哺育众生，人在天地，天地也因人而精彩。天与人，和谐为一。感谢天地，给予我们生命和思考的机会。人，因为有思考、有思想而精彩，而富于意义。

（五）

并非每一个人都是完美的。我们希望自己完美，希望遇见完美的人，但遗憾的是永远也不可能如此。每一个人作为个体的存在，都必然伴随其优、缺点的存在，也正因此世界才充满了变化和精彩。

人活在世上，不可盲目自大，也不必过于自卑。理想与现实，总难以调和，我们只能找到心理的调和点。生命有限，一个人的能量也是极为有限的，回避与畏缩是不应该的，它会让你失去更多。努力前行，不畏风浪，才会收获更多的精彩！

疑　惑

作为一介书生，常常为自己的角色所迷惑。有时候，自命不凡，自觉舞文弄墨有如高山流水，饱览诗书神似学富五车；有时候则疑惑不已，顾虑重重，感觉自己穷酸溜臭、不名一文。

社会是多姿多彩的，在这个社会大杂烩、大染缸里，我独立傲然、格格不入地生存着，执着于那份宁静，享受着这份孤独。我有时感到满足，有时却很无奈。我常常在想，生命是道什么样的风景，是一线美丽的彩虹，还是一抹沉重的灰色？也许都不是，历经沧桑的生命，怎么能如此简单地确认它的含义？生命中，有白的纯洁，黄的明快，绿的清新，橙色的鲜活，红的热情，紫的高贵，蓝的宁静，也有灰的恐怖，黑的死寂……也许我们都曾渴望生命的那份激情与美丽，也许我们也曾经拥有，可随着岁月消磨与沉淀，它似乎却与我们渐渐地远离！生命中，那灰暗的色彩常常把我们压得喘不过气来，而我们却又无可奈何地越来越艰难地承受着！可是，谁又能轻易地甩掉包袱，轻松前行？

是啊，生命是那样的不堪一击，单纯是无法战胜复杂而多变的生存游戏规则。我们都希望生命的激情与鲜活，可是生活的沉重与无奈，却又让我们常常与灰暗一起同流合污。在调色板上，当鲜艳的纯色遇到沉重的灰色的时候，灰色一定占据了上风。当纯色混入灰色，哪怕一点点，它就变得不再鲜明；而纯色进入灰色，哪怕更多一些，却似乎很难改变它的灰度。也许，我们只能以十倍的、百倍的纯洁与鲜活，才有可能战胜这神通广大的、沉重而可怕的灰。可我们有这种力量，有这种必胜的决心和勇气吗？

生命起舞——没有终点的出发

每个不曾起舞的日子,都是对生命的一种辜负。

——尼采

(一)

每一个人的智慧和力量,其实都是很有限的。在历史的浩浩天际,虽然总是有许多夺目耀眼的星星,但绝大多数个体的人生追求在浩荡的历史洪流中,不过如茫茫沧海之一粟。但即便如此,在每一个人短暂的生命旅途中,哪怕只能犹如一束光芒的瞬间闪耀,一滴水珠在滚滚洪流中的瞬间澎湃,都会是那么的弥足珍贵。当每一个生命散发出一份自己的光芒,光芒与光芒的映射,思想与思想的碰撞,智慧与智慧的交融,世界将会是多么的奇妙!

生命是短暂的,但只要我们努力而美好地生活,便无愧于一个人生命存在的价值。做任何事情都是要付出代价的,即便投入许多精力和时间,失败也仍然无法避免。侥幸是没有用的,一次次的失败只能让我们更清醒,有更多的努力与坚持。即便失败,回到从前又能怎样?快乐是自己的,痛苦也是自己的,何必沮丧,继续前行。

人的一生有许多的事情要做,但最主要的是知道自己所要的是什么,不要被一些无谓的事情所羁绊与浪费光阴。现实常常是无奈的,苟且为生活奔波,是人生常常不可避免的现实。不管怎样,一定要清醒地活着,少走不必要的回头路,沿着既定的目标前行。

（二）

有些事情真不能随便放弃，甚至还要亲力亲为，及时打理，解决好问题。有些事情却如过眼云烟，不必总放在心上，让它随风吹雨打去。

任何事情都会有尽头的，生命是有限的，如果天真要塌下，你会发现除了生命，你什么都可以放弃。人生，不管如何进取与前行，你始终应该清楚自己的方向与终点。

有些事情，即便如此，又如何？管它风吹雨打，我自岿然；去留无意，宠辱不惊，相逢一笑，便释然无虑；"会当凌绝顶，一览众山小"。

"不以物喜，不以己悲"，人生得意与失意常在顷刻间切换。谋事在人，成事在天，冷静、理性地面对各种纷繁芜杂，便可转危为安、化危为机矣。

不管遇到什么事情，一定要沉得住气，正确的事情，即便很难很难，也要坚持再坚持，挺一挺，等一等，想一想，试一试，也许就会云开雾散，迎来灿烂光明。

快乐是为了让自己活得更好，快乐应该成为每一个人人生的信仰。其实，自己的快乐也是他人的快乐，你快乐，我快乐，大家才会快乐。因此，每个人的快乐对他人、对群体都是有益的，快乐应该成为社会公众共同的信仰与追求。

（三）

人生，时时当勉励，处处须慎行。诱惑和冲动是人生难以避免的常态，关键是要能及时调控自我，否则就会遭遇抛锚的险境。

克制、容忍、坚韧、勤勉，每一天都很珍贵，每一刻都很重要，不要把时间浪费在一些无谓的事情上。岁月无痕，青春即逝，无约束的自我放纵，将会消耗自己最美好的青春与生命。

很多事情会接踵而来，计划跟不上变化，理想跟不上现实。要及时总结和反思自我，否则一年半载也不知道自己干了些什么。

面对事情、做事情，一定要拿出勇气和魄力，必须有条理，沉下去，要知道重点在哪里。

行动是开启成功大门的钥匙，每天都要问自己，我想做什么，我做了些什么，我做成了什么。

有些事情稍做迟疑与犹豫，机遇便擦肩而过。人生之事，确实不易，尤其是处处求人、处处碰壁的时候，是多么的落魄与难堪！谋定而后动，稍宽心，放眼量！

（四）

反思是人生应有的态度，进取是人生应有的方向，坚持是人生应有的行为。在人生的道路上正确的判断与适时的让步与止步是非常必要的。不懈的努力与坚持，永远是通向胜利的最佳途径。

理想可以成就自我，梦想可以超越自我，努力可以改变自我。面对，便要积极地面对；坚持，就要不懈地坚持；要快乐、健康、勇敢地生活。

经常锻炼，因为锻炼，至少让我能拥有健康的体魄与坚强的意志。

要做的事情，遇到的问题太多，学会给自己减压，轻装上阵，顶住压力，坚持下去。

当人渐渐觉得没有什么比健康更重要的时候，面对事物、看待问题的方式、观点，也许就更客观了。

有时也不要太苛刻和为难自己，做好自己，心安就好！

拥有一颗青春的心，甚至还有点童心童趣，只有这样，人活着才会有趣而有力量，青春、青春，我们永远的青春！

（五）

一切的事情，未来之前就是还没有来，恐惧是无益的。尽管，我们要做好各种迎接的准备，但主要还是要放下包袱，不必纠缠，轻装上阵。

失去是痛苦的，但得到，也未必一定完美。有时候，失去、缺陷、不足与遗憾，却是另外一种意义上的完美。乐观的生活，最艰难的时候，要靠自己去面对。困难是一种考验，绝处也还可以逢生，再大的困难也要坚持住，挺过去。

大道至简，能够简单就是伟大。一定要学会简单地生活，简单地做人，简单地面对事物和人生。

万物静观皆有得，气定神闲，方可游刃有余。登高望远，高瞻远瞩，要用大格局的思维来看待和面对一切问题。

笑面人生：进取，是人生应有的方向；思考，让生命路途上尽量少抛锚。

今天与明天之幸与不幸，总难以捉摸。关键是如何控制好自己的心态，把握好人生的每一次机会。名与利、顺与逆，一切皆如烟云，须淡忘与从容。所谓机会，该争取就努力争取，该放弃就该洒脱放弃。人之一生，有多少今日之朝晖，何必纠缠与畏缩，不如朝前看，走好每一步。

（六）

很多事情的结果，都是人之前之所为、之所因创造的。如果自己不及时发觉一切可能的困难与危机，不及时更新自己的思想，纠正自己的错误，并不断努力创造一切可能的机会，那人生之未来，该如何期待？

机遇是重要的，也是诱人的，但脚踏实地、坚韧不拔的实干却更是重要的，对于大多数人来说，生命赋予我们的不是康庄大道，而是荆棘密布，我们应以平常的心态来面对，以不屈不挠的意志来承受。

人随时都会遇到各种难以想象的困难与挑战，关键是我们该如何面对困难，迎接挑战，摆脱危机。

逆风飞扬的姿态，更觉壮美，偶然的挫折，又能算什么？人生要从大处着眼，不要为一些小的得失斤斤计较，念念不忘，要以笑看风云的气度，破釜沉舟的勇气，面对人生，面向未来。

真正的勇士，即便面临孤独、误解与失落，也要奋起拼搏，勇往前行。

（七）

清楚自己的人生目标和所需，不要被生活中的琐碎和无谓的欲望迷失了方向。坚持再坚持，一如既往，持之以恒，才会有满载的欣慰与收获。

无论如何，再忙也要保持自己一些相对独立的时间，否则，将会被繁杂所累、所困，迷失方向。

学会沟通，才能了解别人，知道自己。

能主宰自己的人，才能主宰世界和未来。

挫折是最好的教育，它能使人迅速成长起来，人面临困难和挫折有多少深度，人就有多少成功反弹的高度。学会等待，学会思考，学会生存，学会面对。

平常心是道，要以平常心待事，善良心待人，进取心待己。

（八）

尽管风在呼啸，但山还是不能移动。绝望吧！死去吧！但又能有什么用？能解决什么问题？强者，永远首先都是想到自己，依靠自己。很多人，是不会同情弱者的，自己强大了，一切的问题都会慢慢好起来。

内心的强大才是真正的强大，一个人真正要努力做的事，就是不断挑战自我、改变自我。一般的人，别太指望能改变别人，因为，没有任何一个人，轻易愿意跟随你走。

随缘，好像有些消极，但实际上却是一种高级的对待世界、生命的方式。

哪怕一个人的能量再大，世界上许多的人和事，也是不可能总如你所愿地运转。哪怕是身边最信任、亲近的人，很多的时候你也无法去左右。其实，人最应该改变的是自己，改变自己是最直接和有效的。

天地星球，每天都在照常运转，世界每天依然如故。而唯有你自己，每一天的反省躬行，让你在不断的改变中提升。因为你对人生、世界认识与态度的改变，以及因为你认识的改变而生发的行为的改变，你所看到的、理解的世界，实际上已经悄悄地在发生改变。而你自身的际遇，其实也在随之而运转与变化。

心路历程

我们常常感叹人生的短暂,其实,从某种意义上来说,人生也是很漫长的。每一天,我们遇到许多不可预测的人和事;每一天,我们经历不一样的心境与际遇,风风雨雨,起起落落,朝朝暮暮。如果,人生像一本书,这本书是如此的厚重;如果人生是一部大片,这部大片是如此的跌宕与起伏!

日子,一天天地经历;生活,一天天地继续;心情,也一天天地重复与变幻。所有的经过,今天过去便已成为过去与记忆。清晨,当我们睁开眼睛,新的一天,便是人生新的篇章与序幕。如果人生是一条线,这便是一条千变万化的线,人生所有的心路与历程,那便是纵横交错,万千变化。

有幸的是,在我人生陷入低谷、在我内心迷惘与混乱的时候,我用文字记录了自己思绪的点点滴滴、许许多多。这些文字,排解了我内心的迷茫与失落,珍藏了我人生的故事与精彩,并成为激励我前行的方向与目标。有些文字,从我中学时期便开始,迁徙辗转,珍藏至今。偶尔,当我重新翻开这些有些破旧的日记本,看到这一页页微微泛黄的纸张,一种莫名的感动与复杂的心绪,涌上心头。曾经,多少个夜晚,秉烛夜读;多少次,一个人在那条熟悉的小路上散步;多少的苦与乐、爱与恨……一切,那隐隐的忧伤、淡淡的失落,皆已成为最美好的回忆!

人生,所有的悲欢与苦乐,都是不凡的风景与经历,也是你人生珍贵的财富与记忆!

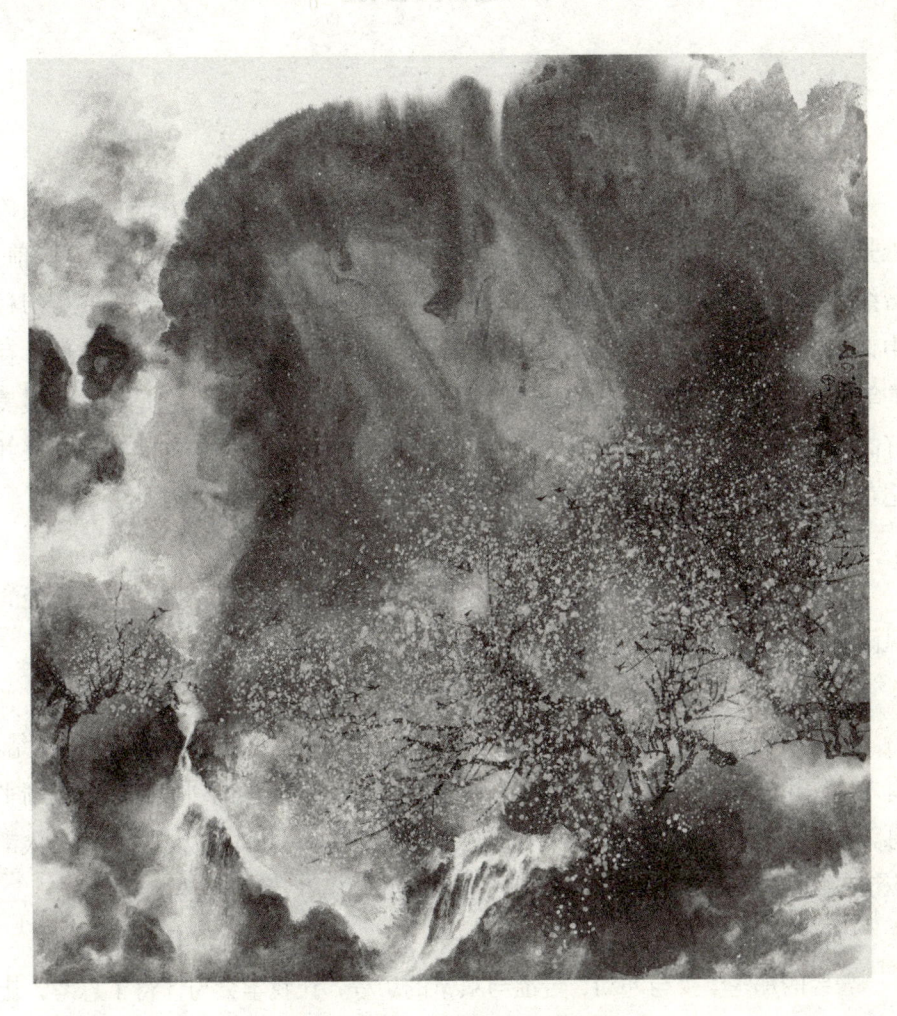

《春夜喜雨》 2004 年 瞿拥君

拾起的记忆

某天，偶然从书柜里翻到几本已经破损不堪的笔记本，翻开一页页泛黄的纸张，那些不堪回首与难忘的岁月，那些曾经深夜独坐窗前的情境，犹在眼前。曾经的迷惘、挫折、失落与欢欣历历在目，仿佛一下又回到了从前。人生历程中许多的故事与记忆已经找不到踪影，早已飘飘洒洒遗落在风中。而这些幸存的笔记，也许只是零零散散的只言片语，但却是如此的珍贵，它是我人生最美好的追忆与记录！于是，我终于下定决心，把这些可能找到的文字都找出来并记录、整理好，让自己曾经那一幕一幕难忘的经历与不平的心绪归档。

回忆，不是要让自己一味沉浸和留恋过去，而是让自己不要割舍曾历经的风雨和起落。反思昨天，才能更好地直面今天，拥抱明天！

其实，今天的我，早已风轻云淡，得与失，进与退，也不会再有太多的纠结。看人、做事、待物，更多的是美好，曾经那些愤世嫉俗、起落不平的心绪已渐渐平息。也许，每个人都会经历一段或长或短、不平凡的心境与人生历程，但每个人都应该在经历中学会成长，更不应该把自己值得记忆的人生历程割舍与遗忘。

曾经的那些年少与冲动、苦涩与艰辛的历程，让我学会与懂得了思考，让我不再迷惘，并时时鼓励、鞭策我继续前行！

生活，永远都不可能总是平静的；人生，也永远不可能总如你所愿。直面人生的现实，穿透一切现实的迷雾，仍然能欣喜地、不懈地前行，这便是人生最美好的方向与安排！

日　子

当我翻看日历
日子，一天天地离我远去
不断敲打我敏感而脆弱的心灵！
回忆，越美好
却越难忍时光的飞逝！

人生，难道不就是由这样一个个"日"字
——重重叠叠地堆砌着么？
日复一日，时光散落
当勤奋者把它拾起，
便可将它砌成一座座大厦与丰碑；
而懒汉，却沉醉温床，
让日子横七竖八地散落
——终成一堆无用的碎石。

1993 年初稿于湖南岳阳

问天涯

我是一只小小鸟，
在飞，却很迷惘
何去何从——
问天涯，路在何方？

我渴望家的宁静，心的舒张，
可是，生活的重负，
犹如一张密网，把我层层圈住，
让我——找不到前行的方向；
又如一块巨石，把我重重击垮，
让我——透不过气来的沉重。
哪怕，片刻的宁静与舒张，
也变成一种奢望。
家在哪里？
梦在何方？

2003年10月7日晚

那个黄昏

这是一个欲望的都市,
空气里飘荡着烂铜的气息与肉艳的芬芳。
黄昏,当我从光怪陆离的街市穿过,
迷离的灯光,凄厉的呜呜……
沉重地向我袭来,
我飞快地逃遁,
心——在剧烈地搏击!

这时,有一棵大树,
它沉重而乌黑的阴影把我笼罩,
心——在麻木和死寂中似乎得到片刻的喘息与安宁……

路呀,走来却永远还是那么遥远,
追寻你,却永远找不着方向与边际!
——梦,却似乎在渐渐地碎裂!

当一缕清风向我轻轻地飘过,
失落而迷惘的我,似乎感受到片刻的安慰和宁静!
未来呀——梦,
请给我一束阳光,
看清路的前方,
追寻梦的方向!
梦啊,未来……

2004 年 6 月 24 日晚于深圳南山初稿,后修订

黑夜·苦咖啡

晚餐，朋友多点了一杯现磨的咖啡。
面上，冒着白白细细的泡沫，
一股浓浓的、涩涩的清香，
诱惑着我——不知不觉中将它喝下。
深夜，我躺在床上天南海北、反反复复，
从南到北，从北到南，
从东到西，从西到东；
右侧，左侧，平躺，
平躺，左侧，右侧。
彻夜难眠，身体极度疲惫与虚空，
兴奋—迷糊，迷糊—兴奋，
这一夜，似乎比走完一年还漫长！
一杯咖啡，如黑夜中走来的一名陌生女人，
——神秘、性感、诱人，
知道是一种冒险，却没有勇气拒绝。
如是，吞下苦果，在黑夜里——
左和右，上和下，东奔西跑，筋疲力尽。
人生，总是不断地面对如此——
一杯苦咖啡的诱惑。
放下，拾取；得到，失去……
不是所有的事情与选择，都可以——
真真切切地看清，明明白白地判断。
白天不懂夜的黑，白天不知夜的长，
——朋友呀，请珍重！

爱

不敢面对爱的人，
哪能体验爱——那甜蜜与思念，苦闷与忧伤失落；
不去深爱一个人，
哪能深入她——那迷人而高贵的心灵；
不去勇敢地爱一次，
哪能有——那灵魂的洗礼与新生……
没有相逢，哪有心的悸动；
没有牵手，哪有距离的临近；
没有激情的拥抱，甜蜜的亲吻，
哪能收获她——那可人的芳心，醉人的柔情；
没有穿透巫山的云雨，
哪能攀登爱——那神秘而诱人的峰巅……
爱啊，就要忠诚，
忠诚她的每一丝毫发，每一寸肌肤；
爱啊，就要专注，
专注她的每一个神情，每一次微笑；
爱啊，就要等待，
等待每一粒种子从吐露的新芽到烂漫的芬芳；
爱啊，就要携手，
携手那漫长而崎岖的人生；
爱啊，就要相约，
相约那生命不尽的旅程……

狂夜——缠绵的梦

是什么让我们相遇，
那一刻——颤抖与激动，
那一刻——向往与期待，
苦闷、孤单、冥想、希冀……
那缕缕情丝，那跃跃欲试，
那不顾一切的疯狂与热烈……

你顾盼的微笑，似迷雾里盛开的鲜花，
你闪烁的双眸，似黑夜里闪烁的光芒。
你扭动的身躯，可人的肌肤，倾泻的长发；
窒息的唇，丰满的臀，纤细的腰……
可点燃一切死寂的生命。
我犹豫、疑惑、激动、紧张，
在燃烧，在毁灭，
似乎一切都在消失，无影无踪，
我不知所措，如梦如幻……

激情，像瘟疫一样地拼命扩散，
我如痴如醉，忘却生命中的所有。
燃烧、燃烧，化为灰烬——
消逝在遥远的天际……

《春浴》 2005年 瞿拥君

踏美前行

美像一面镜子，照见你我。每一个生命都是独特而值得尊重的，对于美的认可，我们不必强求趋同与一致。但在生命的旅途中，不可缺少美的相伴。缺少美的人生，是多么的无趣而暗淡！

我之有幸，今生与美结缘。小的时候，或偶然，或天性，我便对美有一种天然的亲近与喜爱。及至年长，美逐渐成为我生活中必不可少的一个部分。因为有美，眼中之所见，便多了许多欣赏美的快乐与满足，生活也便多了许多的情趣与充实。踏春赏花、泼墨挥毫、文章叙述、风月感怀……生命，因此有了更多的精彩与意义。更有幸的是，我的人生职业，总与美相伴。与美相约，携美同行，给自己与他人带来更多的美好，这便是我人生的企盼与理想！

踏美前行，一路芬芳！

《烟霞清波任平生》 2013 年 瞿拥君

生命　理想　艺术

一条小河，并不宽阔，平平淡淡，远远青山、徐徐绿荫、浅浅沙滩，相间一两座拱桥。青草地上，几头壮硕的肥牛啃着青草，时时三五只飞雀掠过，这便是生我、养我、使我成长的地方。

美好的东西，不经意间却已成为生命的追忆。为希望，求学生涯的寒窗苦读，毕业后的艰辛与奔波，一切都已归于烟云与平淡。岁月悄悄改变，那个曾经充满激情与理想的我，不知消逝在何方？

平淡，平淡又如何？绚烂之极，终归于平淡。一湾清溪，几抹青山；几株古木，数丛修篁；绵绵细雨，阵阵清风；冬日暖阳，春色无边；夏日浓荫，秋高气爽……胜似桃源，何不乐哉？

感谢生命，感谢艺术，使我收获许多难以言状的快乐。年轻的时候，曾梦想用艺术惊天地、泣鬼神。渐渐发现，艺术毕竟不是武器，它是那样的亲切、平和与真诚，当你困顿与痛苦、无聊与寂寞、无助与渴望的时候，它轻轻地来到你身边，抚平你心灵的创伤。这便是艺术，充满魅力，神奇而伟大！

踏上艺术的人生之路，是缘是幸亦是苦。年轻的时候，艺术离我远了又近，近了又远，丢下又拾起。艺术，总是在我最需要的时候，忠诚地伴随着我，温暖着我。有了它，生活便有了更多的充实、舒心与希望！爱生活，爱艺术吧，就让艺术成为你生命中的最爱，依依相随，永远相伴！

艺悟　人生

蓦然回首，联翩思绪如烟，多少往事涌心头，点点滴滴，悲欣交集。众里寻他千百度，艺术有时让人神采飞扬，有时却让人黯然神伤。

艺术有人看来似若生命，有人却觉得不若白菜，尤可食也。艺术之美，有通俗之美，也有艺术语言内涵与深度之美。艺术往往是要留给那些有情趣和智慧的人来享用的！

吴冠中先生说：美盲比文盲多。从事艺术教育未必如人所想是遍地绿叶繁花的浪漫美景。但希望总是要有的，努力终会有所收获，偶然的惊喜亦常让人喜不自禁！

我说我，说什么？人生之路漫漫，万水千山，千磨万砺；时暮霭沉沉，又柳暗花明。

为人为艺，求思求学，须静，须远，须清矣，而日进矣。

生命，是一次次的巧合与选择，是艺术选择我，还是我选择艺术？一切，皆缘也。

行者无疆，快意前行！

墨缘　随遇

很小的时候，大约不到七八岁，偶然见到长辈用毛笔写大字，从尝试模仿开始，从此便一发不可收拾，狂热地喜欢上了书法。后来，又喜欢上描摹小人书上的图画，并偶然得到几本《芥子园画谱》，渐渐对中国画也产生了浓厚的兴趣。

一晃三十多个年头，生活已无往日的清净与单纯，但不管是如何的经历与周折，手中的这支笔却始终在陪伴着我。某些时候我也曾疏远它，但只要拿起笔，恣意挥毫间，便仿佛身处世外。此刻，心已无挂碍，怡然自得，是如此的酣畅、惬意与痛快！

书画本为雅事，阳春白雪，没有对此高度的敏感、情操与修养的人，是无法真正感受与体会到其中的乐趣与妙处的。

喜欢艺术、玩艺术，千万别有太多功利心，欣赏了，快乐了，就是它最大的功用。许多人，为了生存，为了名利，争得头破血流，其实是枉费了许多心血与精力。艺术就是独木桥，基本上能真正成功的人少之又少。与艺术为伴，我养艺术，艺术也会滋养我。

外面的世界很精彩，也很喧嚣，容易让人迷乱。不管什么主义、什么流派，艺术其实最根本的就是从自己的内心出发，内心真正感受到、捕捉到的美，才是真正高尚的、感人的美。

"人生如逆旅，我亦是行人"，不管何人，几乎都无法超脱历史给我们设定的框架。绝大多数的人，是无法超越群体与现实的，只有极少数的人能跳出来，那就是杰出的人。我就属于实实在在的绝大多数的前一种人，只是没有沉沦，仍然在努力前行，不断突破创造全新的自我！

艺术，因为喜爱，所以始终不离不弃。尽管艺术并非是人生唯一的目标与方向，但艺术一直依然是我最忠诚的伙伴。不管风雨，相信它永远陪伴着我。

知止不殆，人生尽管无常，每个人尽管终还是要回到相同的原点，但我们依然应该热爱生活。停滞，是一种对生命的放任与辜负！祈愿自己能始终坚守对艺术的忠诚与热爱，与她相伴，携手前行！

随想曲——悲与欢的艺术人生

孔夫子言"三十而立，四十不惑"，对今人尤其像我辈"蜗牛"人士，却是而立不立、不惑却惑，到三十、四十，仿佛前面还有一个个大坑，胆战心惊，悠悠晃晃，慢慢蜗行。

追求艺术，能收获许多常人体会不到的快乐与充实，但却又时常令人失落与痛苦。艺术就是如此，永远都看不到边际，高深莫测，哪怕是永远的登攀也到达不了顶峰。

艺术，因为爱她，所以便时常徒生许多失意与烦恼，正所谓爱之愈深，恨之愈切也！也许，那些能享受玩艺术心态的人是最好的，玩中还能收获快乐与希望。可是玩，却也是要有条件的。虽然苦难能磨砺与塑造人生，但毕竟在这个时代，谁也不可能逃离现实，不食人间烟火。所谓"仓廪实而知礼节，衣食足而知荣辱"是也，艺术家如果总生活在困顿中，怎么能够轻松、潇洒、无拘无束地玩自己的艺术。

不懂艺术的人就永远享受不到艺术所带来的快乐。虽然下里巴人也自有情趣，但艺术更多的还是属于那些爱美、欣赏美、懂得美的人。

当今时代，艺术市场虽然虚火，群众基础并不广泛，但不少艺术家还是收获了许多名利。我有时在想，假若梵高、八大山人身在今世，不会是如杜甫《茅屋为秋风所破歌》诗中所言，还是能住上豪宅别墅，开上名车，娶上靓女呢。若真如后者，也许梵高成不了梵高，八大也就不再是八大。盛世的名利与喧嚣，真真假假的商业与炒作，却反使当今不少艺术家虚荣、沉沦、冷漠、庸俗与堕落。

真正的艺术既渴望呐喊，也需要安宁，既如烈火焚烧，也可清凉小憩，既可是醇香老酒，也可如悠悠清茶，既如吃麻辣火锅，也如品南粤清汤。可以高山仰止，也可一马平川，可以险峻如崇山峻岭，也可温婉如小桥流水，既可粗犷厚重，也可玲珑剔透，可以年长持重，也可年少轻狂，可以如男人般的粗犷与宽阔，也可如女人般的多情与温柔……

艺术，所需要的是真诚与质朴，热情与智慧，敏锐与厚拙，但绝不需要虚伪与冷漠，故弄玄虚与无病呻吟。

艺术之路，漫漫无涯，但因为有梦想，有真情与爱，所以也就无所畏惧，勇往直前。人生须知足，知足者常乐也！人生须知命，知命而不懈也！人生须知止，知止而不殆也！艺术的人生，是被艺术"耽误"了的人生，是痴心不悔、苦中作乐、乐在其中、乐不思蜀的人生！

弘一法师弥留之际书"悲欣交集"，乃人生、世事之真言也！

感谢生命，感谢艺术，人生走向何方，及至何地，一切皆缘，皆幸，皆欢喜矣！

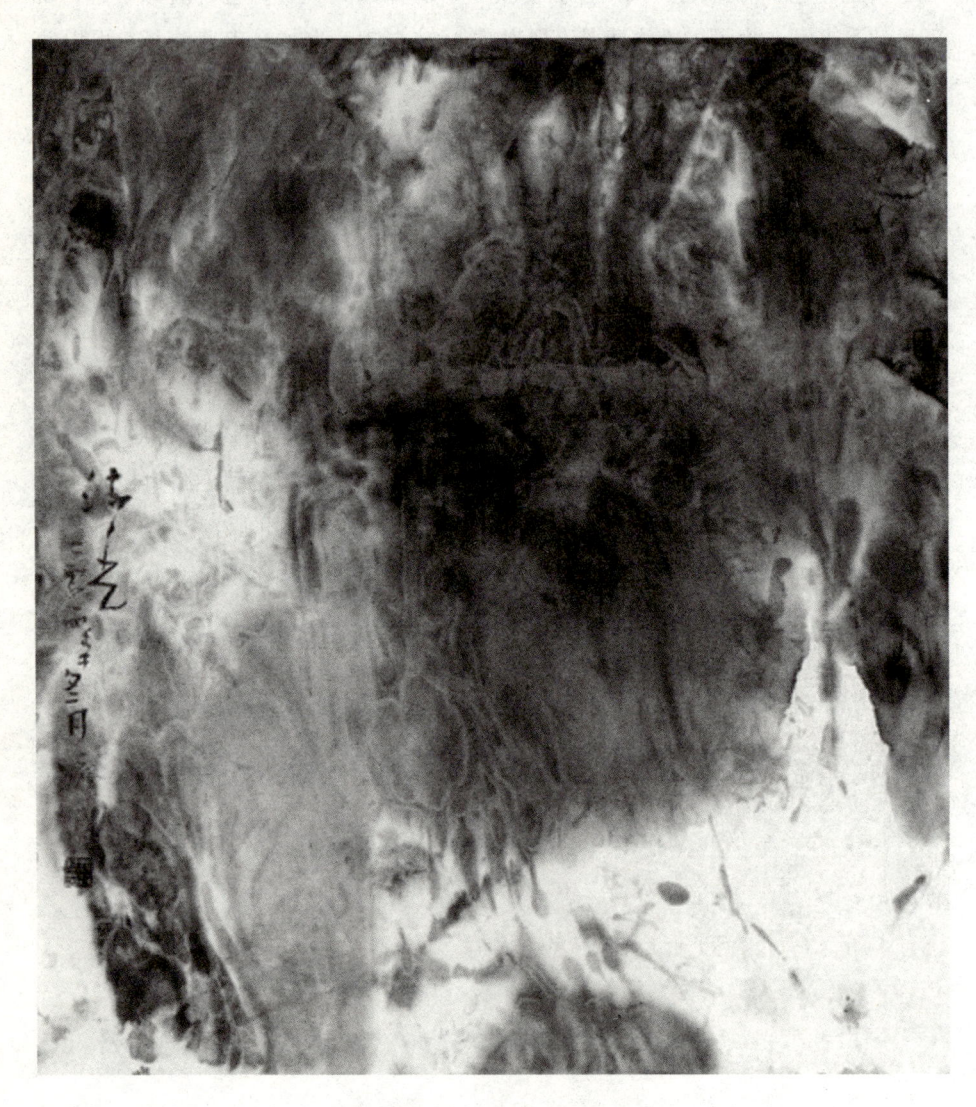

《流光溢彩》　2014 年　瞿拥君

后　记

我出生于 20 世纪 70 年代，那时"文革"已即将结束。所以，"文革"对我来说并没有留下太多印象与痕迹，只是偶尔听到大人说起过那时的一些人和事。我能记起最早的事情是 80 年代初农村分田到户的情景，我依稀记得在组里的一个大坪上，摆满了各种农具等，大家高高兴兴、热热闹闹的场景。后来，慢慢记事多了一些，花生地里采摘花生，过年前的杀猪、放水捞鱼，过年辞年、玩龙舞狮，乡村办喜事十里八里赶过去看大戏、电影，放学归来在草地上打滚撒野等一幕幕场景，构成了我至今依然难忘的童年最美好的回忆。

人的一生，像一部大片，只是它演绎得太快，像闪电一样，还没来得及好好回味，便飞逝而过。我特别喜欢小孩，尤其是我成了父亲后，每次我看到他们稚嫩的小脸，天真无邪的眼神，我感到那仿佛就是昨天的我。在学校里，我看到那些年少轻狂，不懂事、不求上进的孩子，我又隐隐为他们担心。十年、二十年后的他们还能有这份轻狂吗？其实，那是我瞎操心了，岁月就是这么无情，许多年少轻狂的孩子，到成年后简直判若两人。看到这些，有时我内心又隐隐作痛，岁月为何把他们打磨得如此精致，没有了棱角！

我依然是我，岁月也曾反反复复地考验我，但我依然如故地活着。当然，也不能说我在岁月的历练中，没有一点成长与改变。只是，我的欢笑与激情，性情与思想，还没有完全被岁月所冲淡与抹平，我依然如故坚守着我自己。美如此美好，美引诱与激励着我，点燃我生命的火炬。生命不息，人生理想与美的追求便不应该停息！

人生，没有太多的时间总纠缠过去，停留在回忆中。这个年龄是不应该总坐在窗前发呆，回忆往事云烟。其实，我写这本书并不是为了回顾与展示自己的人生，这仅仅是一种思考与分享。我没有想过要著书立说、流芳百代，更没想过要开宗立派、引领风骚，因为这太狂妄，不着边际，也太费尽心思，消耗能量。我只想好好地记录自己的所思所想，完成一次心灵的疏导与成长。其实，我对书画艺术的追求也是如此，本来我还曾有过许多的功利之愿，但后来发现，你越是功利，它越给你伤害，还不如与它和平相处。艺术就是如此，你怡养它，它便感恩你，你情我悦，相得益彰，何其乐耶！

在文学上，可以说，我真还没有狠狠地着力过，点点滴滴如此多文字的积累，完全是心声的释放与吐露。没想到，偶尔的文字交流与发表，却得到了很多人的鼓励与肯定。也许是我性情使然，或者是艺术的敏锐与多情，所以提起笔来常常能洋洋洒洒，如泉涌之不竭，如溪流之潺潺，如江河之奔腾。记得我上小学三年级的时候，寒假我写了一篇关于过年的文章，开学上交后被老师当作范文讲评，这给我莫大的鼓励与信心。初、高中时，我的一些作文也得到过老师的表扬。但在我印象中，大部分时间我的写作还是平平常常，稍好而已。因为我实在不太喜欢那种八股文式的命题写作，我喜欢因情而动、有感而发、有思而记。上高中时，学校创办了一份叫《沙港河》的文学报纸，依稀记得有四开，总共八页。我写了一篇关于母亲的文章，被选中在创刊号上发表，这对我又是一次非常大的鼓励。可惜这份报纸已遗失，不知什么时候还能与它重逢。高二因为向美术专业发展的原因，我转学到市区高中就读。当时遇到一位很有文学气质的年轻语文教师，有一段时间语文课讲诗歌，他组织我们班上的同学一起到附近的芭蕉湖游玩采风，并要求我们每个人完成一首诗歌的创作，我回来后有感而发，写了一首整整两页的长诗。在课堂上，老师把我的诗作为唯一的范文诵读，那真是一种莫大的幸福与鼓励！可惜，这首诗，我也将它遗失了，也不知什么时候它能突然出现在我眼前。

在那个青春年少的时期，因为各种原因，我的内心出现了太多的焦躁、无奈、彷徨与痛苦，用日记记录自己的心情，便是那时的我对自己最好的安慰与鼓励。我写日记，几乎很少记事，主要是写心、谈心。通过日记，我懂得了，成长了，也因此锻炼与提升了我的写作能力。

对于艺术，我不想在此再多谈了，因为我曾有过不少关于自己艺术人生道路的文字记录。只是觉得，人生怎么如此奇妙，在我成长的那个年代，现在看来是如此落后的环境，我居然能那么小小年纪就痴迷于艺术了。记得从小学二三年级开始，我每天放学回家都至少练一两小时字或画，没有师承，就一两本破烂发黄的画册、字帖，那就是我书画艺术成长道路最早、最好的启蒙老师。

随着人生的不断积累与历练，随着眼界的不断开阔与拓展，我越来越明白，艺术也好，人生也罢，眼界、格局与平台对一个人的成长发展具有太大的作用。我能走到今天，对于那些高起点的人来说我成长的平台低之又低，但人生就是如此，现实与理想之间总是有差距的，知足者常乐，快乐本来就应该是人生的信仰。人生成长的道路无法选择与重来，时光匆匆，你只能尊重与面对自己所经历过的人生历程与当前处境。不过，即便如此，只要我们认清自己人生的现实与方向，不再迷惘与蹉跎，我们每个人也能走出无愧于自己的理想人生。

路漫漫兮其修远，吾将上下而求索！

一生但求美好，踏歌寻美去！